大方
sight

AN AMERICAN MARRIAGE

美国式婚姻

[美] 塔亚莉·琼斯 著
刘策 译

中信出版集团 | 北京

图书在版编目（CIP）数据

美国式婚姻 /（美）塔亚莉·琼斯著；刘策译. --
北京：中信出版社，2020.1（2020.3重印）
书名原文：An American Marriage
ISBN 978-7-5217-0762-5

I. ①美… II. ①塔… ②刘… III. ①长篇小说-美
国-现代 IV. ①I712.45

中国版本图书馆 CIP 数据核字（2019）第 129801 号

美国式婚姻

著　　者：[美] 塔亚莉·琼斯
译　　者：刘　策
出版发行：中信出版集团股份有限公司
（北京市朝阳区惠新东街甲 4 号富盛大厦 2 座　邮编　100029）
（CITIC Publishing Group）
承 印 者：浙江新华数码印务有限公司

开　　本：670mm×970mm　1/16　　印　　张：20　　字　　数：164 千字
版　　次：2020年 1 月第 1 版　　印　　次：2020年 3 月第 4 次印刷
京权图字：01-2019-3182　　广告经营许可证：京朝工商广字第 8087 号
书　　号：ISBN 978-7-5217-0762-5
定　　价：58.00 元

谨以此书献给我的姨母——阿尔玛·费伊，

以及我的姐妹——玛克辛和玛西亚。

你所经历的事情并不属于你，只是与你有关罢了，
它们不是你的，不是你一个人的。

——克劳迪娅·朗肯

大桥之曲

Bridge Music

罗伊

世上有两种人，一种人远走他乡，一种人安居一处。我很骄傲自己属于前者。我的妻子瑟莱斯蒂尔常说我骨子里是个乡下小伙，但我并不喜欢这种说法。最起码，我的家乡根本就不是农村，埃罗其实是路易斯安那州的一个小城镇。当你听到“乡下”二字的时候，你总会想到种庄稼、捆干草和挤牛奶这种事，而我这辈子连朵棉花都没摘过（尽管我老爸摘过），也从没摸过马、羊或猪，我也从没想过要做这些事。瑟莱斯蒂尔常笑着跟我澄清，说她并没有说我是个农夫，只说我是“乡下人”而已。她来自亚特兰大[1]，身上也淌着乡下人的血。不过用她自己的话说，她是个“南方女人”，有别于“南方淑女”[2]。出于某些原因，她乐于接受“佐治亚蜜桃”[3]这种称呼，我也可以接受，那就随她吧。

1 美国佐治亚州的首府。——译者注，下同。
2 “南方淑女”这一称呼源于美国南北战争之前，指的是美国南方上层阶级、受过传统淑女教育的年轻女性。
3 佐治亚州盛产蜜桃，被誉为“桃州”。“佐治亚蜜桃”用来比喻美国南方的美丽女性。

瑟莱斯蒂尔以为自己是个四海为家的人，她没错，但从小到大，她都睡在同一幢房子里。相比之下，我在毕业71个小时后，便抽着烟，登上了离家的火车。我本想更早离开，但火车并不是每天都会在埃罗逗留。当邮递员把装着我毕业文凭的硬纸筒交给我妈时，我早已住进了莫尔豪斯学院[1]的宿舍，投入学校为初代奖学金[2]设立的特别项目里。为了让我们熟悉陌生环境，温习基础知识，学校邀请我们提前两个半月入学。想象一下，23个黑人小伙一遍遍地观看斯派克·李的《黑色学府》和西德尼·波蒂埃的《吾爱吾师》[3]，那场面，不知你能不能感受得到。灌输式教育也不总是件坏事。

一直以来，我都受到扶贫政策的资助：5岁时是“开端计划”[4]，后来是“向上跃进”[5]项目伴随了我的整个中学生涯。如果我有孩子，我不会让他们依靠资助长大。不过，我还是要向这些政策表达它们应得的谢意。

我是在亚特兰大学会各种规则的，而且学得很快，从没有人说过我笨。其实，家乡不是你的目的地，而是你的起点。你无法选择家人，同样也无法选择家乡。就像在纸牌游戏中，你手里有五张牌，其中三张可以换牌，但有两张必须保留，那就是家庭和家乡。

我并不是在说埃罗的坏话，这世上显然还有更差的故乡，见过世面的人应该都懂。埃罗所在的路易斯安那州虽说没多少机遇，但好歹也是在美国。对于一个正在艰苦奋斗的黑人来说，美国大概就是最理想的地

---

1 莫尔豪斯学院位于亚特兰大，传统上只招收黑人学生。

2 初代奖学金是专门为家里第一个就读大学的人准备的奖学金。

3 两部电影描述的都是黑人的生活，两位导演也均为黑人。

4 美国卫生与公众服务部面向全美低收入家庭3—5岁儿童提供的，由家长参与、涵盖儿童早期教育（语言、认知、生活常识、科学）、健康和营养等方面的社会福利项目。

5 向上跃进项目，旨在帮助处境困难而学识聪颖的学生完成学业并继续上大学深造。

方。不过，我们家并不穷，这一点我必须大力澄清一下。我爸白天在巴克体育用品店里埋头苦干，夜里还要去当杂务工；我妈在“一荤三素”快餐厅里长年累月地端盘子——两人这么辛苦，搞得我家好像一穷二白，但其实我家并不至于那么惨。

我们一家三口——我、奥利芙和大罗伊——住在一栋结实的砖房里，所在的小区治安也不赖。我有自己的独间，后来大罗伊把房子扩建了，又给我添了间浴室。鞋子穿不下了，不用等就能换新的。在我有了助学金之后，爸妈也尽其所能，把我送进了大学。

当然了，我家也没什么富余。如果把我的童年比作一块三明治的话，那么夹层外也露不出多余的肉。除了生活必需品之外，我们什么都不多。“又什么也不少。”我妈会这样说道，然后把我揽进怀里，给我一个柠檬糖般香甜的拥抱。

我来到亚特兰大后，便坚信自己的未来是一张充满无限可能的白纸。就像人们说的那样，我们莫尔豪斯人手中都有一支书写未来的笔。十年后，我的生活已经相当甜美。如果有人问我：“你来自哪儿？”我便回他：“A 城！”——我跟这座城市已经如此亲密，直接称呼她的绰号了。如果有人问及我的家人，我就跟他介绍瑟莱斯蒂尔。

我们婚后相伴了一年半，在那段时间里我们很幸福，至少对我来说是这样。或许我们幸福的方式跟其他夫妇不太一样，但我们不像普通的亚特兰大中产阶级黑人那样，丈夫的枕头底下放着电脑，妻子的梦里尽是些蓝盒子装的珠宝。我年轻，有野心，处于事业上升期。瑟莱斯蒂尔是个艺术家，热情而艳丽。我们就像成熟版的《爱琼斯》。怎么说呢？我一直对风流的女人没有抵抗力。跟她们在一起，会给我一种投入的感觉，而不是所谓的露水情缘。在瑟莱斯蒂尔之前，我约会过一个女孩，也是在A城土生土长的。这个女孩，在一次城市联盟[1]庆典上——你大可发挥自己的想象力——竟然掏出一把手枪对着我！我永远也忘不了那把粉色珍珠贝母手柄的银色点22手枪。我们当时正在享用牛排和奶油烤土豆，她把枪迅速放回桌子底下的包里，然后说她知道我背叛了她，小三是黑人律师协会的一个小妞儿。这我怎么说得清呢？我当时很害怕，但转念又不怕了。也只有亚特兰大的姑娘在干这么俗气的事情时还有这等气派。她怕是被爱情冲昏了头脑，情有可原，但我实在不知道是该求婚还是该报警了。我们在天亮前就分手了，而且并不是我提出来的。

在“手枪女孩”之后，我一时间没再跟女人交往。和大家一样，我也爱读新闻，也听到过黑人“男少女多”这一说法，只可惜，这一喜讯未对我的社交生活产生影响——我喜欢过的所有女孩最后都投入了别人的怀抱。

诚然，适当的竞争对于各方来说都有好处。但“手枪女孩”的离开让我起了一身鸡皮疙瘩，我为此还回埃罗待了几天，找大罗伊谈心。我爸身上总有一种老大哥的气质，仿佛在你出现之前他就在那里，在你离开之后，他还会长久地坐在那张躺椅上。

“孩子啊，可别要这种耍枪弄炮的女人。”

我试着跟他解释，说这件事之所以非同寻常，是因为手枪带来的震慑与当晚的灯红酒绿形成了巨大的反差。况且，“老爸，她不过是在玩闹而已”。

大罗伊点了点头，嘬了口杯子里的啤酒沫儿。“如果那也叫玩闹，

1 全称为“美国城市联盟（National Urban League）”，1910年成立于纽约的人权组织，旨在消除种族歧视，保障非裔美国人的权益。

那她疯了之后会干些啥呢？”

我妈从厨房里喊道：“你问问他，那女人现在跟谁在一起呢？她可能疯了，但显然不是。要是没有备胎，谁会抛弃小罗伊呢？”——就好像我爸是她的翻译员。

“你妈想知道她现在跟谁在一起呢。”大罗伊问道，就好像我们三个真的有人不懂英语。

“一个律师，不是佩里·梅森[1]那种，而是搞合同、搞文书的那种。”

“你不也是搞文书的吗？”大罗伊问。

“完全不一样。对于销售人员，文书工作只是暂时的，而且文书并不是我的归宿，只是我现阶段恰好在做而已。”

“我懂了。”大罗伊说。

我妈还在厨房里瞎指点：“你跟他说，他总是受白皮女孩儿的伤。告诉他别忘了咱们艾伦区的一些姑娘，告诉他要从她们里面挑一个。”

大罗伊说：“你妈说——”我打断了他。

“我听到了。我没说那女孩是白人吧？”

她当然是了。我妈在这方面的直觉很准。

此时，奥利芙从厨房里走了出来，一边在条纹抹布上擦手，一边说：“别生气，我也没想管你的闲事。”

无论找什么样的女朋友都没法让老妈心满意足。我所有的哥们都说他们的老妈总是没完没了地警告他们：“她用不了你的梳子，就不要把她带进屋子。”《乌木》和《黑玉》[2]都宣称，但凡有点小钱的黑人男士，都在尝试跨种族恋爱。我呢，其实只想找个黑人女孩当老婆，可我妈竟

1 厄尔·斯坦利·加德纳所著侦探小说《梅森探案集》里的虚构人物，属于出庭辩护的诉讼律师。
2 《乌木》和《黑玉》均为杂志，专为非裔美国人打造。

然还会担忧我要选的肤色。

我本以为我妈会喜欢瑟莱斯蒂尔。她们太过相似，说她们是亲戚都不为过。她们都有一种干净整洁的美，就像《好时光》里的西尔玛——我的第一位电视女神。然而事与愿违，在我妈眼中，瑟莱斯蒂尔虽然看起来还行，但出身与我大相径庭——她是穿着伯纳黛特[1]衣服的佳思敏[2]。大罗伊则跟她相反，对瑟莱斯蒂尔喜欢得不得了，大有我不娶她，他就亲自上阵的架势。可即便如此，奥利芙仍然毫不动摇。

“倒是有一件事可以让你妈对我的态度缓和一些。”瑟莱斯蒂尔曾说。

“什么事？”

“怀孕。”她叹了一口气，“每次见到她，她都把我上下打量一番，看看我有没有把她孙子藏在肚子里当人质。”

“你太夸张了。”可事实上，我也清楚我妈的目的。一年后，我已准备好“造人”计划，培养新的一代在新的规则中成长。

我并不是说我俩受培养的方式有何不妥，只是世界变了，教育孩子的方式也要跟着变。我的计划之一就是绝口不提拾棉花的事情。我爸妈总跟我提起棉花，不管是真棉花还是比喻。白人常说“挖沟累死人”。黑人则常说“拾棉花累死人”。我才不会让我的孩子知道他们现在的生活是建立在别人的尸骨之上的，我也不想让第三代罗伊坐在电影院里，一边看《星球大战》或是其他电影，一边觉得自己坐在这里吃爆米花是一种拿别人命换来的权利。不能让他们知道这些，或者不能让他们知道那么多，我们要以一种正确的方式教导他们。瑟莱斯蒂尔承诺说，她绝

1 美剧《好时光》中西尔玛的扮演者。

2 美剧《不同的世界》中惠特利的扮演者。

对不会跟他们提什么“必须要加倍努力才能得到别人一半的收获”这类的话。“即使这话没错，”她说，“也总不能对一个5岁的孩子说吧？”

她是女人中最恰到好处的类型，虽不是刻板拘泥的女强人，但她的血统就像黑皮鞋上的光泽一般闪耀出自信的光芒。她有着艺术家的狂热，但没有走火入魔。换句话说，就是她的包里没有手枪，但她却有着手枪女孩的激情。她讲究个性，单从她的外表就能看出来。她身材高大，五英尺九英寸，扁平足，比她爸还高。虽说身高由不得自己，但她的身高仿佛是她自己选的。她的头发蓬松杂乱，让她看起来比我还高了一小截。哪怕你不知道她有着高超的针线活手艺，也能感觉出面前的这位是个独特的人物。尽管有些人——“有些人”指的是我妈——看不出来，但所有这些都意味着她将是一个优秀的母亲。

我突然有点想问她准不准给我们的孩子——不管是儿子还是女儿——起名叫“未来”。

如果决定权在我，我们早在度蜜月的时候就开始“造人”了。想象一下我们躺在海上凉亭的玻璃地板上的情景。我以前都不知道有这种玩意儿存在，不过当瑟莱斯蒂尔把宣传册拿给我看的时候，我假装自己完全赞同，并跟她说我早就心驰神往了。所以就有了我们躺在海上，轻松地享受二人世界的画面。婚礼已是一天多之前的事情了，光在飞往巴厘岛飞机的头等舱里，我们就待了23个小时。在婚礼上，瑟莱斯蒂尔打扮得像个洋娃娃。她的一头乱发被绑成了芭蕾舞圆髻，面部的妆容让她看起来羞红了脸。她从走廊里向我翩然走来的时候，还在跟她爸咯咯地笑，仿佛一切都只是彩排。而我站在那里，严肃得像是心脏病突发外加脑中风。然后，她抬头看着我，嘟起涂成粉色的嘴唇，向我抛来一个飞吻。我这才恍然大悟：她是想告诉我，所有的这些——捧着婚纱拖尾的小女孩、我的晨礼服、甚至我口袋里的戒指——都不过是一场戏而已，真正重要的是她眼中闪烁的光芒，以及我们血管里匆匆流过的热血。想到这里，我也微笑起来。

重回巴厘岛的海上画面：当时的她正在翻阅一本20世纪70年代的《黑玉》杂志，头发早已恢复了往日的蓬乱，身上除了闪粉别无一物。

“我们要个孩子吧。”

她笑了起来。“你想就这样求我吗？”

“我是认真的。”

“现在还不行，孩子他爸。”她说，“放心吧，快了。”

在我们结婚一周年纪念日的时候，我在一张纸上写道：“现在行了吧？”

她把纸翻过来回道：“昨天就行了。我去看了医生，他说我的身体已经完全准备好了。”

然而，另一张纸的出现打乱了我们的计划——一张我自己的名片。一周年纪念日那晚，我们在瀑布街上的一家名叫“美丽餐馆”的自助餐厅里吃的晚饭。不是什么高级餐厅，但一年前我就是在那里求的婚，她当时的回答是：“我愿意，但在我们被打劫之前，赶紧把戒指收起来！”结婚一周年，我们又来到这里，吃的小牛排、奶酪通心粉和玉米布丁。然后，我们便回家去吃甜点。甜点是两块婚礼蛋糕，在冰箱里冻了365天，就是为了见证我们能否坚持一年。然后，我干了件画蛇添足的事——打开钱包，给她看我一直保存在里面的她的照片。当我把照片从夹层里抽出来的时候，我的名片飘了出来，轻轻落在杏仁蛋糕一旁。名片的背面有紫色墨水笔迹，写着一个女人的名字和电话号码。更糟糕的是，瑟莱斯蒂尔还发现了一个三位数字，她认为那是旅馆的房间号。

“听我解释。”真相很简单：我喜欢女人，喜欢偶尔调情，喜欢那种短暂的兴奋感。有时，我会像在大学时那样收集电话号码，但99.997%

的情形便就此打住。我只是想证明自己还有魅力。这没什么害处，对不？

“那你解释。”她说。

“是她偷偷放进我口袋里的。”

“她是怎样把你的名片偷偷放进你的口袋的？”瑟莱斯蒂尔这一生气，让我也有些着急，就像是燃气炉点着之前的火星。

“她管我要的名片，我也没想到她有歪主意。”

瑟莱斯蒂尔站起身，收起盘子，连同蛋糕一起扔进了垃圾桶。盘子碎了。她又回到桌子旁，拿起她的粉红香槟，一饮而尽，仿佛那是一杯龙舌兰酒，然后把我手里的高脚杯也夺了过去，喝掉里面的酒，又把杯子投进垃圾桶里。杯子碎了，发出铃铛般的脆响。

“你满口胡言。”她说。

“可你看我现在在哪儿？”我说，“我就在你身边，就在我们家里啊，我每晚都睡在你的枕边啊。”

“偏偏在结婚纪念日这天。”她说。此时，她的愤怒渐渐转变为悲伤。她坐到早餐椅上，“既然想有外遇，那干吗还结婚？”

没有婚姻，何来外遇？不过我没指出这点，而是跟她坦白真相。“我都没拨过那个电话号码。”我坐到她身旁，“我爱你。”我说出那句有魔力的句子：“一周年快乐。”

我亲了她，她默许了，好兆头。她唇上残留着粉红香槟的味道。我们脱光衣服后，她在我耳朵上狠咬了一口。“你这个撒谎精。”说完，她把手伸向床头柜，拿出一个闪亮的箔袋。“先生，戴上吧。”

我知道有些人会说我们的婚姻出现了裂痕，人们总爱对别人晚上关起门来躲在被子里做的事情瞎操心。作为这段感情的当事人和见证人，我很确信事实恰恰相反。这件事说明我能仅凭一张纸就让她发狂，同时她也能仅凭一管橡胶膜就让我发狂。

是的，我们确实是已婚夫妇，但同时我们也年轻气盛。一年过去了，我们的爱情之火仍然旺盛。

其实两个人相处本就不易。理论上讲，我们就像电视剧《不同的世界：他们现在在哪里》中的成熟版德维恩和惠特利。但实际上，我和瑟莱斯蒂尔身上有着好莱坞想象不到的地方。她是个天才，而我呢，则是天才的经纪人与灵感之源——倒不是说我赤身裸体躺着让她画我，我不过是平平常常过日子，她在一旁观察。我们订婚后，她用一尊玻璃雕塑赢得了一场大赛。从远处看，雕塑看起来像个玻璃弹珠，走近些，找对角度，就能从弹珠的花纹里看到我的轮廓。有人曾出价五千美金购买，但她舍不得卖。这可不像是婚姻有裂痕时会有的状态。

她为我付出，我也为她付出。在过去的时代里，丈夫在外辛勤劳作，以便妻子安心居家，人们称之为“让老婆赋闲”。让奥利芙赋闲就是大罗伊那些年的愿望，可惜这一愿望从未实现。为了他的荣耀，或者为了我自己的荣耀，我勤于工作，以便瑟莱斯蒂尔待在家里制作娃娃——娃娃是她主要的艺术载体。我很喜欢那些典藏级的弹珠及其内部精致的图画，但对于普通人来说，玩偶娃娃更容易接受些。我的愿景是做批量出售布娃娃的生意。买家可以把它们摆放在架子上，或者只是单纯地抱着玩儿。我们当然不会放弃私人定制的高端艺术品，毕竟它们可以轻松卖到五位数。但真正让她出名的会是这些布娃娃，我跟她说过，后来的事也证实了我的论断。

尽管这些都是往事，如同桥下的流水般一去不返，说多说少也改变不了什么，况且还不是多么甜蜜的事。但公平起见，我还是要一五一十地还原整个过程。我们结婚一年有余，这一年很幸福，就连她也不得不承认。

美国劳动节那天，一颗“流星”撞毁了我们的生活。我们开车去埃罗探望了我的父母。之所以开车，是因为我喜欢公路旅行，我只会在出差的时候坐飞机。那时候，我是一家教科书公司的销售员，专卖数学书，尽管我在学会12位数乘法口诀后就跟数学绝缘了。我之所以成功，是因为我懂得销售技巧。一周前，我跟我的母校谈成了一笔好交易，现在又在跟佐治亚州的一所学校进行商谈。我不能靠此工作变成富豪，但至少有希望获得一笔可以让我考虑买新房子的奖金。我们现在的房子并没什么不好，一座坚固的平房，所在的街道也很安静。只是，这栋房子是她的父母送给我们的结婚礼物，也是她孩童时起就居住的房子。她父母把房子过继给了他们唯一的女儿，且唯她一人，就像白人那样，为子女助力，妥妥的美国人风格。可是，我还是更想有一幢自己名义下的房子。

这就是我们驶上10号州际公路时，我心不在焉想着的事情。纪念日那天小吵之后，我们重归于好，恢复了往日的节奏。我开的是一辆本田雅阁家用轿车，后排有两个空座，旧式嘻哈曲子从汽车的立体声音响中传来。

六个小时后，我在163号出口打开转向灯，然后驶上一条双车道高速公路。此时，我觉察到瑟莱斯蒂尔有点反常。她耸着肩膀，咬着发梢。

“怎么了？”我把世界上最伟大的嘻哈专辑的音量调低，问道。

“有点紧张。”

“紧张啥？”

“你有没有过那种忘了关燃气的感觉？”

我把音响的音量又调高了，但比最初要低些。“那就给你朋友安德烈打电话。”

瑟莱斯蒂尔摸索着安全带，仿佛安全带蹭得她脖子不舒服。“每次见你爸妈我都这样，浑身不自在。”

“我爸妈？”奥利芙和大罗伊是人类史上最接地气的两个人了。恰恰相反，瑟莱斯蒂尔的爸妈都不近人情。她爸个子不高，矮冬瓜似的，留着弗雷德里克·道格拉斯[1]那种两侧宽厚的发型，最要命的是，人家还是个天才发明家。她妈从事教育行业，不是教师，也不是校长，而是整所学校的副主管。对了，她爸十年还是十二年前，发明了一种可以阻止橙汁快速分离的化合物，因而发了一笔大财。他把那玩意儿卖给了美汁源，然后从那天起，他们一家人就徜徉在金币的海洋里了。她爸妈都是硬骨头，相比之下，奥利芙和大罗伊简直是软蛋糕。“我爸妈挺喜欢你的啊。”我说。

“他们喜欢的是你。”

“我喜欢你，所以他们也喜欢你，多简单的道理。”

瑟莱斯蒂尔望向窗外，枯瘦的松树向后嗖嗖驰过。“我有种不好的预感，罗伊，我们还是回家吧。”

我老婆遇到事情反应会比较夸张，不过从她的口气中，我仍能听出一丝唯有“恐惧”才能形容的东西。

“怎么了？”

“不知道，”她说，“我们回去吧。”

“你让我怎么跟我妈说？她肯定在忙里忙外地准备晚饭呢。”

“就说是我的问题，”瑟莱斯蒂尔说，“跟她说都是我害的。”

现在回想起来就像是看一场恐怖电影，让人奇怪里面的主角怎么对凶兆总是不理不睬。当鬼魂叫着“滚出去”的时候，你就该照做。可在现实生活中，你哪里知道自己身处恐怖电影呢？你只会觉得自己的老婆

1　19世纪美国废奴运动领袖，杰出的演说家、人道主义家和政治活动家。

太过情绪化了，只会暗暗期待她这个样子是因为有了身孕，这样一来，有了小孩的喜悦就可以把刚才的心慌冲到下水道里了。

我们到的时候，奥利芙已经在门廊上等我们了。我妈喜欢戴假发，这次她戴的是一顶糖渍蜜桃颜色的卷发。我把车开进院子，紧贴着我爸那辆克莱斯勒的保险杠停了下来，然后熄火，开门，一步两个台阶地蹦上楼梯，在楼梯中间跟老妈来了个拥抱。她就一丁点儿大，所以我弯下腰，把她从门廊上抱了起来，她笑出了木琴般的乐声。

"小罗伊，"她说，"欢迎回家。"

我把她放下，回头看了看，一片死寂。所以我又折身返回，一步两个台阶地蹦下楼梯，打开车门。瑟莱斯蒂尔张开了双臂，在我的帮助下钻出本田。此时，我敢发誓我都能听到我妈翻白眼的声音。

"你们这是三角关系啊。"大罗伊解释道。我和他正在客厅的一角享用白兰地，奥利芙在厨房忙活，瑟莱斯蒂尔去梳洗了。"我当时比较幸运。"他说，"我跟你妈相识的时候，双方都没啥牵绊。我爸妈都死了，她爸妈远在俄克拉荷马州，他们装作没有这个女儿。"

"她俩会互相接受的。"我对大罗伊说，"瑟莱斯蒂尔需要时间跟人相处。"

"而且你妈也不像多丽丝·黛[1]那样和善。"他赞同道。我们举起酒杯，为这两个难缠的爱人干杯。

"估计等我们有了孩子之后就没事了。"我说。

"是啊，孙子孙女能安抚一头野兽。"

---

1 美国著名歌手、演员，笑容温和而迷人。

“你说谁是野兽呢？”我妈从厨房里现身，像大姑娘一样坐在大罗伊腿上。

瑟莱斯蒂尔从另一扇门走了进来，梳洗一新，容貌可人，散发着一股蜜橘的香气。躺椅被我占了，沙发又成了我爸妈的爱巢，她一时无处可坐，我见状拍了拍膝盖，她理直气壮地坐在了我腿上。整个画面就像是一场令人尴尬的 50 年代“四人约会”。

我妈挺直身子。“瑟莱斯蒂尔，听说你出名了。”

“什么？”她说着，想要从我腿上站起来，好在我拽住了她。

“杂志上说了。”她说，“你引起了这么大的轰动，怎么不跟我们说呢？”

瑟莱斯蒂尔害羞起来。“只是校友公告栏而已。”

“这可是杂志啊。”我妈说着，从咖啡桌底下拿出一本闪亮的杂志，然后翻到折角的一页，上面是瑟莱斯蒂尔拿着一个布娃娃的照片，布娃娃是按照约瑟芬·贝克[1]的形象设计的。一旁的粗体字写着“艺术家风采”字样。

“我寄过来的。”我承认道，“怎么说呢？我很骄傲。”

“有人愿意花五千美元买你的娃娃，这是真的吗？”奥利芙噘着嘴，目光与瑟莱斯蒂尔短暂对视后立即移开。

“一般不会。”瑟莱斯蒂尔说。

但我的声音盖过了她：“没错，我可是她的经纪人，怎么能便宜了别人？”

“一个布娃娃五千块？”奥利芙拿杂志扇起风来，那顶蜜桃色的假发飘上飘下。“上帝创造白人就是为了这个吧。”

1　美国著名黑人舞蹈家，被称为“黑人维纳斯”。

大罗伊咯咯笑了起来，瑟莱斯蒂尔则像只翻倒的甲虫，在我腿上扭来扭去。“图片上看不出来。”她听起来像个小女孩，“头饰上的串珠是全手工的，再就是——”

“五千块能买一大堆珠子了。”我妈说。

瑟莱斯蒂尔看向我。我试图调解：“妈，别怪玩家，怪就怪游戏规则。”在老婆面前说错话，你马上就能意识到。她有个神技，可以让空气中的离子重新排列，叫你无法呼吸。

“这不是游戏，这是艺术。”瑟莱斯蒂尔的目光落在客厅墙上的非洲风格版画上，“我做的是真正的艺术。”

大罗伊向来圆滑，说道：“要是能亲眼看到就好了。”

“汽车里就有一个，”我说，“我去拿。”

布娃娃被裹在一条软布毯子里，看起来像个真的婴儿。这是她的一种怪癖。她是一个富有母性的女人，对自己制作的布娃娃有种强烈的保护欲。我跟她说过，在我们开了门店之后，她的这种态度一定得转变才行。那些“普培”[1]的价格都不及艺术品（比如我手中这件）的零头，而且必须快速缝制，一旦娃娃流行起来，就要投入量产，断不能再做这种羊毛毯裹着的娃娃了。不过这个娃娃算是例外，因为它是亚特兰大市长花钱订购的，他的幕僚长的孩子预计在感恩节前后出生，这个娃娃就是他要送的贺礼。

为了让我妈看到娃娃的脸，我把毛毯掀开了。她大吸一口气。我朝瑟莱斯蒂尔挤了挤眼睛，她发了慈悲，让空气里的离子恢复如初，我又可以呼吸了。

---

1 原文为法语“poupées”，意为“布娃娃”。

“这就是你呀。”奥利芙把娃娃从我手里拿了过去，小心翼翼地托着它的头。

“我对照着他的照片做的。”瑟莱斯蒂尔得意地说，“罗伊是我的灵感之源。”

“所以她才同意嫁给我。”我开玩笑说。

“但不是唯一的原因。”她说。

我妈不张嘴说话的时刻看起来是多么惬意。她注视着怀里的娃娃，我爸也靠了过来，从她肩后观看。

“头饰是奥地利水晶做的。”瑟莱斯蒂尔继续说道，越发激动了。“对着光看看。”

我妈照做了。黑珠头饰反射着灯光，使娃娃的头闪闪发光。“天使光环。”我妈说，“当你有了宝宝，你会发现确实是这样的，宝宝就是你的天使。”

我妈走向沙发，把娃娃放在垫子上。这是一段梦幻的经历，因为那娃娃确实像我，至少像我小时候的照片。看着它，就仿佛看着一面魔镜。现在的奥利芙仿佛回到了十六岁，那么小的年龄就当了母亲，可仍然犹如春天一般温柔。“我能买下来吗？”

“不行，妈。”我说着，心中油然升起一股自豪感，“这是别人定制的，有时间限制，一万块钱呢。粗制滥造的，是你宝贝儿子揽的生意！”

“也是。”她说着，用毛毯把娃娃盖了起来，就跟盖裹尸布一样。“我要布娃娃干啥？都一把年纪了。”

“你留着吧。”瑟莱斯蒂尔说。

我对她做了一个她称之为“加里·科尔曼式”[1]的表情。合同明确指

1 加里·科尔曼是美国著名黑人明星，因身材矮小，经常饰演儿童角色，被称为“史上最伟大的童星”。

出截止日期就是这个月底，黑色墨水签字公证，一式三份，根本就不容更改，而且还是先看货后付款。

瑟莱斯蒂尔看都没看我就说："我可以再做一个。"

奥利芙说："还是算了，我不想误了你的事，只是这娃娃太像小罗伊了。"

我伸过手，想把娃娃拿过来，但我妈并没有松手。瑟莱斯蒂尔也没有要回来的打算，只要有人欣赏她的作品，她就会变得特别实在。看来，要想真的做卖娃娃的生意，我还得帮她戒掉这个毛病。

"你留着吧。"瑟莱斯蒂尔说道，就好像她并没有花三个月来设计这个娃娃，"我再给市长做一个。"

"啊，市长。好吧，对不起。"她把娃娃还给了我，"赶紧放回汽车吧，别让我给弄脏了，我可不想欠你们一万块钱。"

"我不是那个意思。"瑟莱斯蒂尔带着歉意看向我。

"妈。"我说。

"奥利芙。"大罗伊说。

"汉密尔顿夫人。"瑟莱斯蒂尔说。

"该吃晚饭了。"我妈说，"但愿你们还爱吃糖山药和芥菜。"

我们开始吃晚饭，虽然不是一片死寂，但也没人说话。奥利芙在愤怒之中，泡了一壶差劲的冰茶。我喝了一大口，本期待着蔗糖甘甜绵长的滋味，不料差点没被猛烈的粗盐齁死。一会儿后，我的高中文凭突然从墙上掉了下来，玻璃封面上出现了裂痕。不祥之兆？或许吧。不过我当时可没心情猜测上帝的旨意，挣扎于两个深爱的女人之间就够我愁的了。并不是说我不知道如何应对窘境，每个人都有过筋疲力尽的经历。但在我妈和瑟莱斯蒂尔之间，我整个人像是被劈成了两半。奥利芙生我养我，造就了现在的我。瑟莱斯蒂尔则是我余生的指路灯，引我走向更高更远的地方。

饭后甜点是我最喜欢的肉桂蛋糕，但那一万块的娃娃引起的口角让我没了胃口。不过，我还是勉强塞下了两块。但凡跟南方女人打过交道的人都知道，不吃她们做的食物只会让事情恶化。所以我吃得像难民一样，瑟莱斯蒂尔也是如此，尽管我们之前都发过誓再也不吃精制糖。

清理完桌子，大罗伊说："你们把行李拿进来吧。"

"老爸。"我轻声说，"我们在松林旅馆定了一间房。"

"你宁愿住那家烂旅馆也不愿意待在自己家里？"奥利芙说。

"我想带瑟莱斯蒂尔回到最初的起点。"

"那也没必要在那里过夜吧？"

有必要。要想回顾过去的事情，就得远离我爸妈的修正主义倾向。我们结婚已经一年了，总该让她对我有个彻底的了解了。

"是你的主意吗？"我妈问瑟莱斯蒂尔。

"不是，夫人，我挺想住在这里的。"

"是我的主意。"我说。其实，瑟莱斯蒂尔更喜欢我们住旅馆。她说，不管是住在谁家父母的房子里，她都会感觉不自在，即使我们已经是合法的夫妻。她平常有裸睡的习惯，但上次我们住在这里的时候，她特意套上了两层大长睡袍睡觉。

"可我房间都整理好了。"奥利芙说着，突然间拉住了瑟莱斯蒂尔。两个女人互相注视着彼此，这种对视在男人之间从未有过。一瞬间，房子里除了她俩，仿佛再无他人。

"罗伊。"瑟莱斯蒂尔转头看我，竟然面露恐惧，"你觉得呢？"

"我们明早就会回来，妈。"我说着，吻了吻她，"我要吃蜂蜜和饼干。”

从我妈家里出来到底用了多久？可能是现在回想起来的原因吧，反正我感觉除我之外的其他人似乎口袋里都装满了石头。当我们终于走到门口的时候，我爸把那只裹在布里的娃娃递给瑟莱斯蒂尔。他笨拙地拿着它，似乎在纠结到底该拿它当物品，还是当活物。

“给他透透气。”我妈说着，把毯子朝下拉了拉，橘黄色的夕阳点亮了娃娃头上的光环。

“你留着吧。”瑟莱斯蒂尔说，“我说真的。”

“这可是给市长做的。”奥利芙说，“你可以给我另做一个。”

“或者干脆做个真的。”大罗伊说着，两只大手在肚子前比划了一下怀孕的样子，然后大笑起来。他的笑声打破了让我们寸步难行的咒语，我们终于可以离开了。

一钻进汽车，瑟莱斯蒂尔立马就放松了下来。不管之前是什么魔咒或是邪气，在我们驶上高速之后，就统统消失了。她把头埋进双膝，忙着给耳朵上面的法式小辫松绑，再把它们梳理蓬松。等她坐起身时，又恢复了原来的样子，头发蓬乱，笑容淘气。“我的老天啊，刚才太尴尬了。”她说。

“是啊。”我表示赞同，“我都不知道到底是为啥。”

“为了孩子呗。”她说，“盼孙子盼孙女能让原本头脑清醒的爸妈都变得阴阳怪气。”

“你爸妈倒不这样。”我说。她的爸妈跟冰盒馅饼一样冷淡。

“不，他们也那样。”她说，“只是在你面前比较收敛而已。他们四个都该去看心理医生了。”

“可我们也在尝试要孩子啊。”我说，“他们催来催去又有什么用呢？有共同的想法不该是好事吗？”

回旅馆的路上，我在一座吊桥前把车停到了路边。这座桥跟地图上标注的“阿尔德里奇河”搭配在一起显得有点大材小用，因为这条河不过是条丰盈的小溪而已。

“你脚上穿的啥？”

“高跟鞋。”她皱着眉头说。

“能走路吗？”

她显得有些窘迫，脚上的鞋子是由软木和圆点花纹缎带构成的。“穿平底鞋怎么能给你妈留下深刻印象呢？”

“别担心，路不远。”我沿着松软的河岸向下滑行，她在我身后小步小步地跟着。“抱紧我脖子。”我说着，把她像新娘一样抱了起来，走完剩下的路。她的脸贴着我的脖子，叹了一口气。我喜欢自己比她强壮、可以把她抱起来的感觉，但我不会告诉她。我知道她也喜欢这种感觉，虽然她也不会告诉我。我走到溪边，把她放到松软的土地上。“你越来越重了，丫头，你确信自己没怀孕吗？”

“哈哈，真好笑。”她说着，抬起头来，“这么点儿水配了这么一座大桥。”

我坐到地上，背靠着一根金属柱，就像倚在我家前院里的那棵山核桃树上。我岔开双腿，拍了拍双腿中间的空地。她坐了过来，我把双臂交叉在她的胸前，然后把下巴抵在她的肩上。一旁的小溪很清澈，水流冲刷着光滑的石头，暮色映出粼粼波光。我的妻子身上散发着薰衣草和椰子蛋糕的味道。

我说：“堤坝建成之前，河水还很浅，那时候每逢周六，我和我爸就带着钓鱼线和鱼饵过来钓鱼。为了体现他的父爱，他还会带上腊肠三明治和葡萄汽水。”她咯咯笑了起来，并不知道我此时很严肃。在我们上方，一辆汽车从桥边的护栏旁驶过，空气穿过金属网，发出一阵乐音，很像轻轻在瓶口吹气时发出的声音。“当有很多汽车经过的时候，发出的声音几乎就是一首歌。”

我们坐在那里，等待汽车经过，倾听大桥的音乐。我们的婚姻确实很美满，真的不是回忆使然。

“佐治亚。”我用昵称叫她，“我家比你想象的要复杂，我妈……”话到嘴边，却又说不出来。

“我不介意的。”她保证道，“我没有不开心，她只是太爱你了。”

她转过身。我们像青少年一般接吻，在大桥底下亲热。这种感觉真好：成熟却尚年轻，已婚却未安定，牵绊却仍自由。

我妈夸大其词了。松林旅馆与 6 号汽车旅馆[1]档次差不多，客观来说，大概也就一星半吧，不过整个小镇就这一家旅馆，干脆再给它加上一星。很久以前，在一次舞会结束后，我把一个女孩带来了这里，希望能够得到她的初夜。为了能付得起房钱，以及阿斯蒂气泡酒等浪漫“烘托剂”，我在小猪扭扭[2]打工，给一堆又一堆的商品打包。为了享用旅馆里的魔手震动床[3]，我甚至还跑进自助洗衣店，换了一沓 25 美分的硬币。结果那天晚上意外连连，竟变成一场喜剧。震动床一连吞掉 6 枚硬币后终于运转起来，发出割草机般刺耳的轰鸣。而且，那女孩穿了一件奴隶制时期的大长裙，我撩起她的裙子，正要进一步了解她的时候，裙子里

---

1 美国的一家经济型旅馆品牌。

2 Piggly Wiggly：美国的一家连锁超市。

3 Magic Fingers：20 世纪 60 年代和 70 年代时，美国风靡一时的旅馆必备品，顾客在投币后，可以享受震动按摩带来的舒适与轻松。

的硬裙撑撞到了我的鼻子。

我们办好入住手续，走进房间，我把这个故事讲给了瑟莱斯蒂尔，希望能博她一笑。但她只是说着“过来吧，亲爱的”，让我枕在她的胸前。真巧，之前的那个舞伴也做了一模一样的事。

“感觉我们像在露营。”我说。

“更像在留学吧。”

我注视着镜子里她的眼睛，说：“我差点儿生在这家旅馆里，奥利芙之前是这里的清洁工。”那时候的松林旅馆名叫“叛军之窝”，很干净，但各个房间里都挂着联盟星条旗[1]。我妈在擦浴缸的时候，突然感到产前阵痛，但她实在不想让我的人生始于星条旗之下，于是夹紧双膝，一直忍到三十英里之外的亚历山德里亚。这家店的店主开车送她去的，尽管房间的装饰令人担忧，店长人倒是挺好的。那天是 1969 年 4 月 4 日，距马丁·路德·金被杀刚好一年。我人生的第一晚睡在一间非种族隔离的婴儿房里，我妈为此深感自豪。

“当时大罗伊在哪儿？”瑟莱斯蒂尔问。我就知道她会这样问。

这个问题就是我们来这里的原因，可为什么回答她对我来说如此困难？我把她引向这个问题，可她发问后，我却沉默如石头。

“他在工作吗？”

瑟莱斯蒂尔坐在床上，往市长预定的布娃娃上缝珠子，但我的沉默吸引了她的注意力。她把线咬断，打好结，然后扭头看着我。“怎么了？”

我的嘴唇一直在动，却发不出声音。这个故事不该从此开始。我的

---

1 南北战争时期，美国南方叛军组建美利坚联盟国，其旗帜也是星条旗，但样式与现在的美国国旗大有不同。

故事自然要从我的出生开始，但这个故事还要倒退一段时日。

“罗伊，怎么了？有什么事吗？”

“大罗伊不是我亲爸。”我曾向我妈保证不会跟别人说这句话。

“什么？”

“从生理层面上说，他不是我爸。”

“可你的名字？”

“我还是婴儿的时候，他让我继承了他的名字。”

我从床上起身，用罐装果汁和伏特加混了两杯饮料。我用手指搅拌饮料，都不敢望向她的眼睛，哪怕是镜子里她的眼睛。

她说：“你知道多久了？”

“在我上幼儿园之前，他们就告诉我了。埃罗是个小城，他们怕我从校园里听到这件事。”

“所以你告诉我也是出于同一个原因？怕我从大街上听到？”

“不是。”我说，“我告诉你是因为我想让你知道我所有的秘密。”我回到床上，把塑料杯递给她。“干杯。”

她没有喝酒，没有被可怜兮兮的我打动，只是把酒杯放在刮痕累累的床头柜上，然后小心翼翼地把市长的娃娃裹了起来。“罗伊，你为什么要干这样的事？我们都结婚一年了，你怎么现在才跟我说？”

我等待着接下来的狠话、生硬的指责以及泪水；或许我甚至期待着她那样。但瑟莱斯蒂尔只是看向天花板，摇了摇头，然后深吸一口气，又重重吐出。

“罗伊，你就是故意这样做的。”

“这样做？哪样做？”

“你说我们是一家人，说我是你最亲近的人，可你此时又给我这样的打击。”

“这不是打击啊。我的身世对我们有什么影响吗？”我有意引出这个问题，但又渴求一个真诚的回答，我期待着她跟我说没什么影响，说我仍是我自己，哪怕我的原生家庭不同寻常。

“不只是今天这一件事。比如上次，你钱包里有其他女人的电话号码，还有，你有时候连婚戒都不戴，再就是这件事。我们每走过一个坎，又会出现另一个。要不是我心里有数，我都觉得你是故意要破坏我们的婚姻，不想要孩子，想要毁掉一切呢。”她说得好像一切都是我的错，好像一个巴掌也能拍得响。

我生气的时候，不会抬高声音，反而会压低，我要把话说到对方的骨头里，而非耳朵里。“你确定你要这样说？这是不是你一直等待的一刻？这才是值得考虑的问题。我不过是跟你说我不太了解我亲爹，而你竟然开始怀疑我们的感情？你听好，我之前没告诉你，是因为我觉得那对我们不重要。”

“你有毛病。”她说，镜子里的脸怒目圆睁。

“你看你现在的样子。”我说，“这就是我之前不想告诉你的原因。有什么关系？你感觉我很陌生，就是因为你不知道我的基因到底来自谁？这不是瞎讲究吗？”

“问题在于你以前没告诉我，而不是你不知道你亲爹是谁。”

“我有说我不知道他是谁吗？你就是这么看待我妈的吗？你觉得她都不知道自己怀了谁的孩子？瑟莱斯蒂尔，你真的是那么想的？”

“别跟我死抠字眼。”瑟莱斯蒂尔说，“心里藏着一个阿拉斯加州那么大的秘密的人是你，不是我。”

“有什么可跟你讲的？我亲爸是奥萨尼尔·詹金斯，我就知道这些。你现在全都知道了，这个秘密真的有阿拉斯加州那么大？也就康涅狄格州那么大吧？或者罗得岛州。”

“别转移话题。”她说。

“听着，”我说，“替我妈想想，她当时还没十七岁，而那男的都成年了，是他占了她的便宜。”

“我说的是你和我，我们都结婚了，我们是夫妻。我根本就不在乎那男的叫啥，你看我像是在乎你妈……”

我转过身看她，不再借助镜子。她半闭着眼，抿着嘴，正要讲话。她的样子让我担忧，因为直觉告诉我，不管她要说啥，我都不想听。

“十一月十七号。”我趁她还没组织好语言，立即说道。

有些夫妻在玩性虐时会使用安全词来暂停性爱，我们的安全词则只用于吵架。“十一月十七号”是我们初次约会的日期，只要有一方说“十一月十七号”，我们的对话就得暂停十五分钟。我之所以叫停，是因为我知道如果她再说一个关于我妈的字，我们终会说出追悔莫及的话。

瑟莱斯蒂尔举起双手，说：“好吧，十五分钟。”

我站起身，拿起塑料冰桶。“我去加冰。”

十五分钟可真好打发啊。我一走出门，瑟莱斯蒂尔就开始拨打安德烈的电话。他俩是在婴儿围栏里相识的，那时候他们连坐都坐不起来，多年的感情积累让两个人情同兄妹。我和安德烈是在大学里认识的，瑟莱斯蒂尔就是他介绍给我的。

在她跟安德烈诉苦的时候，我走上二楼，把冰桶放在制冰机上，拉下摇杆，冰块断断续续地滚了出来。就在等待的空当，我遇见一个跟奥利芙年龄相仿的女人，她身材粗壮，面容和善，脸上还有酒窝，一只胳膊用布条吊着。“肩关节受伤了。”她说，然后解释说自己开车不熟练，出了车祸，原本是要去休斯敦抱孙子的，现在可抱不了了。我妈一直教导我要做一名绅士，于是我帮她把冰桶带回 206 号房间。她受了伤，开窗户不方便，我又帮她抬起窗户，并用一本《圣经》支撑。此时，我还要再等七分钟，所以就走进她的浴室，担起管道工的角色，把像尼亚加拉瀑布一样的马桶修理了一番。走的时候，我还不忘提醒她门把手有些松动，让她在我走后核实一下门有没有锁上。她向我道谢，我向她致意。当时是晚上8：48，我之所以知道，是因为我特意看了一下表，不想过早回去。

我是在8：53的时候敲的门。瑟莱斯蒂尔准备了两杯新鲜的寇德岬鸡尾酒，她徒手伸进冰桶取冰，每杯加了三块，然后晃了晃杯子，让饮料快速降温，最后向我张开美丽的双臂。

可谁知，这次欢乐夜之后竟是漫长的冷寂。

瑟莱斯蒂尔

记忆真是一个神奇的东西，一个古怪的馆长。现在的我仍会想起那天晚上，只是不像从前那样频繁了。如果总是回首过去，又怎能生活下去呢？可不管他们怎样说，于我而言，那件事是无法忘记的，或许永远也忘不了。

我时常梦回松林旅馆，我说这句话并不是出于辩护，而是实事求是。就像艾瑞莎[1]所言，“女人也是人……也是血肉之躯，跟她的丈夫一样。”不多什么，也不少什么。

我很后悔那晚跟他吵得那么凶——关于他的父母，关于种种。我们在结婚之前、在谈恋爱的时候也会吵架，甚至比那晚还要凶，但吵的都是我俩的事。在松林旅馆的时候，我们对家族往事纠缠不清，这样的争吵显然是毫无意义的。当时罗伊不知是发觉了什么，突然用“十一月十七号”打断了我。我看他拿着冰桶离开，心里反倒舒畅了些。

1　艾瑞莎·弗兰克林：美国著名的黑人歌手和钢琴家，被誉为“灵魂乐女王”。

我给安德烈打了电话。三声铃响之后，他接了电话，然后开始开导我，一如既往地通情达理。“不要对罗伊太苛刻。”他说，“如果他每次坦白之后你都发脾气，就是在变相地鼓励他撒谎。”

“可是，”我还在较真，“他都不——”

“你知道我说得没错。”他的语气中没有一丝自鸣得意的情绪，“但你不知道的是，今晚我有美女相伴。”

“哎哟哟。”我为他感到开心。

“谁都有寂寞的时候。”他说。

挂掉电话的时候，我仍在咧着嘴笑。

罗伊出现在门口的时候，我还在笑。他拿着冰桶，就像是捧了一束玫瑰花。此时，我的怒气已凉，仿佛一杯被遗忘的咖啡。

“佐治亚，我错了。”他说着，从我手里接走饮料，“那件事对我来说真的难以启齿。你要想想我的感受，你的家庭多么完美，你爸爸是个百万富翁。”

“他的钱也不是与生俱来的。”我说。这样的话我至少一周说一次。我爸把橙汁的秘方卖给美汁源之前，我们家就跟瀑布山庄里的其他家庭一样，是美国白人眼中的普通中产阶级，美国黑人眼中的上层中产阶级。没有女佣，没有私人学校，没有信托基金，只有两个文凭尚可、工作还行的父母。

“反正自从我认识你起，你一直都是个富家女。”

“一百万并不代表你就是真正的富人。”我说，“真正的富人根本就不用挣钱。”

“管它是真的富，还是暴发富，还是黑人眼中的富，反正对我的出身来说，不管是哪种富，都挺富。我可不敢跑到你爸的豪宅里，跟他说我连我亲爹的面都没见过。”

他朝我走近一步，我也朝他靠近。

“什么豪宅。”我让声音柔和下来，说，“而且我也跟你说过，我爸其实是阿拉巴马州一个佃农的儿子。”

这种对话总让我措手不及。这都一年过去了，我也该习惯了这种酸言苦语。在我结婚之前，我妈就警告过我，说我跟罗伊来自两个不同的世界，我需要不断提醒他，我们其实“被套在同一个犁上”。我觉得我妈的话挺有意思，就跟罗伊分享了，同时还给他讲了一个关于犁地的笑话，但他没有丝毫笑容。

“瑟莱斯蒂尔，你爸现在又没有种地。再说了，不是还有你妈吗？我不想让她知道奥利芙十六岁就怀孕，然后被狠心抛弃，我绝对不会让我妈那么没面子。”

我贴在他身上，双手放在他的头上，感受着他头颅的曲线。“听着，”我在他耳边说道，“我们又不是《天才小麻烦》里扮演黑人的白人，你也知道我妈是我爸的第二个老婆。”

“这有什么大惊小怪的？”

“那是因为你不知道隐情。”我吸了一口气，然后趁自己三思之前一吐为快，“我爸妈在我爸离婚前就在一起了。”

“你是说你爸和前妻分居了，还是……”

“我是说我妈是我爸的情人，而且在一起很久了，大概有三年。我妈是在法院结的婚，因为她的牧师不愿意给她主持仪式。”我看过照片，葛洛莉亚穿着米白色的礼服，戴着带有面纱的圆形女帽；我爸看起来很年轻，有些兴奋。他们脸上的微笑除了对彼此真诚的爱意之外看不出别的，也看不出他们已经有了孩子。其实我也在照片里，只不过藏在了一束黄色的菊花后面。

“妈呀。”他吹了一口气，“想不到你爸是这种人，更想不到你妈——”

“不许说我妈坏话。”我说，“你不谈论我妈，我也不谈论你妈。”

“我没有指责葛洛莉亚，你也不会指责奥利芙，对吧？”

“倒是可以指责我爸。葛洛莉亚说他们两个约会一个月后，他才说他已经结婚了。”

她是在我十八岁的时候跟我说的这些。那时，我因为一场狼狈的恋爱打算离开霍华德大学。我妈一边帮我封纸箱，一边说：“爱情是理智的敌人，但有时反倒是好事。你知道我跟你爸认识的时候，他已经成家了吗？”这是我妈第一次以女人对女人的口吻跟我讲话。我默默发誓永不泄密，到现在为止，从来没有背叛过她。

“一个月，也不算长啊，她可以跟他分手的。”罗伊说，“如果她想分手的话。”

“但她并不想。”我说，“葛洛莉亚说，那时候的她已经‘不可逆转地爱上了他’。”说这几个字的时候，我模仿了我妈在公众场合所用的干脆利落的演讲式语气，但当时的她声音都是颤抖的。

“什么？”罗伊说，“不可逆转？三十天保修期过了，所以她没法退货了？”

“葛洛莉亚说，现在回想起来，她倒很庆幸当时他没有告诉她，因为她是肯定不会跟一个已婚男士谈恋爱的。而事实证明，我爸就是她的真爱。”

“我也能理解。”罗伊说着，把我的手举到他的唇边，“有时候，你只在乎结果，不在乎自己是怎样到达那里的。”

“不，”我说，“过程同样重要。我妈觉得我爸瞒着她是为了她好，但要是我被人蒙骗，才不会感到感激呢。”

“你说得没错。”他说，“可换个角度想，如果你爸没有隐瞒，那就不会有你。如果没有你，我又会在哪儿呢？”

“反正我就是不喜欢隐瞒。我希望我们能坦诚相待，我不想我们的孩子继承我们的所有秘密。”

罗伊上下挥舞拳头。“你听见你说的话了没？”

“什么话？”

“你说‘我们的孩子’。”

“罗伊，别犯傻，听听我真正想表达的东西。”

“不准反悔。你说了‘我们的孩子’。”

“罗伊，”我说，“我是认真的。不要再隐瞒什么了，好吗？如果你还有什么秘密，快说出来吧。”

“没有了。”

我们就此和解，像之前那么多次争吵一样，我们终会和解。有一首歌唱的就是这种情景：“我们分开，是为了更好地相爱。”那时候的我没想过我们会一直这样，在互相指责与互相谅解之间携手变老。那时候的我并不知道什么叫天长地久，或许现在的我仍然不知道。但松林旅馆那晚，我坚信我们的婚姻就像一条精织细纺的挂毯，很脆弱，但又可缝补。我们常把它撕裂，又把它缝合，每次用的都是丝线，精美却易断。

我们爬上小床，因为喝了胡乱搭配的鸡尾酒，所以脑袋有些晕沉。我们怀疑床罩不干净，干脆把它踢到了地上，然后面对面躺下。我的手指沿着他的眉骨游走，心里想着我的父母以及他的父母。他们的婚姻不如我们这样精致，但更加结实，像是用灰麻线缝在一起的棉麻粗布。那天晚上，我和罗伊躺在这间租来的，却属于自己的屋里，享受着缠绵的爱意，那种感觉是多么优越。每每想起这些，我便害羞起来，双颊发热，哪怕只是在梦里。

那时候，我还不知道人的身体可以预知未来，所以当我的眼睛突然湿润的时候，我还以为不过是一次突如其来的情感泛滥而已。那种感觉在我逛布料店或是做饭的时候也出现过，我可能在想罗伊迈着罗圈腿走路的情景，或者是他把小偷撂倒在地、而后又被踢掉一颗宝贵的门牙的画面。不管何时何地，陷入回忆的我总会流泪，然后借口说是眼睛过敏，或是睫毛掉进了眼里。所以在埃罗的那天晚上，当情感模糊了我的双眼，我只字未提。我以为那不过是强烈的情绪使然，而非不祥的预感。

当初计划出行的时候，我本以为会在他母亲家里过夜，所以就没带内衣。此时的我穿的是一件白色睡裙，可以增加宽衣解带时的情趣。罗伊笑了，说他爱我。他的声音有些哽咽，仿佛刚才让我泪眼蒙眬的情绪也传染给了他。我们太愚蠢、太年轻，竟然会把它简单地归因于欲望。可欲望这种东西，我们何曾缺过。

我们筋疲力尽，躺在床上休息，似睡非睡地享受彼此的爱意。我在他身旁坐起身来，深吸一口气，回味这一天的味道——河边的泥土味儿，旅馆肥皂的麝香味，还有他身上独有的味道，以及我自己的味道。所有这些香气仿佛渗透进床单的纤维之间。我缓缓地贴近他的身体，吻了一下他闭着的眼睛。我觉得自己很幸运，但又跟众人眼中的幸运不一样。某些单身女士曾对我说，这年头能找到一个可以托付终身的男人何其幸运；某些杂志也常哀叹这世上的“优等”黑人男性所剩无几，不厌其烦地数落现存的次品：要么死了，要么同性恋，要么坐牢，要么娶了白人。是啊，他们所说的幸运我确实有，但我和罗伊的婚姻却给我一种原始的幸福，一种闻到他的味道就很享受的幸福。

是不是我们事先有所感知，所以那晚我们爱得那么深沉？还是说恰恰相反？是不是有一只来自未来的铃铛，在愤怒地向我们发出警告？它是不是没有铃舌，只能绝望地发出轻微的震动，让我下床捡起睡裙盖住身子？罗伊是不是感受到了某种微妙的警告，所以才翻过身，用粗壮的手臂把我固定在他的身边？他睡着了，嘴里嘟囔着什么，但没有醒来。

我想要小孩吗？我躺在床上的时候，有没有去幻想体内有一团饥渴的细胞，它们分裂再分裂，直到我成了母亲，罗伊成了父亲，大罗伊、奥利芙和我的爸妈成了祖父母和外祖父母？我确实想过体内正在发生的变化，但并没有渴求什么。一个正常女人嫁给一个正常男人后，当不当妈真的是可以选择的吗？我读大学的时候，在一个扫盲项目中做志愿者，辅导未成年妈妈。那是一份辛苦的工作，而且让人心灰意冷，因为没几个女孩最后拿到文凭。我的导师喝着浓缩咖啡、吃着羊角面包对我说："赶紧生个孩子，拯救这个人种！"他虽然是笑着说的，但并不是在说笑。"如果孩子都是她们这样的女孩生的，而你这样的女孩却不想要孩子，只想无拘无束，那我们的种族该怎么办？"我想都没想，直接保证一定会贡献一己之力。

并不是说我不想当母亲，也不是说我想当母亲，只是无论如何，我的承诺终要兑现。

所以当罗伊无忧无虑地呼呼大睡时，我闭着眼睛忧心忡忡。当门突然被踢开时，我仍然醒着。我知道他们是破门而入的，但案卷上写着他们是从前台那里要来的钥匙，门是他们以文明的方式打开的。可在外人眼中，谁又知道什么是真相呢？我清楚记得我丈夫还在我们的房间里熟睡着，而一个比他妈还大六岁的女人却说她在206号房间睡得很不安稳，因为担心门没有锁牢。她告诉自己她只是多疑了，但就是放不下心，睡不着觉。午夜之前，一个男人拧了她房门的把手，因为他知道门没锁牢。虽然光线很暗，但她坚信自己认出了罗伊，那个在制冰机前遇到的男人，那个跟老婆吵了架的男人。她说这不是她第一次受男人侵犯，但会是最后一次。她还说罗伊或许是个聪明的家伙，或许从电视上学了些毁踪灭迹的伎俩，但他抹除不了她的记忆。

她也抹除不了我的记忆，罗伊一整晚都跟我在一起。她不知道伤害她的人是谁，但我知道我嫁给了谁。

我嫁给了罗伊·奥萨尼尔·汉密尔顿，我和他第一次相见是在大学的时候。我们并不是一见钟情。当时的他自以为是个花花公子，而我虽然已经十九岁，却从不会玩弄感情。在霍华德大学的那场恋爱灾难之后，我以交换生的身份来到斯佩尔曼学院。离家对我来说实在艰难。我妈是这里的校友，她认为我在这里可以获得崭新而深情的友谊。我却只跟安德烈交往，他对我来说几乎就是邻家男孩，我们从三个月大时就形影不离，甚至在厨房的水槽里一起洗过澡。

安德烈就是那个把我介绍给罗伊的人，其实他也不是有意的。他们都住在偏远的瑟曼大楼，宿舍仅一墙之隔。我常常在安德烈的宿舍里过夜，但我们是绝对纯洁的朋友关系，虽然没人相信。他睡在铺盖上，我睡在毛毯下。现在想想也是挺奇怪的，不过在过去，我和安德烈的关系一直都是如此。

在我和罗伊正式见面前，隔壁突然传来一阵因做爱而气喘吁吁的声音，呼喊着他的全名“罗伊·奥萨尼尔·汉密尔顿”。

安德烈说：“你觉得他是不是故意让她这么喊的？”

我嗤之一笑：“奥萨尼尔？”

“听着不太自然啊。”

我们咯咯笑了起来，隔壁的床砰砰撞着墙壁。“估计她是假装很爽。”

“如果她是，”安德烈说，“那么女人都是。”

我跟罗伊真正见面是一个月之后的事了。

还是在安德烈的房间。罗伊早上 10 点跑了过来，想换点零钱洗衣服，进来的时候连门都没敲。

“哎呀，对不起，女士。”罗伊带着吃了一惊的疑问口气。

“我妹妹。”安德烈说。

“干妹妹？”罗伊打量着野丫头似的我，看来他确实想知道。

“如果你想知道我是谁，那就直接问我啊。”我穿着安德烈的棕白相间的T恤，头发塞在绒帽里，看起来肯定非同寻常。不过再非同寻常，也得亲口介绍自己。

“好吧，你是谁？”

“瑟莱斯蒂尔·达文波特。”

“我是罗伊·汉密尔顿。”

“罗伊·奥萨尼尔·汉密尔顿吧？隔墙有耳哦。”

然后，他和我四目相对，等待一个可以决定我们将来关系的暗示。最后，他移开了视线，向安德烈要了一枚25美分的硬币。我翻过身，趴在床上，翘起双腿，交叉双脚。

“你真是个奇葩。”罗伊说。

罗伊走后，安德烈说：“他那一副傻乎乎的样子是装出来的。”

“明显是装的。”我说。他给我一种“危险”的感觉，在霍华德的经历警告我最好离他远远的。

估计那时候我们的缘分未到吧，之后的四年里，我都没有跟罗伊·奥萨尼尔·汉密尔顿说过话，甚至都没想起过他。大学生活回忆起来就像是来自另一个时代的相册。我们后来再次联系并不是因为他有多么独特，而是当年他身上的“危险”特质在现在的我看来更像是一种“真实”感，而“真实”是我无比渴求的。

可什么是真实呢？我们那次不起眼的初次相见？或是那天我们竟

然在纽约再次相见？是什么时候一切变得真实起来了呢？是我们结婚的那天，还是那个鸟不拉屎的小镇上的检察官宣称罗伊有潜逃风险的那天？警方认为，尽管他老家在路易斯安那，但他现居亚特兰大，放他走的话，会给他潜逃的机会，于是决定拘留他，不准保释。罗伊听到结果后，冷笑道："所以现在一点老乡情分都不讲了？"

我们的律师是我父母的朋友，但也没少要钱。他跟我保证不会让我失去丈夫。班克斯叔叔提出了申请，上交了文件，表示异议。但在开庭审讯之前，罗伊仍被关了一百天之久。我在路易斯安那待了一个月，跟公公婆婆住在一起，睡在那间本可以让我们躲过这一劫的房间里。我等啊等，缝啊缝，给安德烈打电话，给我爸妈打电话。我给市长寄娃娃的时候，连硬纸箱的盖子都封不上，最后还是由大罗伊帮忙搞定的。一连好几天我反复梦到撕扯胶带的场景。

"如果结果不遂人意，"开庭前一天，罗伊对我说，"那就不要等我了，继续做你的娃娃，该做什么就做什么。"

"会有好结果的。"我信心满满地说，"你又没犯罪。"

"我可能会蹲很久的监狱，你不要为了我失去自己的生活。"他的语言和眼神所表达的意思大相径庭，就像一边点头，一边说不。

"我们谁都不会失去什么的。"我说。

那时候，我还心存信念，相信公平。

安德烈也为我们出庭了。他是我们的婚礼见证人，也是罗伊的品德见证人。安德烈把剪刀递给我，让我剪掉他留了四年的发辫。我们结婚的时候，它们还只是一颗颗叛逆的小疙瘩。我把它们剪掉后，他的头发终于对引力有了反应，指向他的衣领了。剪完后，他用手指抓了抓头上剩下的波纹卷发。

第二天，我们在庭上就坐，尽可能看起来清白无辜。我爸妈在场，罗伊的爸妈也在。奥利芙穿的是去教堂时穿的衣服，大罗伊坐在她旁边，看起来可怜兮兮、老老实实。和安德烈一样，我爸也打理了头发，这是他唯一一次跟我优雅的母亲“套在同一个犁上”。很明显，罗伊跟我们也是一样的风格。他的外套剪裁得体，鞋子皮料精致，裤腿长度恰到好处。更重要的是，他脸上的胡子刮得干干净净，眼睛里流露着无辜与恐惧，不安地等待着政府的处置。

在县监狱里的时光让他瘦了一圈；他脸上的婴儿肥已经消失，露出了棱角分明的方下巴，我之前都不知道他的下巴长这样。奇怪的是，瘦削反而让他显得更加强大，而非颓废。他看上去不像是个受审的人，而是一个上班族，唯一让他露馅的是他那可怜的手指头。他把指甲咬得露出了软肉，又开始咬指甲周边的肉刺。我亲爱的罗伊啊，他如此善良，唯一会伤害的就是自己的双手。

我只知道一点：他们不相信我。十二个人，没有一个相信我的话。我站在法庭的前排，跟他们解释罗伊不可能强奸206号房间的女人，因为我和他当时在一起。我还跟他们讲了那张不能使用的魔手震动床，以及飘满雪花的电视机里播放的电影。检察官问我们是因为什么吵架。我慌了，看向罗伊，又看向我们的母亲。班克斯提出抗议，所以我没必要回答，但我的停顿让他们感觉我们幼小的婚姻萌芽已经烂了根，而我在故意隐瞒这个事实。在我从证人席上走下来之前，我就知道自己辜负了他。或许是我不够动人，或许是我不够激动，或许是我不像本地人，谁知道呢？班克斯叔叔指导我说：“现在不是你关注言谈的时候，而是你放弃矜持的时候。直截了当地说出自己的心声，不管他们问你什么，都要让陪审团知道你嫁给他的理由。”

我尽力了，但还是不知道怎样在一群陌生人面前表现得不那么“言语得体”。我真希望能把自己的艺术品带过来，比如那批“感动人心”系列作品——弹珠、布娃娃，还有几张水彩画，都是照着罗伊的形象做的。我会对他们说：“这就是他在我心中的分量。难道他不美吗？难道他不温柔吗？”而此时的我只有语言，像空气一样苍白无力的语言。当我回到安德烈身边就坐时，就连那位黑人女性陪审员都没有看我一眼。

事实证明，我电视看多了。我还期待着会有科学家过来检测 DNA，期待着两三个英姿飒爽的侦探在最后一刻冲入法庭，火急火燎地在检察官耳边低语。然后，所有人都会明白整件事就是个重大的错误，是个可怕的误会，我们不过是虚惊一场。我深信自己能够跟丈夫一起走出这间法庭，然后回到安全的家里，跟人们讲在美国没有一个黑人是真正安全的。

他们判了他十二年。等他刑满释放的时候，我们都四十三岁了。四十三岁，我想都不敢想的年纪。罗伊明白十二年有多漫长，在被告席便抽泣了起来。他双膝一软，跌坐在椅子上。法官停顿下来，要求他站着接受判决。他再次起身，大哭起来，并不是像孩子那样哭，而是以成人的方式，从足底，到胸腔，最后从嘴里哭出来。当一个人哭成那个样子，你就知道他把这辈子没哭出来的眼泪一次性哭了出来，从少年棒球联赛的失利，到青春期的感伤，一直到去年他经受的所有委屈。

罗伊恸哭的时候，我的手指不停地摸着下巴上一块粗糙的皮肤，那是一道疤痕。他们破门而入之后——我记得他们是把门踹开的，但其他人都说他们是用塑料钥匙开的门，不管门是怎么开的，反正门开之后，我们就被他们从床上拽了下来。他们把罗伊拽到了停车场，我也跟了过去，想要扑过去拖住他，身上只穿着那件白色睡裙。不知是谁把我推到了地上，我的下巴磕在了人行道上，牙齿陷进了下唇里；我的睡裙也翻了上来，身体的各个部位被在场的所有人一览无遗。罗伊就在旁边的柏油路上，我差一点就能够得着他。他说了些什么，但我没能听清。我们像两块平行的墓碑，不知在地上躺了多久。丈夫，妻子。神配合的，人不可分开。[1]

1 此句出自《圣经》之《马太福音》第十九篇。

亲爱的罗伊：

这封信是我坐在厨房的桌边给你写的。我是这几堵墙壁里唯一的活人，但我的孤单不止如此。我原以为自己知道什么有可能，什么没可能，直到现如今……或许这就叫做天真吧，一个天真的人是无法预测未来的痛苦的。经历了某些超乎想象的事之后，人是会变的。就像是生鸡蛋和炒蛋的区别，虽然是同一样东西，但又完全不一样，我也只能这样表达了。照镜子的时候，我知道里面的人是我，但又有些陌生。

有时候，单单走进这幢房子就会让我精疲力竭。我试图安慰自己，提醒自己曾经也独居过，之前一个人睡没能要了我的命，现在也不会。但是，失去让我对爱有了更加深刻的理解。空洞洞的何止是我们的房子，还有我们的家。爱在你的生活中占有一席之地，它卧在你的床上，又无形间住进你的身体，让你的血管改道，贴着你的心脏搏动。一旦爱消失了，一切就都不再完整。

在遇见你之前，我从不孤独；而现在，我如此孤独，我对着墙壁说话，对着天花板唱歌。

他们说你至少一个月才能收一次邮件，但我仍然每晚都给你写信。

你的，

瑟莱斯蒂尔

小罗伊·奥·汉密尔顿

编号 4856932

帕森惩教中心

劳德代尔·伍德亚德路 3751 号

路易斯安那州杰米森市，70648

亲爱的瑟莱斯蒂尔（佐治亚）：

高中的时候，学校给我安排了一个法国笔友，当时我只花了十分钟给他写信。从那之后，我就再也没给人写过信了。我很确信这是我第一次写情书，是的，我现在写的是一封情书。

瑟莱斯蒂尔，我爱你，我想你，我想跟你回家。你看，我尽说些你已经知道了的事。我只是想写下一些能让你记住我的话——那个真正的我，而不是那个站在破旧的法庭上崩溃的我。我当时太羞愧，没脸转身看你，但现在很后悔，能再看上你一眼，我什么都愿意。

对我来说，写这封情书着实不易，因为我都没见过情书——除非三年级收到的那张纸条“你爱我吗？□爱□不爱”（哈哈，不要回答）也算情书。情书应该像音乐或莎士比亚的作品那样，可我对莎士比亚一无所知。我是真心想要告诉你，你对我有多重要，可这太难了，就像用手指和脚趾去数一天有多少秒那样难。

为什么我之前不给你写情书呢？那样我就熟能生巧，知道如何下笔了。我在这里的每一天都是这种感觉，不知道该做什么，也不知道该怎么做。

我从来都不隐瞒对你的在乎，对吧？你都不必刻意去想。我不是一个善于言辞的男人，我爸曾教导我要用真实的行动去爱一个女人。还记得那次因为前院的那棵山核桃树看起来要死了，你差点精神崩溃吗？在我成长的地方，人们都不愿意把钱花到宠物身上，更别提树了。但我不愿看你焦虑，所以就雇了一个植物医生。你看，在我眼中，这就是一封情书啊。

成为你丈夫后，我做的第一件事就是“让你赋闲”，就像老一代人说的那样。让你找临时工作就是浪费你的时间和才华，你想缝艺术品，所以我就满足了你，而且不求回报。这就是我写给你的情书：“交给我吧，你只管做艺术，该休息时休息，想做什么就做什么。”

而现在我只有一张纸，一支简陋的圆珠笔。没有笔壳，只有笔头和塑料墨水芯。我看着它，心想，我就靠它来做你的丈夫了？

但我仍在努力。

爱你的，

罗伊

亲爱的佐治亚：

来自火星的问候！我可没开玩笑，我们的牢房都是用星球来命名的。（真的是这样，我没瞎编。）你的信我昨天收到了，一封也不少。收到它们我太开心了，甚至过于兴奋，都不知道从何说起了。

我在这里待了还不到三个月，已经换了三个室友了。我现在这位室友说他会在这里一直待下去，他的语气让我感觉他有什么打探消息的内部渠道。他叫沃尔特，成年后没多久就被关在了这里，熟悉这里的一切。我替他写信，但可不是无偿的。不是说我没同情心，而是说为别人免费做事，是换不来别人的尊重的。（我在公司里的时候就领略到了这一点，而在这里，这个法则变得更现实。）沃尔特没有钱，所以我只要他的香烟。（姑娘，请收起你的表情，我知道你会这样。我可不吸它们，只是拿它们换东西，比如方便面，不骗你。）沃尔特要我写的信都是写给女人的，她们是他从相亲广告上认识的，你是不知道有多少女人想跟罪犯做笔友！（别吃醋，哈哈。）他有很多问题问我，有时我得熬夜回答他，烦得很。他说他之前住在埃罗，所以想让我告诉他那里的近况。我说我上大学后就不住埃罗了，他说他从没上过大学，想让我告诉他大学里是什么样的。他连我为什么叫“罗伊”都很好奇，我又不叫“帕特里斯·卢蒙巴”[1]，或是其他需要解释的名字。可没办法，沃尔特就是奥利芙口中的“奇人”。我们称呼他为“贫民窟尤达[2]”，因为他总是富有哲思。有次我不小心叫他“乡村尤达”，他还生气了。我发誓我真的不是故意的，我也绝不再犯。不过都还好，他挺照顾我的，说什么“咱们罗圈腿兄弟就得互相照顾”。（真想让你看看他的腿，比我的还严重。）

这就是我的生活环境，或者说我只想让你知道这些。不要问我细节，你只需知道这里不好就行了。哪怕是个杀人犯，都不该在这里蹲上一年半载。**帮我催一下你叔叔吧。**

这里有太多让你停下来说“嗯……”的地方了。就比如，这座监狱里大概有一千五百号人（大多数都是男的），碰巧的是，莫尔豪斯学院的学生也是这个数。我不想成为那种鼓吹阴谋论的疯子，可是实在忍不住要那样去想。首先，监狱里的犯人一个个都觉得自己是被冤枉的。再就是，这里的事情太不合常理了，让你觉得肯定有人故意为之。我妈也给我写信，你应该想到了她给出的解释——“魔鬼一刻也闲不下来。”

---

1 非洲政治家，刚果民主共和国的第一任总理。

2 电影《星球大战》中德高望重的大师。

我爸则觉得都是三K党[1]在搞鬼。好吧，不是那种戴着面罩、拿着十字架的三K党，更像是心有三K而不自知的全体美国人。我也不知道我都在想啥——除了想你之外。

我终于可以列自己的探视名单了，你是名单上的第一位，瑟莱斯蒂尔·葛洛莉安娜·达文波特（他们非得要你的全名）。安德烈也在上面——他有中间名吗？有的话，估计也是“以利亚”[2]啊之类的宗教名吧。虽然他是我的好哥们，但我还是希望你第一次来看我的时候一个人过来。还有，亲爱的，要一直给我写信啊，我怎么都忘了你的字这么漂亮了？如果哪天你不想当著名艺术家了，单凭你的书法，你就能当上一名老师。写字的时候要使点劲儿，让字迹凹进去，因为晚上熄灯后——也不算完全熄灯，他们故意让灯光暗得你没法阅读，同时又亮得你没法睡觉——这个时候，我就用手指读信，就像读盲文一样。（浪漫吧？）

谢谢你在书里夹带了钱。在这里，想要什么都得花钱买，比如内裤、袜子，以及所有让你过得舒服一点的东西，要是有个带闹钟的收音机就好了（不强求）。当然了，跟你见面才是最能让我舒服起来的啊。

爱你的，

罗伊

注：我最开始叫你“佐治亚”，是因为我感觉你想家了。现在我这么叫你，是因为我想家了，而你就是我的家。

---

1 三K党是美国奉行白人至上主义的秘密组织，宣扬人种差别及暴力对待有色人种。

2 希伯来先知。

亲爱的罗伊：

当你收到这封信的时候，我应该已经见过你了，因为我是在路上寄的信。安德烈给车加了油，在车里面放满了吃的。探视守则我都快背下来了，那上面关于着装的要求极其详细。我最喜欢的一条就是“严禁阔腿裤和裙裤”，你都不知道它们长什么样吧？它们在四年级的时候还挺流行的，好在那种潮流再也没回来过。一句话总结着装要求就是：不准露肉。还有就是不能穿带有钢圈的胸罩，否则就会被金属探测器检测出来，然后被驱逐回家。这些要求给我一种要坐飞机去修女院的感觉……不管怎样，我准备好了。

不用说，我对这个国家和它的历史都太了解了。我记得曾经有个因误判坐牢几十年的人来斯佩尔曼学院做过一次演讲。你见过他吗？他跟那个最先怀疑他的白人妇女一起做的演讲，两个人在某种程度上都得到了救赎。尽管他们就站在我面前，我还是感觉他们只像是历史中的一个教训，是密西西比州昔日的幽灵。他们的故事跟我们这群为了拿学分而挤在教堂里的大学生能有什么关系？而现在我真希望自己能记得他们所说的话。我知道总有些人会遭遇那种不幸，可不曾想我们竟也会成为“有些人”中的一员。

你想没想过那个指控你的人？我真想跟她坐下来好好谈谈。她说有人在那间屋子里侵犯了她，我觉得她没说谎，她的声音就是证据。可那个人并不是你。现在她应该回到芝加哥或是什么地方了吧。当初选择在路易斯安那州的埃罗过夜，她应该后悔死了。我们又何尝不是如此。我也没必要给你说这些，你知道自己现在的处境，也知道自己莫须有的罪名。

班克斯叔叔正在准备第一次上诉，他安慰我说这并不是最坏的结果。很多人在被逮捕的时候命都没了，在警察的子弹面前更别提上诉了。所以说，至少我们还有上诉的机会，只是这样的机会也不多。

你知道吗？我每天晚上都为你祈祷。我跪在床上，像小时候那样祈祷，你能感觉到吗？我闭上眼睛，就能想到上次我们在一起时你的样子，连你眉上的那颗雀斑都很清晰。我有个笔记本，上面写着那晚我们入睡前说过的每一句话。我把它们写下来，是想在你回家后，我们可以一起续写下去。

实不相瞒，我紧张死了。我想起了刚谈恋爱的时候，我们是异地恋，你给我寄来了一张车票。那时我们一直都是用电话和邮件联系，终于能再次见到你的时候，我却不知道做何期待了。我们挺过了异地的考验，只是此时写信的我又有了当时的那种心情。所以我想提前说一下，如果我们再见面的时候有些尴尬，你一定要知道那是因为场合太陌生，而我又太焦虑。要知道一切如旧，我仍像当初嫁给你时那般爱你，且会永远爱下去。

你的，

瑟莱斯蒂尔

亲爱的佐治亚：

谢谢你来看我，我知道你来一趟不容易。你坐在会见室里，高贵而优雅，与这里格格不入。见到你，比见到任何人都开心，我差点像个小女孩一样哭起来。

说实话，第一次相见就当着这么多人的面，让人很不自在。你不谈我真正想说的事，所以我就保持了沉默。我憋在心里，是因为我不想糟蹋我们在一起的时光，我也确实如愿以偿了。见过你之后，我高兴坏了。第二天沃尔特嘲笑了我一整天，说我像一棵圣诞树一样被点亮了。可是，对不起，瑟莱斯蒂尔，我必须要跟你说一说我的困惑。

我确实说过不想让我的儿子有个蹲监狱的老爸。我对自己的亲生父亲了解不多，只知道他的名字，以及他可能是个罪犯。幸好有大罗伊把我当亲生儿子养大，让我不必把“耻辱”像一块巨大的怀表一样挂在脖子上。有时，我还真能幻听到表针跳动的声音。我常常想起一个叫麦隆的小孩，他爸爸在安哥拉监狱，他又瘦又矮，衣服都是教堂捐赠的。有一次，我还看到他穿着我丢掉的外套。他们给他起外号叫“鸟崽”，因为他老爸蹲监狱，是只“笼中鸟”。一直到今天，你叫他“鸟崽”，他还是会答应，仿佛“鸟崽”就是他的真名。

不一样的是，我们的孩子会有达文波特先生、葛洛莉亚、安德烈以及我的家人照料，在我重获自由之前照料他既是他们的特权，也算一种义务。所以说，我的儿子不会变成我所害怕的样子。

我知道你为什么不想讨论这件事，因为覆水难收，可他在我脑海里挥之不去。当然了，我并不知道我们的宝宝是个男孩，只是在我潜意识里，他就是小小罗伊。

我不得不问一些沉重的问题：如果我们有更多的信念，是不是就会有不同的结果？假如这是生活给我们的考验呢？假如我们留住这个孩子呢？没准我能及时洗清冤屈，亲眼见证他光着脑袋、清清白白地来到这世上。而我们所遭受的一切，将会变成一个故事，待他长大的时候讲给他听，教他如何以黑人的身份在美国谨小慎微地生存。可我们决定打掉他，就好像对即将到来的审判没有任何信心。当我们放弃的时候，上帝也放弃了我们。我知道上帝永不言弃，但你懂我想表达的意思。

你不必回答我的这些问题，但请告诉我还有谁知道这件事。你可以跟别人说，没事的，我只是好奇而已。你爸妈也在我的探视名单上，他们知不知道这件事？

佐治亚，我知道我不能逼你谈你不想谈的话题，可你得知道是什么让我沉默难言、如鲠在喉。

不管怎样，见到你我很开心。我对你的爱无法用文字表达。

你的丈夫，
罗伊

亲爱的罗伊：

是的，亲爱的，是的，我也会那样想，但不是一直都在想，也不能一直都在想。我想的时候，心里更多的是难过，而不是后悔。我能理解你的痛苦，但请不要再给我寄你上周写来的那种信了。你忘了县监狱了吗？里面混杂着尿味、消毒水味，以及周围那些心急如焚的妇女和孩子的味道。当时的你面色多么苍白，就像涂了一层灰一样。你的手粗糙得像鳄鱼皮，他们连润肤乳都不给，任你的手皲裂出血。这些你都忘了？他们总说你的审判“很快就开庭”，可我们还是等了一百天。在那些天里，你掉了太多的肉，班克斯叔叔不得不给你订一套新正装。那时的你就跟鬼一般。

我怀孕的消息本该是好消息，然而在当时却不算是好消息。但我还是告诉了你，希望能让你打起精神来，重新振作。你确实打起精神来了，但只是捏紧拳头，抱头痛哭。还记得你自己的原话吗？“你不能怀孕，不能在这个时候怀孕。”你就是这样对我说的。你抓着我的手腕，那么用力，我的手指都麻了。所以别跟我说你不是那个意思。

当时你没跟我提起那个叫“鸟崽”的男孩，也没提起你的亲爹。但我无需这些就能看出一个道理，当时我就很确信，现在更是无比坚信：孩子要不要生下来，要看他父亲的意愿，而你把自己的意愿阐释得清楚明了。

罗伊，我也不想那样做。不管你有多痛苦，也不要忘了我才是那个经受磨难的人，我才是那个怀了孕的人，我才是那个堕了胎的人。你感受的痛苦，在我身上不会少一分。你可以说我不知道蹲监狱是什么感觉，可你知道去诊所签字堕胎是什么感觉吗？

我用自己的方式排解，像个疯子一样缝娃娃，常常缝到深夜。这些娃娃让我想起了小时候的一个娃娃。那时候，佐治亚州克利夫兰市有家商店在出售娃娃，价格很贵，对我们家来说有些负担不起，但葛洛莉亚还是带着我去看了看。我看着展览柜上的娃娃，问：“这里是不是娃娃们的夏令营？”我妈说，不是的，这里更像是孤儿院。爸妈把我保护得太好了，我连孤儿院是什么都不知道。听了我妈的解释后，我抽泣起来，要她把所有的娃娃都带回家。

我倒不觉得自己制作的娃娃是孤儿；它们只是碰巧生活在我的缝纫室里。现在我已经做了42个娃娃了，正考虑着把它们在手工艺品展览会上卖掉，就按成本价，大概五十美元一件。这些娃娃面向的是小孩子，而不是收藏家。实话告诉你，我想赶紧摆脱它们。它们整天盯着我，实在让人受不了。哪怕这样，我还是在不停地制作它们。

你问我还有谁知道。你是问我还有谁知道我打掉孩子呢，还是问我还有谁知道是你让我打掉孩子的？你觉得我挂了个公告牌大肆宣扬吗？只要你是个成年女人，只要你的银行账户余额多于十美元，人们就理解不了你为什么要打掉孩子。可是我的丈夫在监狱里啊，我要怎样做母亲？我知道你是无辜的，一点儿都不怀疑你，可我也知道你不在我身边。人生不是游戏，不是演习，也不是电影。我也没想到自己会怀孕，直到我月经延迟了两周也没来，用了验孕棒后才知道。

除了安德烈，我谁都没告诉。他只说了一句话："你不能一个人去。"所以，是他开车送我去的。诊所附近聚了一群反堕胎的人，他们喊着口号，举着让人恶心的标语。他脱下外套，罩在了我的头上。做手术的时候，他一直在外面等我。后来，在汽车里，他跟我说了一句我想跟你分享的话。他说："别哭，以后还有机会。"罗伊，他说得没错，我们以后还能要孩子，还能做父母。就像人们常说的那样，"给你生个女孩，我自己要个男孩"，或者恰恰相反？等你出狱后，如果你想，要十个孩子都没问题，我向你保证。

爱你，想你。

你的，

瑟莱斯蒂尔

亲爱的佐治亚：

我说过不再纠结此事，但有些话不得不讲。咱俩真的是把各自家庭的往事连根拔出了。看你信里说的，就好像是我逼你打胎一样，就好像那天你来县监狱的时候很开心一样。你跟我说你怀孕了的时候，就像说你得了癌症。我还能说什么呢？退一步讲，就算是我逼你那样做，你也不是一个百依百顺的女人啊。我永远也忘不了我们结婚的那天，牧师让你说"顺从"二字的时候，你当着所有人的面，对他怒目而视。要不是他的退让，恐怕我们还僵持在圣坛前，还没迈进婚姻的殿堂吧？

那天在县监狱里，我们有过讨论。你和我，两个成年人之间。我可没有命令你做任何事情。我说到不要这个孩子的时候，你脸上的表情随即缓和了。我只是松了一下手，你就把球抢了过去，带着它跑了。你没记错，我确实那样说过，可你也没试着反驳我啊。你没说我们可以挺过来，你没说这是一个我们共同创造的孩子，你也没说在他出生之前，我也许能重获自由。你只是抱着头说："我不得不那样做了。"

对，我明白，你的身体由你做主，你在斯佩尔曼学院学了很多诸如此类的大道理，没问题。

可是，我们本该想到那样做的后果。我为我的行为负责，但这件事不是我一个人的错。

爱你的，

罗伊

亲爱的罗伊：

先说一段往事。

在读大学的时候，我室友跟我说，男人想要的是那种"有经验的处女"，所以千万不要跟一个男人讲你过去的感情经历，因为他想假装那些都不存在。因此，接下来的话你估计不爱听，但我感觉你就是在逼我分享这个伤心事。

罗伊，你知道我在去斯佩尔曼之前，在霍华德大学待过一年，但你不知道我为什么离开霍华德。在霍华德的时候，我选了一门名叫"非洲散居侨民艺术"的课程，任课老师劳尔·戈麦斯是个黑人，本身就是散居侨民的一员。他来自洪都拉斯，情绪一激动就会飙西班牙语，而他对艺术一直都很激动。他说他的博士论文之所以没有完成，就是因为他觉得用英语来描述伊丽莎白·卡特利[1]实在难以忍受。他40岁，已婚，英俊潇洒。我18岁，被他的甜言蜜语蛊惑，蠢得一塌糊涂。

我知道自己怀了他的孩子的时候，我们两个已经私订终生了。他没给我婚戒，但向我做了保证。然而——看似美好的事物，总会有个转折对吧？然而，他得先离婚才行，而且他不想让他的妻子在结婚12年之后，蒙受丈夫与情人生下“爱情的结晶”这样的耻辱。（听到他说“爱情”，我竟然还深受鼓舞。）

你肯定已经猜到故事的走向了吧。现在回想起来，连我自己都觉得结局显而易见。他来我寝室跟我一刀两断时，我的身体尚未恢复。他穿着一身深蓝色正装，系着一条灰色领带。我穿着一条运动裤，一件宽松T恤。他穿得像哈莱姆文艺复兴[2]一样庄严体面，而我连鞋子都没穿。他说：“你是个美丽的女孩，让我失去了理智，分不清是非。”然后他就离开了。

他离开了我，我也迷失了自我。就仿佛是我在自己臆想出来的一条漆黑的路上，踩到了冰块，滑了个跟头。我不再去上他的课，后来，索性所有的课都不上了。

几周后，我爸在化学系的一个朋友通知了我父母，黑人大学的“替代父母制”[3]还是相当严肃的。我的家人二话没说，直接跑去华盛顿提起诉讼。（没错，班克斯叔叔就是当年的律师。这是一场不值一提的小诉讼，目的就是让劳尔失去工作。）

---

1 非裔美国平面艺术家和雕塑家，以刻画非裔美国人的生活而闻名于世。

2 又称黑人文艺复兴，是由美国纽约哈莱姆黑人聚居区的黑人作家于20世纪20年代到30年代发起的一场文学运动，旨在唤醒黑人民族的自尊心、塑造正面的“新黑人”形象。

3 美国早期高校采取的一种学生事务管理模式，由校方全面代替父母对学生实施管束。——编者注罗伊，这件事击垮了我。我回到了亚特兰大，在家里呆坐了一个月。安德烈常来看我，可我连话都不想跟他说。我爸妈甚至都想把我送到什么地方疗养，最后是西尔维娅让我从中走了出来。（每个女孩都需要一个睿智而贴心的婶婶。）你对我说的这些话，我对她都说过——我觉得我糟蹋了自己的生活。如果我足够勇敢，留下那个孩子，会不会就能得偿所愿，成为戈麦斯夫人？生活是一场考验，而我总是失败。

西尔维娅说："我不会评判你，那是你和耶稣之间的事。亲爱的，请如实回答我，现在你真心希望自己有个孩子吗？"我实在难以回答。我只知道自己当时不想有那种痛苦的感觉。然后，西尔维娅说，"你做检测的时候，期待结果是阴性还是阳性？"我说："阴性。"

她随后说："你听好，过去的就让它过去吧，你还能怎样呢？坐时光机穿越回去？回到去年秋天，把跟他上过的床都抹掉？"

然后，她掏出十几条袜子、绣花线以及棉絮，接下来的事你都知道，所有人都知道。她教我怎样制作"袜子娃娃"，后来那些娃娃都捐给了格雷迪医院，用来安抚那些海洛因婴儿。我们时不时会去医院，抱一抱那些可怜的孩子。毒品让他们神志不清，在我怀里瑟瑟发抖。

我这么做不是为了慈善，我最开始缝制娃娃就是为了驱赶内心的愧疚。那时候，我根本就没想过制作玩偶、私人订制、参加大赛或是开设展览，而是觉得每当我为那些失去妈妈的婴儿做些什么的时候，我都在弥补自己犯下的罪孽。一段时间过后，缝制娃娃与华盛顿的往事就不再相干了，它让我成功地卸掉了灵魂上的重负。

但我没有忘记。我向自己许诺再也不要陷入那种困境。最初我不敢尝试着放下，觉得我可能毁掉了自己——不是身体上的损耗，而是灵魂上的堕落。

罗伊，那样做确实是我们的选择，但事实上，我们根本就别无选择啊。堕胎之后，我悲痛万分，就仿佛是意外流产一样。我的身体是一片沃土，但我的人生不是啊。你可能觉得自己背负着重担，但我的双肩又何尝不是如此呢？

现在你知道了吧，我们背的不过是两个不同的十字架。

我们能不能不要、不要、不要再谈这件事了？如果你真的在乎我，那就不要再提它了。

你的，

瑟莱斯蒂尔

亲爱的佐治亚：

两年过去了，还有十年。（简直是个笑话。）

班克斯终于要上诉了。我都不敢去想你爸妈在这上面砸了多少钱。他们既是朋友，也算亲戚，可是该给的钱，怕是跟计程表上的数字一样，不停地越跳越大吧。如果一切顺利的话，州法院会判我无罪释放。到时候，我要好好攒钱偿还你爸。只要是个工作，我都肯干。哪怕再去当杂货店打包员，我也不在乎。

你瞧，这就是相比电子邮件，我更喜欢书信的原因。我写下的每个字都代表着承诺，一封信就是一份纸质凭证，签字密封后再邮寄出去。在阅览室收发电子邮件的时间有限，每周只有65分钟，而且总是有人排队等待，甚至在你背后偷看。况且，我更想把这些时间用来挣钱，为别人付费写邮件。你猜我上周赚到了什么？一颗洋葱。你可能觉得难以置信，但洋葱在这里很罕见。而且，监狱里的饭菜加点佐料会好吃些。

为了这颗洋葱，我给一个家伙写了一封冗长的邮件，半是阿谀谄媚的情话，半是委曲求“钱”的酸语。如果这封邮件成功讨来他想要的金钱，他就会给我一颗洋葱。当然了，我把洋葱分了一半给沃尔特，因为他是这场交易的中间人。你要是能看到这颗洋葱就好了。钟楼怪人[1]背上的疙瘩如果是棵蔬菜的话，那就非此洋葱莫属了。你可不想知道那天晚上我们在牢房里做了什么饭食，但你肯定会好奇，那就让我给你解释一番吧。那是一锅大杂烩，有方便面、压碎了的立体脆、洋葱，还有维也纳香肠，我们有啥放啥。煮熟了后，每人均分一份。沃尔特是大厨。不骗你，吃起来没听起来那么难吃。

我偏爱纸质信件还有一个理由，就是我可以在晚上的时候写信。我希望有更多的人喜欢这种传统的写信方式，这样一来，我就可以成立一个小作坊了。问题是，外面的人不一定会回信，而寄信唯一的目的就是得到回信。电子邮件就不一样了，绝大多数的人都会回复一下，哪怕再短也算回复。我的每封信你都回了，我非常感激。

你能给我寄点照片吗？我想要几张旧照，几张新照。

爱你的，

罗伊

亲爱的罗伊：

我昨天收到了你的来信——你收到我的了吗？我说到做到，随

1 雨果《巴黎圣母院》中的经典人物，他是圣母院的敲钟人，相貌丑陋、驼背、瘸腿，但心地善良。

这封信一同寄出了几张照片。你应该能认出那些旧时的照片，我不敢相信那时候的我竟然那么瘦。既然你要新照，我也给你附了几张。安德烈近来对摄影很感兴趣，所以这些照片看上去很严肃，颇有艺术感。他不想辞掉旧工作，不过我倒觉得他挺在行的。他大概是受女朋友的影响吧。她是一个21岁的女孩，一心想靠拍纪录片谋生。(我哪里有资格评论人家？我都三十多的人了，还靠着缝布娃娃谋生！)况且，如果安德烈喜欢，我也没啥好说的。他何止是喜欢，简直被她迷得神魂颠倒。只是，21岁啊，她让我感到自己已步入老年。

说到“老”，我又想起了那些老照片。你应该能看出来我胖了不少。我爸妈都很苗条，我现在这个样子，就好像是某个隐性基因偷偷跑到我背后扇了我一巴掌。其实都是我自己的错，我疯了一般地缝娃娃，一天到晚都坐着。可订单太多了，我没办法啊。

事情多得让我应接不暇，我想办法挤出了一些零售的空间。我们的店跟你想象的不太一样，它更像是精品店，而不是玩具店。我们的产品是高端的玩具，低端的艺术品。我承认，把娃娃递给一个漂亮的棕皮肤小女孩，看着她捏它、亲吻它，是一件令人欣慰的事。可是，看着一位收藏家把它装在木箱里带走，那种感觉完全不同。

我是不是在妥协？这是艺术，但不是真正的艺术。

你瞧我，这还没挂牌营业呢，就开始担心销售的问题了。

说到钱——估计你也猜到我要说啥了。我只有一个投资者，那就是我爸。他在这上面投了太多资金，所以我们把一切都冠到了他的名下。我不得不提醒他，作为一个匿名合伙人，行事就该低调。他想在招牌上写上“普培”字样，方便人们知道我们的店名如何发音。(哈！才不要呢。)

我知道我们原本计划独立创业，不接受别人的帮助。可毕竟现在情形不一样了，而且我爸妈是发自内心想要帮我的。倔强地追求独立不仅对我没好处，对任何人都没好处。我和我爸去了银行，跟房地产经纪人谈了谈。如果没什么磕绊的话，我们的店会在六个月内开业。虽然跟我们的梦想不一样，但好歹离梦想很近了。就像我爸说的，我能“靠这个挣大钱”。

再回头说说那几张照片。我之所以不断切换话题，就是因为我不太喜欢照片这种形式，它们展示得太多了。你能明白我的意思吗？这也是我欣赏安德烈作品的原因，但前提是作品里的人物是其他人。他给我爸拍了一张照片，你能从他额头的皱纹里看到过去五十年的痕迹：他在阿拉巴马州的童年、为父的辛酸、白手起家的艰难等等，一切都袒露在眼前。（他也不喜欢那张肖像，我倒觉得出奇的美。）

我寄给你的照片都没什么禁忌，你可以跟朋友们分享。不过，我看那些新照片的时候，还是挺希望你能留着自己看的，给他们展示那些老照片就行了。

请代我向你的朋友沃尔特问好，告诉他我很想与他见一面。他听上去是个不错的家伙，他有家人吗？如果你同意的话，我也可以给他寄点钱。本就被关在那种地方，又没有一点物质享受，想到这里我心里就不舒服。如果你想让我匿名的话，我可以用安德烈的名义寄钱。我知道人们都是有自尊心的。告诉我你觉得怎样好些。

你的，

瑟莱斯蒂尔

亲爱的佐治亚：

你是我人生中最大的礼物。我想念与你相关的一切，甚至包括你那顶我常常嫌弃的睡帽。我想念你做的饭，想念你完美的身材，想念你顺其自然的发型。我最想念的，还是你的歌声。

我唯一不想念的，就是以前我们经常吵架。我不敢相信我们曾浪费了那么多时间吵架，为的都是鸡毛蒜皮的小事。我想起了我一次次地伤害你，想起了好多次我本可以让你有安全感，却让你为我担心，仅仅是因为我喜欢被人挂念。想到这些，我就感觉自己是个大傻子，一个乖张孤僻的大傻子。

请你原谅我，也请你继续爱我。

你不知道对于一个男人来说，无法为自己的女人付出是多么沮丧的一件事。我想到外面的你，想到亚特兰大有那么多提着公文包、有工作有文凭的男子，而我却被困在这里，什么都给不了你。但我可以把我的灵魂交付给你，那是世上最真挚的东西。

晚上，我凝神幻想，就能摸到你的身体，不知道你在睡梦中能否感到我的触碰。原来，如果你想念一个人，在没有接触的情况下也是可以摸到的。很遗憾，在被囚禁、被剥夺一切之后，我才明白这个道理。我可以用意念贴近你，比你就在我身旁躺着时还要近。第二天早上醒来，我精疲力竭，因为灵魂出窍消耗了我太多精力。

我知道我的话听起来很疯狂，但我求你也这样试一试，用你的意念触碰我，让我知道那会是什么感觉。

爱你的，

罗伊

亲爱的佐治亚：

请原谅我在上封信里有点“神经”，我不是有意要吓唬你的（嘿嘿）。要给我回信啊。

罗伊

亲爱的罗伊：

我没被吓到，只是前几周太忙了。我的事业蒸蒸日上。真讨厌使用“事业”这两个字，总感觉里面蕴藏着一股“婊气”，我知道是我想太多。重点是，我的人生越来越红火了。有人说要给我办个个人展，我本想在事情确定下来之后再告诉你，不过现在也八九不离十了，所以就告诉你吧——还记得那个“感动人心”系列吗？现在改名叫“我同为人”了。要参展的是这些年来我给你做的所有肖像，从那枚玻璃弹珠开始。他们可能会让我在纽约展出，注意，关键词是“可能”。不过我还是很激动，忙得不亦乐乎。安德烈帮我做幻灯片和平面设计等等。一切都看起来很完美，但我还是希望他能接受实实在在的报酬。我也知道我们就像家人一样，可我不想利用人家。

虽然日子过得很辛苦，但我整天都在跟你的肖像打交道，感觉你一直在我身边，所以有时就忘了给你写信。请原谅我，也要记住，我一直都惦记着你。

你的，

瑟

亲爱的佐治亚：

我妈说你出名了，告诉我是不是真的。

爱你的，

罗伊

亲爱的罗伊：

既然名声都传到埃罗那种小地方了，那我肯定是出名了。怕不是整个黑人种族都订阅了《乌木》杂志吧。我不知道你有没有看到那篇文章，如果看了，也要听我解释。即使没看，我也要告诉你具体发生了什么。

我之前跟你说我的娃娃赢得了国家肖像美术馆的一场比赛，但没跟你说那个娃娃是以你为模板制作的。你妈曾拜托我制作一个娃娃，原型是一张你婴儿时的照片，就是你卧室里的那张黑白肖像照。我答应了她，而且，光做下巴就花了我三个月。她甚至还给了我一套你原来的衣服。想想也是离奇啊，你妈本打算把那套衣服留给孙子穿的，结果用来装扮娃娃了。（整件事都很诡异。）我本打算亲手送给她的，可偏偏犯傻，把它忘在了家里。然后，我就想在情人节的时候寄给她，可该寄的时候又离不了手了。你知道我这个人在私人订制的作品上多么追求完美。我总觉得它太简单、太端正了。她向我要了得有一千遍了，每次我都对她说快了快了。

接下来的事有些复杂，所以我得先说背景。

你不在我身边，我和我妈相处的时间变多了。一开始我只是不想独守空房，但现在我们两个就跟闺蜜一样，聊天，喝酒。有时候，她甚至在这边过夜。一天晚上，她跟我讲了她和家人搬来亚特兰大的故事。故事很长，我又很累，但每当我要睡着的时候，她就把我拍醒。

故事始于妈妈还是个婴儿的时候。姥姥推着婴儿车，带她去买东西。姥姥一家生活需求很多，但钱不多，所以购物总是一件难事。有时，他们不得不在杂货店赊账，很伤姥姥的自尊。而且，你也知道钱这东西，越欠越多，欠着欠着就还不起了。那天，姥姥正在店里计算着要想养活这一大家子最少需要买多少食物。此时，一个白人妇女领着孩子从她们身边经过。（我妈描述那两个白人时的措辞很难听，而且还有鼻子有眼，仿佛她真的记得她们似的。她说，她们邋里邋遢，冒着一股樟脑味儿，那小女孩连鞋子都没穿。）

不管怎样，那小女孩指着我妈说："妈妈，你看！女仆宝宝！"这是压垮姥姥的最后一根稻草。那个月底，她们一家就收拾东西，搬到了亚特兰大，跟姥爷的兄弟住在一起，直到姥爷找到了工作。最要命的是，在那个时候，我妈确实就是女仆宝宝，正是这个无可逃避的事实让他们选择搬家。

不要忘了哦，这件事很重要的。

有件事我一直没告诉你，大概一年前的某天，我的情绪突然失控了。不是精神崩溃，只是情绪失控而已。你的烦心事够多了，所以就没跟你说。你别生气啊。我现在很好。

当时，我和安德烈正在皮普尔斯街道附近散步。早些时候，我们在哈蒙兹博物馆布置我的展出。参展的娃娃身披生丝和薄纱，华丽得很，几乎是巴洛克风格。整个过程非常累人，那些纷杂凌乱的娃娃需要安置在可移动的展台上，而那些展台也由我亲手制作。安德烈也没闲着，只是活儿实在太多了，最后大功告成的时候，我都快成斗鸡眼了。此处重点：我已经疲惫不堪。

我们走在阿伯纳西路上，想要去清真店里买鱼排三明治。第二个重点：我很饿。

在十字路口附近，我们遇到了一位妈妈领着一个小男孩。他个头小小的，很是可爱，这种体型的孩子总能吸引我的注意力。如果我们当初做了不一样的选择，可能我们的孩子也跟他差不多年纪吧。他的妈妈看上去很年轻，可能也就二十一岁。她抓着儿子的手，边走边聊。看得出来，这是一位认真负责的母亲。我可以清晰地想象出自己如果是她的画面，抚摸着儿子娇嫩的小手，回答他瞪着炯炯有神的眼睛问的问题。他们走近我们的时候，他笑了，露出了两排整齐的牙齿，让我突然有了一种似曾相识的感觉。那个小男孩长得像你。我大脑里响起了一个并不属于我自己的声音："囚犯宝宝"。我用手捂住嘴巴，看向安德烈。他一脸疑惑。"你看到他了吗？是罗伊吗？"安德烈说："什么？"单单是写下这些字，都能让我尴尬不已，可我确实已经尽力解释当时的情景了。等回过神来的时候，我已经跪在了人行道上，抱着一根消防栓，就像抱着一个胖娃娃一样。

安德烈在我身边跪了下来。估计在旁人看来，我们两个活像吵了架的小两口。他把我的手指一根根地从消防栓上剥了下来。我不知道我们是怎样走到卖三明治的地方的。他给葛洛莉亚打了电话，然后抓住我的肩膀，说："不要让这件事毁了你。"最后，葛洛莉亚出现了，给了我几片"镇静药丸"——怕是天下所有母亲的皮夹里都备着这种药吧。长话短说：我睡了一觉后，症状就消失了。第二天，我就恢复如初，还参加了展览的开幕仪式。但不知怎的，那种感觉就像一条钩虫，钻进了我的身体。

所以，我把它做成了娃娃。我把娃娃身上的约翰－约翰斯童装脱掉，然后用油蜡棉布缝制了一条迷你版的蓝色囚裤。给娃娃穿衣服的过程同样不容易，但目的更鲜明了。娃娃穿着童装，不过是个玩具；穿上囚服，那就是艺术了。就是这个娃娃赢得了那场比赛，真恨我自己没早点告诉你，最后让你从你妈那里知道了这件事。

我在舞台上接受采访的时候，并没有向他们提起你。他们问我的灵感来自哪里，我就把我妈曾是个“女仆宝宝”的事讲了出来，然后又谈论了安吉拉·戴维斯和监狱－工业综合体[1]。你的遭遇是我们的私事，我不想它出现在报纸上。我知道你会懂我的。

你的，

瑟莱斯蒂尔

亲爱的佐治亚：

几个月前，你说自己离梦想更近了，可现在更像是你在背着我追求自己的梦想。开玩具店是我的主意，但你心心念念的其实是画廊，是博物馆，是戴着白手套安置展品，别以为我不了解你。

我懂你的话的意思，也懂你字里行间的暗示。你觉得我丢人是吧？不是吗？你敢告诉国家肖像美术馆你的丈夫在蹲监狱吗？你能，但是你

1 安吉拉·戴维斯是美国著名的政治活动家，曾提出“监狱－工业综合体”这一概念，指的是由于美国囚犯人数增长而衍生的，向政府监狱供货和提供服务的私营企业及相关产业。

不会那样做。我能理解你的感受，你需要时间适应。以前，我们过的可是上层中产阶级的日子，可现在我们算什么呢？我知道你过得怎样，也知道我过得怎样，但我们算是什么呢？

把那个娃娃的照片寄给我一张吧，也许我看到它长啥样之后，就不那么抵触它了。不过实话告诉你，我并不喜欢你的想法。哪怕你在那篇文章里说的都是真话，哪怕你确实“想提升大众对大规模监禁问题的关注”——且不论这种话是不是瞎扯——请跟我解释一个布娃娃将怎样帮到这里的人。昨天这里就死了一个兄弟，因为监狱不给提供胰岛素。我不想说得这么难听，可你得知道，不管你有多少布娃娃，也救不回他的命。

听着，在艺术方面，我一直都很支持你，比任何人都信任你。可你想想，这件事你是不是过分了？甚至都不跟我说，也没提起我？但愿国家肖像美术馆的奖对你来说真的分量很重。我不再多说什么。

如果你觉得你丈夫无辜入狱这件事难以启齿，你可以跟他们讲讲我的日常工作。我最近得到了提拔，每天推着垃圾桶在“火星区”附近拿着大钳子捡垃圾。这工作可不赖。帕森监狱也算是个农业基地，之前我在田里摘大豆，现在换到室内了。尽管我穿不了白衬衫，也不能打领带，但我有一件白色的连体裤。一切都跟以前差不多，瑟莱斯蒂尔。你丈夫还是那个积极向上的男人，哪怕在监狱里，也还是一个“白领”，没什么可丢人的。

你的丈夫（我自认为），

罗伊

注：安德烈跟你在一起吗？你是不是常常跟他出门，逢人便讲你

们青梅竹马的故事？两个小婴儿，从浴缸里相识，然后结为一生的知己——多么动人的故事！人们有没有这样感叹？瑟莱斯蒂尔，或许我有些迟钝，但我不是傻子。

亲爱的罗伊：

你上一封信让我非常懊恼。我要怎样跟你解释，才能让你明白这件事跟“丢不丢人”没有什么关系？我们的故事太敏感了，不能跟陌生人讲。明白了吗？如果我说了我丈夫在监狱里，所有人就只会关心这一件事，把我和我的作品抛到脑后。即使我解释了你是清白的，他们也只能记住一件事——你在蹲监狱。即使我把真相讲给他们听，他们也听不进去。所以干吗还讲呢？罗伊，那个场合对我来说意义非凡，我的导师特意从加利福尼亚州飞了过来，就连约翰妮塔·B·科尔[1]都出席了。我怎么可能做得到，在问答环节对着麦克风讲这么痛苦的事情。或许有些自私，可我想享受自己作为艺术家的时刻，而非囚犯的妻子。请给我回信。

你的，

瑟莱斯蒂尔

注：你关于安德烈的那些蠢话，我甚至都不屑于回复。你现在肯定已经恢复了理智，所以，我提前接受你的道歉。

1 美国著名的人类学家、教育家，曾任非洲艺术博物馆馆长，同时也是斯佩尔曼学院第一任非裔女性校长。

亲爱的佐治亚：

沃尔特说我是个傻蛋，没能站在你的角度想问题。他说我不讲道理，不该盼着你一遍遍地讲述丈夫坐牢这件事。他说，“这又不是《亡命天涯》[1]，你想让她去追踪独腿人吗？”（你明白我们为啥叫他“贫民窟尤达”了吧？）他说，如果你的品牌跟监狱挂钩的话，事业前景会大受损害，同时还会加深人们对非裔美国人的负面刻板印象。只是他的措辞有所不同：“她是一个黑人女人，这个身份就足以让人们觉得她有数不清的孩子，数不清的孩子他爹，领着数不清的人名义下的救济金了。她不光要面对这些，还要让那群白人相信她有一种制作娃娃的超能力，甚至还要让他们觉得制作娃娃是一份真正的工作。这些就够她折腾的了，你竟然还想让她在台上说她老公蹲号子？就像她说的那样，很快人们在看她的时候，就会联想起那些‘数不清的’这个那个，觉得她就该回家给电话公司打工。”（这些都是他说的。）

而我该说的就是“对不起”。我不是有意要让你心生愧疚的，只是这里的生活太沉重了，佐治亚。你不知道这里是什么样的，相信我，你也不想知道。

我去了阅览室，把那篇文章和那张照片又看了一遍。你面带微笑，手上戴着我送你的戒指，我不知道我之前为什么就没注意到。

爱你的，

罗伊

---

1 一部1963年首播的美剧。剧中男主被指控谋杀了妻子，他曾发现一个独臂人从他家里逃出，但又无法提供证据，因而被判死刑。在押往监狱的途中，他成功脱逃，开始了寻找真凶、自证清白的艰辛旅程。后文“独腿人”即指嫌犯。

亲爱的瑟莱斯蒂尔：

你没收到我上个月的信吗？我说了对不起，是不是我说得不够直白？对不起。给我回信好吗？哪怕电子邮件都行。

罗伊

小罗伊·奥·汉密尔顿

编号 4856932

帕森惩教中心

劳德代尔·伍德亚德路 3751 号

路易斯安那州杰米森市，70648

亲爱的达文波特先生：

那天，我请求你把瑟莱斯蒂尔许配给我的时候，你应该没有想到今天这番场景吧。当时我不苟言笑，生怕做得不得体，然后你说，“她由不得我来许配”。一开始，我以为你在开玩笑。当我确信你没开玩笑的时候，我又自欺欺人，假装你在开玩笑。其实我内心早就焦灼不安，尴尬不已，就像在餐桌上吃饭，别人都用刀叉，就我一个人用手抓。你说得没错，她由不得你来许配。可同时，我又不得不接近你，以一个男人的身份接近另一个男人。我是在问你我可不可以做你的女婿。

我跟我爸关系很好。可能瑟莱斯蒂尔跟你说了，他其实是我继父。可我只认识他这一个父亲，他也给我带来了积极的影响，我在各方各面都是他的翻版。但是，他对我在亚特兰大的生活所知不多，尽管我的成就离不开他的付出。大罗伊一直都生活在南方小镇里，他高中都没毕业，却为我们提供了一个安稳的家。我尊敬我的父亲，胜过世上任何一个人。

我当时之所以去找你，是因为我们很像。我们都是亚特兰大的移民，你明白我的意思吗？你在那里待得更久些，而我只是刚着陆，可是我们的背景几乎一样。你已经白手起家，我正在白手起家，至少当时感觉如此。我的事业一片坦途，说不定将来功成名就。我求你准婚，也是在寻求你的祝福啊，你不只是她的父亲，更是我的导师。我自知配不上瑟莱斯蒂尔，所以才期待你的支持，可最后搞得自己像个傻子。

或许我现在给你写信也是在犯傻吧。

达文波特先生，瑟莱斯蒂尔已经两个月没来路易斯安那看我了，我们也没有什么严重的争执。九月的时候我就盼着她来，但她没来，她说她车子坏了。我又盼着她第二周能来，但她始终没有出现，连信都没给我写。达先生，我希望你能够代表我，跟她说两句。我知道你会说我应该自己想办法联络她，相信我，我已经尽力了。

那天你送我离开的时候，说我可能对她的了解还不到可以娶她的地步。现在我来寻求你的帮助了。我原以为自己了解她，很明显我错了。你看着她长大，对她肯定了如指掌，或许你知道怎样把她劝回我的身边。

请告诉她，我能理解做一个囚犯的妻子是多么大的牺牲。我很不习惯求人办事，我手里的一切都是通过努力工作换来的。如果没有付出全力，我是没有勇气出现在你家的。但以我现在的处境，我没办法赢回她的爱，也没办法让你——她的父亲，相信我值得她的爱。之前，我有一份好工作，有金袖扣，现在我又有什么呢？只有我的人格。我知道我的人格不能变成戒指戴在她的左手上，也知道它不能付账，不能养育孩子。但这就是我的所有，我相信它有一定的分量。

先生，感谢你阅读我的信。希望你能考虑一下我的请求，也求你不要让瑟莱斯蒂尔或是她母亲知道，让这封信只存留于我们两个男人之间。

你真诚的，
小罗伊·奥·汉密尔顿

富兰克林·德拉诺·达文波特
瀑布街 9548 号
佐治亚州亚特兰大市，30331

亲爱的罗伊：

很高兴收到你的来信，我时常想起你。我的妻子自诩为“祷告战士”，她经常为你祷告。我们都没有忘记你，我没有，我的葛洛莉亚没有，瑟莱斯蒂尔也没有。

儿子（我是有意这样叫你的），我觉得你误会了。那天你来求我准婚的时候，我并没有拒绝你，我只是向你解释我的女儿不是我的私人财产。现在想起来我都想笑，你外套口袋里塞着天鹅绒戒指盒，自信满满地走来，活像一只雄孔雀。有那么恍惚的一刻，我都觉得你要向我求婚！（我开玩笑的。）你说你是真心想要求婚的，我知道后很开心，可我觉得我不该在瑟莱斯蒂尔之前看到戒指。我能看出来你走的时候有些不高兴，坦白地说，那其实是个好现象。你在信里说你不习惯求人办事，其实这一点很容易看出来，不是从你的金袖扣上，（说真的，谁会注意你的袖扣是什么样的！）而是从你走路一摇一摆的姿态上。你并不是在求我把她许配给你（我仍然坚信她由不得我来许配），而是在告诉我你要娶她——而且她自己都还没同意。我猜你求婚的策略就是单膝下跪，掏出戒指（很可能是一枚与众不同的大戒指），然后宣布她赢得了与你结婚的权利。如果你相信这种方式能成功的话，那我说你还不够了解她就是大实话。

讲一件我的个人经历：我向葛洛莉亚求过三次婚后，她才答应。不可否认，第一次有点难堪，因为受到了第一任妻子的羁绊。葛洛莉亚是个文雅的人，但还是说出了这样的话：妈呀，不可能。第二次的时候，她拒绝得柔婉些了：不行，还不行。第三次我都没有下跪——身体没跪，精神也没跪。我只是谦虚地展示自己，邀请她与我共度一生，并为犯下的过错道歉，把自己的身段放低。我没牵扯她爸，也没让她的好朋友为我铺路搭桥，只是拉起她的手，向她袒露灵魂深处的真诚。她点头答应了。整个过程并不像电视里那样，欢呼叫嚷，上蹿下跳，也不像通过广告牌，或是在玫瑰碗[1]中场休息时求婚那样。婚姻是两个人之间的事情，不是众目睽睽下的现场直播。

该说的我都说了。我会找瑟莱斯蒂尔谈谈，问问她为什么中断了探

1　美国年度大学生美式足球比赛。

望日程。老实说，我到现在才知道这事。但是有一点我必须明说：我不能“代表你”跟她说两句，我只能代表我自己，代表她的父亲。

希望你不要把我的话当作拒绝，我绝无此意。你是我家的一员，我们所有人都很重视你。

还有一件事必须告诉你：你的信我会给瑟莱斯蒂尔看的。毕竟我是她爸，不能在背后算计她。她是我快乐的源泉，也是我唯一在世的血亲。不过，我可以向你保证，我清楚我们一手养大的女儿是什么样的女人。她的母亲对我很忠诚，尽管我并不值得，我确信我的女儿也会像她一样坚贞不渝。

记得写信给我，儿子，我期待着你的每一封信。

你真诚的，

富兰克林·德拉诺·达文波特

抄送：瑟·葛·达文波特

亲爱的瑟莱斯蒂尔：

你收到这封信的时候，达先生估计已经替我说了好话了。我给他写信，把他牵扯了进来，但愿你不要生气。自从他第一次邀请我进入你家那幢大房子（我一直把它当作“母舰”），我就对他有了一种亲近感。当时你我还处于试探期。我永远也忘不了那一天，天气非常冷，但达先生偏要坐在屋外门廊上。我冻得要死，又不想表现得像个傻帽，只好服从。我都准备好跟他大谈我对你的一片真心了，他却丝毫不想讨论你。我走到门廊上，刚坐下，他就开始卷烟了！太神经了，我都以为自己在被《真人实镜》[1]栏目组偷拍。然后你老爸说："别装了，你会抽烟，我从你眼睛里看出来了。"接着，他抽出一根长长的壁炉点火器，差点烧掉我的眉毛，把我的烟也给点燃。我跟他一起抽烟，就好像抽了烟，我就变成他家的一分子一样。

瑟莱斯蒂尔，你知道我对父亲一直都有一种情结。

这就是我写这封信的真正原因。我本打算再给你写一封信，求你过来看我。可我厌倦了求人。你来与不来都由你自己决定，这是我从你爸那封信的字里行间读出来的。你是个成年人，没人能逼你做你不想做的事（我哪里需要别人告诉我这一点）。

我写这封信是因为最近发生了一件事，让我心乱如麻。虽然就像你爸所言，你"中断了"我们的联系，但我还是要跟你说。因为这件事憋在心里实在太难受，我必须找人说一说。而佐治亚啊，在这件事上，你是我唯一信得过的人。

还记得我们在一起的最后一天，我把你背到溪边，去听大桥奏出的乐曲吗？我本打算当时就告诉你大罗伊不是我的亲生父亲，只是后来打了退堂鼓。可是，这是一件我迟早要说的事——我们都打算要孩子了，孩子他爹还藏着一颗基因炸弹，而你却毫不知情，对你来说太不公平。我想做我该做的事，我也知道早该在结婚之前就告诉你，有好几次我都想提起它，可又怎么都张不开口。我们为了这件事吵得很凶，也正是那次吵架导致了我现在的牢狱之灾。我就该早点告诉你，我为此向你道过歉。但我必须坦白，直到现在，我才真正懂得"你以为你了解他，但实际并不了解他"的感受。

---

1 《真人实镜》（Candid Camera）是美国一档颇受欢迎的娱乐节目，栏目组将隐形摄像头藏于各处，设计情景整蛊不知情的人，偷拍他们的反应并剪辑成节目。

废话不多说，你最好坐下，再给自己倒一杯红酒，因为这件事会让你大吃一惊。**我的亲生父亲就关在这座监狱里，而且不是别人，正是贫民窟尤达——沃尔特本人。**

我是这样发现真相的：你知道的，像我这样有文字功底的人在监狱里是很受欢迎的。我能写信，能读文件，还能在牢里干一点“赤脚律师”的活计。一点就是一点，我可没谦虚，不过还是比大多数人强的（我在莫尔豪斯学院受的教育起了作用——本尼·梅斯[1]可以引以为傲了）。当时我在给沃尔特帮忙，然后就偶然间翻到了他的个人资料，页面顶端写着他的全名：奥萨尼尔·沃尔特·詹金斯。现在，这个名字只能对应一个人，但曾经可以对应两个人。在大罗伊叫我小罗伊之前，我就是奥萨尼尔·沃尔特·詹金斯二代啊。我猜我妈是为了纪念那段往事，才用“奥萨尼尔”做我的中间名。

我一看到名字，就知道是他了。还记得我刚搬进他的牢房时他跟我说的话吗？“咱们罗圈腿兄弟就得互相照顾。”他还特意看了看我的反应。当时我没太在意，原来他是在暗示我们的遗传特征。别人都说他是我爹，我还以为监狱里的人都爱瞎调侃呢，毕竟结拜义亲在这里司空见惯。况且，沃尔特确实待我如亲生儿子。

让我来回顾一下奥利芙跟我讲过的往事：她说她十六岁的时候，在俄克拉荷马市读完高中后，便跳上了“灰狗”[2]巴士，想要去新奥尔良谋生。她上过打字班，自觉能胜任一份秘书工作。在路途中，她遇到了我的亲生父亲，然后便偏离航线，去了一个叫新伊比利亚的小镇。她年近十七，他三十来岁，虽然没有结婚，但已经是好多孩子的爸爸了。

1 美国著名人权领袖，马丁·路德·金的导师，莫尔豪斯学院的第六任校长。
2 美国最大的巴士公司之一。

所以奥利芙特意跟我强调，在和路易斯安那州、密西西比州、得克萨斯州东部地区的女孩交往时，要多加小心。（她说这话的时候，我脑子里浮现出他在这些地区四处播种的画面。）长话短说——他在她穷困潦倒、怀有身孕的时候抛弃了她。但奥利芙没有立即出去找他，她在新伊比利亚一直待到快要生产，然后才出去寻找那个负心汉。她挺着大肚子走遍小镇，一些老太太出于同情，把自己知道的那点儿信息告诉了她。最后，她在肉店遇到了一个人，那人告诉她，“我听人说他在埃罗的一家纸厂工作”。（我妈说，在听到“工作”二字的时候，她就该知道那是个假消息。）她跑到埃罗的时候，沃尔特早就不在了——所幸，她在那里遇到了信仰、工作和丈夫，而这三者，就是她心目中女人的一生所需。

对奥利芙来说，我只需要知道这些就行了。对我来说，这些信息也确实足够了。我有我的大罗伊，埃罗人都觉得我是小罗伊，所以为什么非得去苦寻一个如滚石般居无定所的人呢？

可那天我坐在那里，在发现真相的那一刻，就仿佛那颗滚石正巧落在了我的头上。阅览时间结束后，我回到了牢房。还能去哪儿呢？又不能找座桥，跑到底下发呆。我回到房间的时候，他正在小便。人生啊，太荒唐。我刚发现他是我亲爹，就碰上他抓着鸡巴站在那里。（请原谅我粗俗的语言，我必须还原每一个细节。）

完事儿后，他转身看着我，就像在读一张报纸，然后说：“怎么？你知道了？”我把翻到他个人资料的事告诉了他。他说，“我认罪”，甚至还微微一笑，仿佛他这辈子就等着此时的谈话。

我都不知道他认的是什么罪。他是觉得身为我的父亲有罪呢，还是觉得一直瞒着我有罪？他咧着嘴，倒是笑得出来，就好像这是个好消息，我却感觉自己是个傻蛋。

他让我给他一个机会从他的视角讲述故事，我同意了。在监狱里没有隐私可言，这么跟你说吧，这里的哥们儿跟娘们儿一样喜欢八卦。沃尔特当时说话的声音很大，就好像在发表复活节演讲。他的版本跟我妈的基本相同。他们相遇的时候都在逃离——奥利芙在逃离她的父亲，沃尔特在逃离他的女人（具体地说，应该是那女人的丈夫）。他们是在一辆“灰狗”巴士的种族隔离区相遇的，十五个小时肩并肩坐着，难免相识。当巴士驶进路易斯安那的时候，我妈已经被他迷得神魂颠倒。她被他的甜言蜜语蛊惑，决定跟他在新伊比利亚住一段时间。（说到这里，沃尔特又加了一句：“我年轻的时候可是个帅小伙。”他真的这样说的。）奥利芙跟他“入了洞房”，真的是个洞窟一样的破房。临近溪流、方便用水大概是他们唯一的慰藉。几个月后，她怀孕了。像所有怀了孕的女孩一样，她想结婚；像所有为人不齿的混蛋一样，他逃走了，抛弃了她。讲到这里的时候，他转变成尤达模式：“如果一个女人告诉你她怀了你的孩子，你的第一反应就是逃跑，就像房子着了火，你会直接逃跑，想都不会想。这就是人的本能反应啊，因为你知道她要的是你的一辈子，而男人也只有一辈子。”

扯淡，我知道他在扯淡，但他的独白让我莫名地如鲠在喉。

瑟莱斯蒂尔，我觉得可能是因为你跟我说结果是阳性的时候，我没有在你身边，我只是问了一句“你想怎么办”。我那样做，就跟逃走没有区别。

我坐在那里抽着鼻子，强忍着眼泪。沃尔特看到后，开始为自己辩护，发誓说他从来没有打过我妈，也没有偷过她的东西——即使她的钱夹就放在衣柜顶上。他还说他逃跑跟我妈没有关系，他还抛弃过其他大着肚子的女人，那个年代就是那样。听着他的话，我想的却不是他，瑟莱斯蒂尔，我想的是你，以及屎渣子一样的我。我说的是实话。

我坐在床上自我谴责，沃尔特则越说越激动："你觉得我们被关在同一间笼子里是巧合吗？"他说他的好兄弟普乐金跟我是老乡，他从他那里知道了我是谁，然后就在暗中观察我。他说："人们都说，掉下来的果子离树远不了，有其父必有其子。但是我不知道你是从哪棵树上掉下来的。我？还是你妈？"然后他说，他看到我后，就断定我从他身上只继承了"罗圈腿和蓬松的卷发"。然后，他花了好大一笔钱，把我调进了他的牢房，因为我已遭受命运的打击，不能再承受人为的击打。他说："承认吧，你搬进来跟我住之后，过得舒服多了，你要承认我的功劳。"

瑟莱斯蒂尔，我很想冲他发脾气。他像变戏法一样消失了，丢下我妈一个人。可如果他没走，怕也不会是个好父亲，他才不会含辛茹苦地供我去读莫尔豪斯学院。可我又不得不承认他的功劳，如果不是他，我怕是已经死了，或是比死更惨。沃尔特虽不是监狱里的唐·柯里昂[1]，但好歹也是个老头目，人们都不敢招惹他。他本不必庇护我，但还是让我搬进了他的牢房。

我心情复杂得很。昨天晚上熄灯后，他说："她竟然让那个黑鬼把你的名字改了，太不尊重我了。"

我假装没有听到。不管我说什么，都会是对大罗伊的大不敬。我从他身上继承的何止是名字。他曾是我爸，或者说他就是我爸，沃尔特只是我在监狱里的老爸而已。

瑟莱斯蒂尔，这世界对我来说太残酷了。我之前说我不会在这封信里求你，但现在要食言了，我还想再求你一次。过来看我吧，我想看看

1 电影《教父》中的人物，是影片中黑手党的首领，人称"教父"，同时也是众多弱小平民的保护神。他有威严、讲义气、德高望重、受人尊敬。

你的脸。

爱你的，

罗伊

亲爱的罗伊：

我写这封信是为了请求你的原谅，请耐心听我解释。我知道我很久没去看你了，起初是因为我经历了太多的事。现在呢，我的理由很无聊，很简单，不过是假期要来了，店里的事让我忙得要死。我的助理塔玛下下个周末会给我替班。（她是埃默里大学的学生，天赋异禀，尤其擅长缝制被子，技艺之精湛，让人屏息。）

所以，塔玛帮忙看店的时候，我会和葛洛莉亚开车去埃罗。她想送给你妈一个她最拿手的黑莓果酱蛋糕，也正好做我的旅伴。

我知道你在生我的气，你有权闹情绪。但我不希望我们相聚的时光在愤怒中度过，我们坐下来谈话的时间弥足珍贵。如果你能原谅我，那就请原谅我吧。我们见面的时候，你会听我的解释吗？你觉得我该做什么才能弥补过错？跟我说说吧。

咱俩闹矛盾，沃尔特有什么说法没？但愿你没把我说得太坏，我不想第一次见公公就给他留下什么不好的印象。（我会见他的，对吧？）这件事太惊人了，你们两个都是怎么应对的？估计也只有你受到了惊吓吧，不过你们的相处方式肯定不一样了。你跟奥利芙说了吗？你们该好好谈一谈了。另外，把他的个人信息发给我吧，我给他寄一点假期补助。

我知道你自尊心强，但还是让我尽了这份心意吧，为了他，也为了你。他也是我们的家人啊。期待与你相见。

你的，

瑟莱斯蒂尔

亲爱的瑟莱斯蒂尔：

感谢你来看我，路这么远，你又这么忙，很不容易。你模样变了，可能是瘦了吧，脸上的线条硬朗了。不过，我感觉你的变化不只是外形上的。你还好吗？是不是发生了什么？可以告诉我吗？我并不是在委婉地问你是否在跟别人幽会，你才不会那样做呢，我只是想问发生了什么事。我看你的时候，只能看到你的脸，却看不到你的心。

我也不知道该怎么解释。

罗伊

亲爱的罗伊：

我该怎样回复你的上一封信呢？是的，我确实瘦了。我有刻意去减肥——最近我常飞去纽约，那边的人普遍要瘦一些。我不想以一个不谙世事的南方姑娘的身份、带着民间艺术出现在他们面前。要想让我的布娃娃被人当回事，我就得看上去像回事。不过，我觉得你说我瘦了，肯定不包括我的腰。

我变了吗？快三年了，应该有些变化吧。昨天，我在前院的那棵山核桃树下坐了一会儿，那是唯一可以供我放松、让我感觉还好的地方。我知道“还好”算不上多好，但对我来说已经得之不易了。哪怕是我高兴的时候，也总感觉好消息与我之间有种隔阂，就像是带着包装纸吃奶油糖。那棵树安然无恙，我们白白担心了一场。它在我出生之前就已存在，在我们死后，仍会存在下去。想到这里，我该为此伤心吧，但并没有。

罗伊啊，我们变老了。我每周都能从头上拔下一两根白头发，这个年纪染发未免太早，可又有什么办法呢？我们虽不是老年人，但也不是青少年了。可能这就是你眼中的变化吧——时光不饶人。

我在跟别人幽会吗？你说你不是在问，但你这么说的时候，总归还是问了。我只想说，我一直戴着你的戒指。

瑟莱斯蒂尔

亲爱的瑟莱斯蒂尔：

奥利芙病了。星期天的时候，大罗伊一个人来看我，她没有来。他坐在那张小椅子上，看上去就像一只熊坐在蘑菇上。我一看到他的表情，就知道他带来了噩耗。他说她得了肺癌，可是她都二十三年没碰过香烟了。

你能去看看她吗？我知道我已经很久没有帮你做些什么了。我感觉自己在不断地赊账，就跟当年在莫尔豪斯学院借学生贷款一样。我曾经计算过每天要耗费多少钱，然后又换算成小时，再换算成分钟。你肯定没有专门去记我欠下的账，但是我有。我总是要你来看我，要你给我寄钱，要你催促班克斯叔叔，要你提醒我牢记初心，不要跟这里的黑人同流合污。我就这样一直索要个不停，没完没了。我没有疯，我能看出来，我知道你来的次数不如以前多了，也知道什么叫真情，什么叫义务。你满脸写着的，只有“义务”二字。

现在我只想求你这一件事，它确实有些强人所难，路途遥远不说，你跟我妈又向来不亲。但求求你去看一下她吧，跟我说说我爸不肯告诉我的事。

罗伊

亲爱的罗伊：

这是一封我曾许诺不会寄出的信。在坦白之前，我想先向你说声对不起。单单是打下这些字，就让我生不如死。我不敢说这封信给我带来的痛苦比你要多，因为我知道你每天都在遭受痛苦，发生在我身上的任何事都不能与之相提并论。我也理解你我的痛处并不相同，可我必须得说，我太痛苦了，不能再这样生活下去了。

我不能继续做你的妻子了。有时我都感觉自己并没有真正去做你的妻子，我们才结婚一年半就飞来横祸。那段日子我们都是一个月一个月数过来的，就像是数宝宝的月龄。我名义上结了婚，但实际上算不上妻子，我已尽力坚持了三年。

你可能觉得我移情别恋了，但此事只关乎你我二人，连接我们的那根纤弱的绳子因你入狱而断裂了。在你妈的葬礼上，你爸展现了什么叫做夫妻之情，他恨自己不能代替她去死。三十多年来，他们共处一室。

在某种意义上，他们一起成长，一起长大，如果她没过世，他们还会一起变老。那才是婚姻，我们之间的并不是婚姻。婚姻需要的不只是你的真心，而是你的一生，可我们却身处异地。

是时光打败了我们，不是你我的错。假如我们结婚后每过一天，就在罐子里丢一枚硬币，离别后每过一天，就在罐子里取出一枚硬币，罐子怕是早就空了吧。我一直都在找机会多攒一些硬币，可是每次去那间忙碌的房间、坐在那张沮丧的桌旁见完你之后，我都一无所获。对此，我知，你也知。最后三次见你，我们几乎相对无言。我讲我的日常，你听不下去；你讲你的日常，我也听不下去。

我不是在抛弃你，也不会抛弃你，我叔叔会继续帮你上诉，我也会继续给你寄钱，每个月都会去看你，以你的朋友，或者战友，或者妹妹的身份。罗伊，你是我家的一员，永远都是。但我不能做你的妻子了。

爱你的（真的）

瑟莱斯蒂尔

亲爱的佐治亚：

你让我说啥好呢？说我能接受你做我的朋友？可能是我自己的问题，是我错误地理解了什么叫做“直到死亡将我们分开”[1]，因为我分明

---

1 西方婚礼誓言中的一部分。完整的誓言为：我愿意她（他）成为我的妻子（丈夫），从今天开始相互拥有、相互扶持，无论是好是坏、富裕或贫穷、疾病还是健康，都彼此相爱、珍惜，直到死亡将我们分开。

还活着。但是，你向来我行我素，那就照着学校教你的大道理，去做独立自主的女人吧，在丈夫沉沦的时候离开他。我从没想过你竟是这样的人。有些女人来这里看望丈夫，几十年如一日，每次都得赶早上五点钟离开巴吞鲁日[1]的公交。有些女人甚至之前连沃尔特的面都没见过，照样会来见他，她们来到这里何止是聊天。有些女人会在停车场过夜，睡在自己的汽车里，这样一来，探视房门一开，她们就能第一个冲进去。我妈死前每周都会来。是什么让你觉得你比她们所有人都要高尚？

不要来这里跟我说什么做朋友之类的话，我不需要朋友。

罗·奥·汉

亲爱的罗伊：

我也没期待你在收到我那封真挚而坦诚的信后，会开心地撒彩屑、抛纸带，但我觉得你至少会站在我的角度上考虑片刻。你真的拿我跟那群天一亮就挤公交来监狱的妇女相提并论吗？我也知道她们的存在，甚至还亲眼见过。她们的生活简直就是绕着帕森监狱转，除了上班，探监就是她们唯一的事。她们每周都会被扒光衣服搜查一番。监狱看守不止一次把手伸进我的短裤检查，只有这样，我才能坐到你的对面。你想要我经历这些？你想要我的人生变成这样？你就是这样爱我的？

你总是说你能理解我有多难，你缩在椅子里，承认自己给不了我所需要的，可你现在却糊涂起来了。三年多了啊，我的肉体和灵魂都在为你

1 巴吞鲁日，美国路易斯安那州的首府。

坚守。但现在，我要一改往日的做法，否则我的灵魂会消失殆尽。我在上封信里说了，现在再说一遍：我会支持你，探望你，但不会以你妻子的身份。

瑟

亲爱的瑟莱斯蒂尔：

我是无辜的。

亲爱的罗伊：

我也是无辜的。

亲爱的瑟莱斯蒂尔：

这次轮到我给你写绝笔信了。我要正式告知你，我们的关系就此断绝。你说得没错，我们的婚姻没有做到有来有往。我要怎样才能辩驳？不过你同样无法辩驳这一点：我只想你做我一生的**妻子**，因为在我心中我就是你的**丈夫**。

不要再来看我了，如果你不顾我的意愿，非得要来，那就会吃闭门羹，因为我已经把你从探视名单上划掉了。我没有怀恨在心，只是想要适应生活的又一变故。

罗·奥·汉

小罗伊·奥·汉密尔顿

编号 4856932

帕森惩教中心

劳德代尔·伍德亚德路 3751 号

路易斯安那州杰米森市，70648

亲爱的班克斯先生：

这是你作为我的律师的最后一项任务，请把下面这个人从我的探视名单上移除：

瑟莱斯蒂尔·葛洛莉安娜·达文波特

你真诚的，

小罗伊·奥·汉密尔顿

罗伯特·A. 班克斯，律师

桃树路1238号，470号办公室

佐治亚州亚特兰大市，30031

亲爱的罗伊：

这封信是对你上周来信的回复。在不侵犯你权益的前提下，我跟达文波特一家进行了交谈，他们表示会继续聘用我作为你的律师。如果你不反对的话，我会继续为你效劳。对于你的请求，我已经起草了文件，用来修改你的探视名单。不过，我强烈建议你三思。

罗伊，我当了这么多年的律师，赢过官司，也输过官司，但从没有哪件像这件这样令我难过，不仅是因为它让我的侄女郁郁寡欢，还因为它给你带来了巨大的伤害。其实，你总让我想起瑟莱斯蒂尔的父亲。在他穷得鞋底有洞的时候，我们就已经是朋友了。我们在一家纸箱厂里上夜班，下班后勉强来得及去上学。富兰克林能有现在的成就，可以说全凭个人意志。而你的意志跟他一样坚强，我的意志也是如此。

我们的上诉被州法院否决了，我知道你为此心灰意冷，这件事确实让人失望，但仍在意料之中。如果说密西西比州是“南部最差州”中的榜首，路易斯安那州也好不到哪儿去。州法院里的法官要么酗酒，要么腐败，要么种族歧视，要么以上恶习兼而有之。相比之下，联邦法院要好得多，尚有一些正经的法官。

所以我们还有希望，不要放弃。

你不该因为自尊心受伤而与达文波特一家断绝来往。你关在监狱里，与世隔绝，面对的是漫长的服刑期，所以在我还没能将你解救出来前，千万不要跟他们断绝联系。只有他们才能让你记着过去的生活，才能激发你重返往昔的欲望。就讲到这里吧，以下是我前面提到的禁止我侄女去探视你的文件，你可以自行选择要不要公开。我是你的律师，你我的信件自然完全保密，但我觉得有必要提醒你一下。

你真诚的，

罗伯特·班克斯

小罗伊·奥·汉密尔顿

编号 4856932

帕森惩教中心

劳德代尔·伍德亚德路 3751 号

路易斯安那州杰米森市，70648

亲爱的班克斯先生：

你说得确实没错。这是一封反悔信，我收回之前解聘你的话。瑟莱斯蒂尔的名字也不会从探视名单上删除，不过，作为我的律师，你就不要把这件事告诉瑟莱斯蒂尔了。如果她真的来看我，她会在名单上找到自己名字的。如果特意通知她，就好像我在求她过来看我，但我是不会求她做任何事的。

这些年对她来说相当不易，我心知肚明，可我过得比她还要艰难啊。我也尝试过从她的角度看事情，可是，我要怎样才能为那些在外面世界追逐梦想的人伤心流泪呢？之前，我只求她能坚守我们曾许下的“相互拥有，相互扶持”的诺言，只求她这一点，但现在我再也不会求她了。

班克斯先生，请不要放弃我的案子。不要忘了监狱里的我，也不要觉得我的案子已不可挽回。你曾警告过我不要对上诉的结果太过惊讶，既然我不能抱有乐观的期待，那我要怎样才能让心中的希望永存不灭？我感觉人们总是要我去做那些不可能做到的事。

另外，班克斯先生，我知道你不会提供免费的服务。不管达文波特一家还要为我付多少钱，我都会偿还他们，而且还要再付你等额的费用，只要我攒够了钱，就立即给你。你是我唯一的希望，我从未想到我会对你——一个我并不很了解的人——说这样的话。我妈走了，我爸尚在，但他又能干什么呢？他不过是一个老实人，吃苦耐劳，但身无分文。瑟莱斯蒂尔似乎已经迈步前行，不再等我了。我也只有你了。一想到她爸在为我付钱，我就心痛。不过你说得对，我不能愚蠢到只顾自尊，失去理智。

所以在这封信里，我要向你说一句“谢谢”。

你真诚的，

小罗伊·奥·汉密尔顿

亲爱的罗伊：

今天是11月17号，我想起了你。或许在我们初次约会的纪念日这天，你会给我回信。它作为我们的安全词，本是用来中断我们的谈话的，现在我希望它能给我们的关系带来些许的修复。我们现在的样子并不是我想要的。让我尽我所能地去关照你，尽我作为一个人的本分吧。

爱你的，

瑟莱斯蒂尔

亲爱的罗伊：

圣诞快乐。我一直没有收到你的来信，希望你一切安好。

瑟莱斯蒂尔

亲爱的罗伊：

如果你不想见我，我也不能逼你。仅仅是因为我不想活成你心目中的样子，你就断绝与我的联系，你好无情。我再说一遍吧：我没有抛弃你，也绝不抛弃你。

瑟

亲爱的瑟莱斯蒂尔：

请尊重我的意愿，一直以来，我都在担心这一刻的到来。不要管我，我不能一直被你吊着，任你摆布。

罗伊

亲爱的罗伊：

生日快乐。班克斯跟我说你很好，但他也只说这些。你能允许他向我透露更多消息吗？

瑟

亲爱的罗伊：

你大概会在奥利芙的忌日那天收到这封信。我知道你觉得自己孑然一身，但你不是。我已经很久没有收到你的来信了，你要知道，我一直都惦记着你。

瑟莱斯蒂尔

亲爱的瑟莱斯蒂尔：

我还能叫你佐治亚吗？你在我的心里永远都是这个名字。佐治亚，这是一封我等了五年的信，接下来的这句话我一直都在反复练习，甚至都刻进了床边的墙面上。

佐治亚，我要回家了。

你叔叔成功了。他越过了那群乡巴佬，直接把案子捅到了联邦法院。“检察官严重渎职”，说白了就是他们违了规。法官分明已经撤销了我的罪名，但地区检察官都没当回事儿，没有安排重审。所以，就像他们说的，“为了公平正义”，我很快就会被释放了。

班克斯可以更详细地跟你解释，我已经准许他这样做了。但是，我更想让你从我这里、从我亲笔写下的文字里知道这个消息：从今天起一个月后我就是自由人了，还能赶回去过圣诞节。

我们俩的关系已经僵了好一段时间了。我不该把你的名字从名单里删掉，你也不该不为此争辩。不过木已成舟，现在不是互相指责的时候。我很后悔没有给你回信，这一年来，我都没有收到任何信件，不过我也不能期待你给我写信，毕竟你觉得我在有意忽视你。你是不是觉得我忘了你？我希望我的沉默没有伤害到你，我只是太伤心，太惭愧了。

如果我说，过去的这五年就让它过去，我不去想，你也不去想，你会听吗？往事就如桥下的流水般一去不返。（还记得埃罗的那条小溪吗？还记得大桥奏出的乐曲吗？）

我知道我们不可能“从头再爱”，但我也知道你没有跟我离婚，所以我只想问你为什么仍然选择做我的妻子？既然你和别人在一起了，那这么多年来，你为什么仍然选择我做你的丈夫？此时，我脑海里浮现出一幅画面：在我们那栋舒适的房子里，你我坐在厨房的桌子旁，互诉衷肠，一切如旧。

佐治亚，这是一封情书，我所做的所有的事都是情书，只写给你一人。

爱你的，

罗伊

为我设宴

Prepare a Table for Me

安德烈

跟寡妇结婚也不过如此。她心有创伤，你要为她包扎伤口；当她突然陷入回忆，莫名其妙哭起来时，你要为她提供安慰；跟她叙旧，不能让她想起她不愿想起的事情，同时还要告诫自己为一个死人吃醋不理智。

可我还能怎样？我认识瑟莱斯蒂尔有一生之久，爱她也有一生之久。这是实话，自然而未加修饰，就跟“老核”——那棵长在我们两家中间，已有好几个世纪历史的山核桃树——一样。我对她的爱已经刻进了我的身体，就像我肩胛骨上状似银河的胎记。

那天听到消息后，我就意识到她不属于我。我也不是非得占有她，最起码，她在法律上还是另一个人的妻子。如果你真的了解她，你会知道她也不属于他，连她自己都可能没有意识到这一点。她就是那种不属于任何人的女人。这一点，你必须与她深交之后才会懂得。就比如一张二十美元的纸币，你觉得它是绿色的，但靠近了去看，你会发现它其实是米黄色的，只是勾勒了深绿色的细线。现在再想想瑟莱斯蒂尔。哪怕她戴着他给的戒指，她也不是他的妻子。她不过是个已婚女人罢了。

我并不是在为自己开脱。我知道这世上有比我更好的男人，他们会在罗伊进监狱的那天，就把心底滋长的感情之树砍掉，再把树桩烧掉，尤其是在明知罗伊无辜蒙冤的情况下。他的清白我从未怀疑过，我们都相信他。达文波特先生对我很失望，他觉得我该做个正人君子，远离瑟莱斯蒂尔，任由她变成一尊象征着罗伊苦难的活体纪念碑。可是，又有谁能够理解从牙牙学语、蹒跚学步时就爱上一个人是怎样一种滋味？

我是他们婚礼的证婚人。他们结婚那天，我签下了自己的名字——安德烈·莫里斯·塔克。签字的时候，我的右手抖得厉害，不得不用左手扶稳。牧师在教堂里问有没有人反对他们结婚，如果有，请说一说理由。我在圣坛前保持了沉默。我的腰上勒着晚礼服宽腰带，心口似有重拳捶打。是的，在那个春日里，她所说的都是真心话，但我们还要考虑之后的日子，以及之前的点滴。

从头说起吧。我和瑟莱斯蒂尔在同一条小巷里长大，小巷名叫林恩谷，位于亚特兰大西南部，是林恩街的一个分支，林恩街又是林恩赫斯特大道的一个分支。小巷是个死胡同，这倒是个好事儿，在街上玩耍的时候不会被车撞到。有时候，我真嫉妒现在的孩子，他们可以学跆拳道，可以享受心理治疗，还有浸入式语言学习班。可同时，我又很庆幸自己生在那个年代，孩子们除了快快乐乐地活着，什么都不用做。我们肆无忌惮地度过了70年代，但后来一个连环杀手打破了我们的安逸，给我们的城市蒙上了一层恐怖色彩。我们在“老核”身上拴上黄绸带，用来纪念二十九名失踪的被害人。那两年我们过得有些艰难，好在危险终究解除了；那些黄绸带慢慢磨损，像树叶一样飘落在地，最后被焚烧了。我和瑟莱斯蒂尔则继续生活、热爱、学习、成长。

我七岁那年，父母开始闹离婚。那个年代，正儿八经的家庭是不会离异的。最后，卡洛斯从家里搬了出去。他搬家可是个大工程，耗费了很多人力物力，涉及到他的三个兄弟，一个正在歇班的警察，还有一辆拖车。他刚一搬走，瑟莱斯蒂尔就把她爸奉献给了我。我永远都忘不了她牵着我的手，把我拉到她家地下实验室的情景。那天达文波特先生穿着白大褂，像个医生，头上的护目镜陷进蓬乱的头发里。“爸爸。”她说，“安德烈的爸爸跑了，所以我跟他说，你可以抽时间给他当爸爸。”达文波特先生点燃了一盏本生灯[1]，然后把护目镜拉了下来，说，“我听从这个建议。”这是迄今为止我收到的最好的礼物。达文波特先生和我并没有发展出父子般的感情，我们之间的气场不太融洽。即便如此，瑟莱斯蒂尔的慷慨之举，就像是掀开被窝让我爬进去，然后我们就变成了一家人。

坦白地讲，我们两个又不太像兄妹，更像是玩得比较好的远亲。高三那年，我和她一起参加情人节舞会，因为我们都别无选择。她看上了一个低音鼓手，我看上了鼓乐队的女指挥。她比较幸运，两个人最后看对了眼。我一时间没了舞伴，这倒也是意料之中的事。人们都喜欢又高又黑的大帅哥，而我是个又矮又瘦的小可爱。我们从威瑟斯彭店租了一辆豪华轿车。舞会结束后，我们在后座上接了吻。回到她家后，我们又溜进地下室，在一张小沙发上做了爱。那沙发是她爸爸工作累了之后常躺着休息的地方。地下室弥漫着外用酒精的味道，沙发垫上散发着烟草味儿。瑟莱斯蒂尔挪了挪身子，伸手从一个闪亮的文件柜里取出一个瓶子，里面装的似乎是金酒。我一口，她一口，喝着喝着就有了勇气。

可我这个妈宝男，第二天就把事情告诉了伊薇。她只说了两点：第

1　德国化学家 R.W. 本生的助手为装备海德堡大学化学实验室而发明的，一种用煤气为燃料的加热器具。——编者注

一，这种事在所难免；第二，我有义务去按响邻居的门铃，请求瑟莱斯蒂尔做我的女朋友。就像她爸多少年前说的那样，我也“听从了这个建议”。可瑟莱斯蒂尔不同意，“安德烈，我们能假装什么都没发生吗？我们能只看电视别说话吗？”她抛给我一个真正的难题。我们能让时间逆转吗？能改变昨天的轨迹，迎接一个不一样的明天吗？我说我们可以试试。那天下午，她伤透了我的心，就像艾拉·费兹杰拉[1]可以用歌声震碎玻璃杯那样。

我说这些并不是要证明自己早在高中就已经占有了她，我只是想说我们之间有一段青梅竹马的过往，而非单纯的机遇巧合。

高中之后，我们便分道扬镳，像三只小猪一样各奔前程。我的前程就在七英里之外——莫尔豪斯学院。我是家里第三个就读大学的人，卡洛斯勉强能付得起我的学费，尽管伊薇向他要的抚养费他连一半都没给。我的第一志愿本来是新奥尔良泽维尔大学，可我只能选卡洛斯同意我去的大学，否则他不给钱。我并不是在抱怨，莫尔豪斯学院很适合我，教我明白了一个黑人同样有很多方式生活。只是，当时的我更想选择一条自以为合适的出路。

瑟莱斯蒂尔选择了霍华德大学，即使她妈推荐的是曼彻斯特的史密斯女子学院，她爸推荐的是斯佩尔曼学院。不过，瑟莱斯蒂尔想要什么，就能得到什么。他们给她买了一辆灰色丰田花冠，她给它起名叫“露西儿”。然后，她便开着它去首都上学了。后来，莫尔豪斯橄榄球队去霍华德大学参加返校表演赛，我本来有见一见她的想法，可我当时的女朋友不太情愿——连她都能从我说“瑟莱斯蒂尔”时的口气里觉察到她在我心中并非朋友那么简单。

---

1 美国著名歌手，被誉为“爵士乐第一夫人”，高音清亮而具有穿透力。

所以那天在华盛顿我没有见她。大概三个星期之后，她竟然回家了，整个人都萎靡不振。她的家人把她幽禁在家里，几乎有六个月之久。我去看了她两次，本来打算每周都去的，但她的婶婶西尔维娅不让我进去。她们两个女人不知是有什么暗黑的隐情，就好像两个女巫在偷偷炼药，神秘而原始。

到了九月份，瑟莱斯蒂尔终于准备好重返生活了。不过，她并没有回到华盛顿，而是托关系去了斯佩尔曼学院。伊薇让我多多留意她，我照做了。瑟莱斯蒂尔还是我认识的那个女孩，只是身上散发着一丝危险气息，仿佛她随时都可能划你一刀。她的幽默感攀升了几个台阶，个子也更高了。

这些都是很久之前的事了，现在一切都不一样了。怀旧好比吸毒，我也不想怀旧，但又实在忍不住去回忆那段年少而穷酸的时光。有时，她会去我的宿舍做客，我们一起享用麦香鸡翅，那是一种用鸡肉与面包做的小吃，只需两美元多一点就能买到。吃完之后，我经常跟她闹着玩，问她为什么从来都不带朋友过来见我。

“我发现你每次说我不带朋友的时候，都是在吃光东西之后。”

“我是真心想问的。”我说。

“下次吧。”她说，“我向你保证。”可她下次照样还是一个人，而且也不告诉我原因。每到晚上一点来钟的时候，我就会主动提出送她回学校，然后她会说，“我想在这里过夜。”我们睡在我的单人床上，她睡在床单下，我睡在她旁边，中间隔了一层棉布，毕竟男女有别。我们共睡一床，身体间只有一布之隔，如果说我从来没有躁动，那肯定是在撒谎。不过回首过去，我觉得主要是因为当时我年少火旺。有一次天还没亮她就醒了，然后轻声说，“安德烈，有时候我感觉自己是破碎的。”只有那一次，我钻到了床单下，但也只是为了让她不再颤抖。“你没事。”

我对她说，“你没事。”

再说一件事来渲染一下情绪：他们是通过我认识的。一天晚上，她在我这里过夜。第二天早上八点，罗伊急匆匆地过来借硬币洗衣服。他进来的时候一点提示都没有，好像我不需要隐私一样。上大学的时候，我是个难以分类的男生。我不是一个民族认同感强的非裔，因为不够有戾气；也不是一个书呆子，因为不够特立独行；不用说，“阳光帅男”这个词跟我也八竿子打不着。所以，理论上说，我应该没什么女人缘。(但实际上，我也有一番收获。）罗伊则是一如既往地备受瞩目。他个子高，肤色深，长得帅但又不刻意，给人一种健康美。我们俩的寝室只有一墙之隔，所以我知道他那“乡下人”扮相是一种撩妹技巧。他确实是乡下人，但并非淳朴无害的呆子。

“我是罗伊·汉密尔顿。”他说，眼睛如饥似渴地盯着瑟莱斯蒂尔。

“罗伊·奥萨尼尔·汉密尔顿吧？隔墙有耳哦。”

然后，罗伊看向我，就好像我藏着什么机密情报一样。我摊了摊手。他又把目光移到瑟莱斯蒂尔身上，盯着她看。一开始，我只是觉得他遇到了前所未有的挑战。他不敢相信她对他一丁点儿兴趣都没有，连我都困惑不解。

此时，我才意识到她的转变是永久性的。这是一个全新的瑟莱斯蒂尔，目光坚定，笔直向前。这是她在婶婶的陪伴下安魂定魄之后的样子。在受西尔维娅关照的六个月中，她学会了两件事：怎样用袜子缝制布娃娃，怎样一眼识别不适合自己的男人。

后来，罗伊三番五次到我宿舍来打探她的消息。“你俩之间没什么吧？”

“什么都没有。”我说，“我们从小就认识了。”

“嗯。”他说，“那就给我透露一点信息呗。”

“比如？”

“我要是知道，那还问你？”

毫无疑问，我肯定可以为他提供一些关键信息。但我不想告诉他如何走进她的心房。罗伊是个酷男孩，当时我就很喜欢他。我们两个差点成了“兄弟会”的成员。我爸供我上学的第一个条件就是我要加入“兄弟会”——因为在他的眼中，只有他的长子才能传承这个传统。我参加了那年的“信息交流会”，罗伊也去了。他是家里的长子，也是唯一的孩子，所以在填信息卡的时候，都没什么可写的，而我们其他人都在埋头写，诚意满满。我就坐在他旁边，看到他脸上流露出一丝惶恐的神情。兄弟会的人过来收他的卡片，他就空空如也地交了上去。“我觉得单凭这些问题，没法说明我是怎样的一个人。”他的语气并不沉重，但带着某种感情。那位老大哥冲他嗤之以鼻，说，“把信息填上，傻子。”即便如此，他还是为自己争取到了一点点优势。他瞥了一眼我的卡片，卡片上字迹工整地写着我的整个父系家谱。

“都是你的血亲啊？”罗伊说。

我挥了挥卡片，说，“在过去十年里，我和他们都没见过几次。”

罗伊耸了耸肩，“至少是你的亲人。”

我把卡片交了上去，然后又坐回他的身边。气氛有些尴尬。我不想详细地过问别人的私事，但怎么说呢，就好比举办仪式，人家礼袍都穿好了，你这边竟然不上鸡、牛、羊等祭品。

“我们该走了。”罗伊用手肘试探性地碰了碰我。

现在回想起来，真希望当时我们真的走了——带着完整的尊严走。直接讲结果吧：一句话——我们两个都没入围；加点细节——他们虐了我们三个星期，还是没让我们入会；一个大秘密——我们落选后，我暗暗舒了一口气，但罗伊却用袖子抹眼泪了。

如果说我们算不上朋友，至少也算关系不错，可无论如何，我都不能把瑟莱斯蒂尔端到盘子里奉给他，毕竟我是伊薇调教出来的好儿子。过了三四年之后，缘分又让他们走到了一起，而这一次时机正好。罗伊是那种你想让自己的妹妹嫁的男人吗？问题是，你根本就不想让自己的妹妹出嫁。不过，瑟莱斯蒂尔和罗伊两个人相处得还蛮好。他很照顾她，而且在我看来，他在说婚礼誓词的时候，确实是真情实意。甚至连伊薇也同意这门婚事，还亲自在婚礼上弹了钢琴。他们的故事挺令人振奋的：男生追女生，最后女生接受了男生。在他们的婚宴上，我坐在贵宾桌，一心只愿他们有个美满的未来。举起酒杯，为他们说祝词，我的话也是由衷的。如果有人说他不同意，那他肯定是在撒谎。

这些都是真的。可生活啊，总会有意外，总会有麻烦，也会有好运。我并不是把全部责任都推给生活，但问题是，瑟莱斯蒂尔与我相伴了近三年时光，这是我的错吗？况且，哪怕我需要道歉，又要向谁弥补过错呢？要去找罗伊忏悔，投案自首吗？或许在他眼中这样做比较合适，但瑟莱斯蒂尔又不是钱包或者好点子，可以被人窃取，她是一个活生生的、有呼吸的、美丽的人啊。诚然，这件事除了我和她的视角，还会有别人的视角，但不可否认的是：我爱她，她也爱我。不管是睡在她身旁，还是孤苦伶仃地睡在自己的那张床上，我早上起来最先想到的总是她。

小时候，姥姥常说，“上帝以神秘的方式行事”，或者“上帝可能不会按照你的意愿显灵，但他永远准时。”伊薇常说，“神让你经历的，是他觉得你需要经历的。”这时，姥姥会让伊薇住口，然后提醒她，被一个男人抛弃并不是人世间最大的不幸。伊薇会回复，“但这却是我遭遇的最大的不幸。”她就是这种话说了太多遍，才患上了红斑狼疮。“神就是想让你知道什么叫痛苦。”伊薇说。我并不喜欢那样谈论上帝，就好像他在上面拿我们当玩具一样。我更喜欢姥姥唱的圣歌里温柔而包容的上帝。小小的我把这个偏好告诉了伊薇，她说，“人啊，要接受神给你安排的命运。”

人啊，也要接受神给你安排的爱情。在寻爱的路上，你会遇到很多艰难险阻，它们就像花轿上的易拉罐，叮叮当当，一路尾随。我们并没有忘记罗伊，我和瑟莱斯蒂尔每个月都会往他的账户上汇钱。然而，就好比给一个埃塞俄比亚的孤儿每天寄 35 美分，我们在帮忙，又没帮上什么忙。罗伊就像一个泛着微光的幽灵，站在卧室的一角，永不消失。

十一月份的第四个星期三，我下班回家，在厨房里发现了瑟莱斯蒂尔。她穿着缝纫时要穿的套衫，拿着一个气泡杯喝红酒，指甲敲击着桌面，发出尖锐的响声。我看出了她内心的不安。

“亲爱的，怎么了？”我脱下大衣问。

她摇了摇头，发出一声我无法理解的叹息。

我坐到她身边，从杯子里抿了一口酒——我们经常在一个杯子里喝酒。

瑟莱斯蒂尔抓了抓头发。我们在一起之后，她把头发剪短了。短发让她显老，但这里的“老”并非贬义，她从一个年轻的姑娘变成了成熟的女人。

“你还好吗？”我问。

她一只手端着酒杯，送到唇边，另一只手从口袋里掏出一封信。在打开信纸之前，我就已经猜到信的内容，知道它要说什么，仿佛它要传达的信息越过了语言，硬生生地钻进我的血管。

“班克斯叔叔创造了奇迹。”她说着，用手揉搓裸露出头皮的脑袋。“罗伊要出来了。”

我站起身，走到碗橱旁，从里面拿出一个气泡杯，为自己倒了半杯红酒。她也站了起来。我举起酒杯，真希望杯里盛的是更浓烈的酒。“敬班克斯，他说到做到，没有放弃。”

“是啊。”瑟莱斯蒂尔说，“总算有了结果。五年了啊。”

“真替罗伊高兴。他可是我的朋友啊。”

“我知道。”她说，“我知道你不愿看到他遭遇不幸。”

我们站在厨房的水槽前，凝望着窗外。枯黄的草坪上落满了树叶。我家院子最外边有一堵墙，墙下种了一棵无花果树，这棵树是卡洛斯为了庆祝我的出生而种下的。达文波特先生不想被邻居比下去，就在瑟莱斯蒂尔一岁生日的那天，种下了一丛蔷薇。直到如今，每逢夏日，它们都能爬上十几个棚架，无拘无束地疯长，尽散芳香。

“你说他想不想回来？”瑟莱斯蒂尔问，“他信里没有提到任何打算。”

“他能有什么打算？”我说，“只能重新开始。”

“他可以来这儿。”她说，“咱俩住我家，让他住你家。”

“但凡是个男人，都不会同意的。”

“他不会吗？”

我摇了摇头。“不会。”

“他能出狱，你明明该高兴的啊。”她说，“难道你嫉恨他出狱吗？”

“瑟莱斯蒂尔，”我说，“你把我想成什么样的人了？”

听到罗伊将要被释放的消息，我当然很开心。我替我的朋友、我的莫尔豪斯兄弟罗伊·汉密尔顿心生感激，这是铁定的事实。但是，我和瑟莱斯蒂尔还有事要商量——她上个月终于同意去找班克斯谈离婚的事。昨天，我去珠宝店挑了一枚戒指。这一刻，我妈从我三岁起就一直盼着。明天是感恩节，我打算明早用它叫醒她。戒指上的宝石不能太亮眼，瑟莱斯蒂尔已经在那条通往幸福的道路上走过一遭了，因而钻石不在我的考虑范围内。我选的是一颗深红色的宝石，宝石是椭圆形的，镶嵌在金戒指上，里面似有一团火焰，就好像她的歌声凝固在了珠宝里。

为了买这枚戒指，我背弃了她的信任，因为她曾说她已经不再相信婚姻了，“直到死亡才会把我们分开”是不合理的，这是造成婚姻失败的一大原因。我问她，“那你相信什么？”她说，“我相信交融。”我是一个既现代又保守的人，我也相信亲密的情感——谁不信呢？但我还相信承诺。婚姻确实就像她说的那样，是一种“特殊的制度”。我爸妈的婚姻就证实了，在圣坛前，多么不合理的交易都能达成。但此时此刻，在这个国度，离我的愿望最近的就是婚姻了。

“看着我。”我对瑟莱斯蒂尔说。她抬起头，脸上的表情揭露了她内心的焦虑。她咬着左下嘴角。如果我把嘴唇贴在她的脖子上，肯定能感受到她肌肤下脉搏的跳动。

“安德烈，”她说着，把目光收回，落到铺满树叶的庭院上，“我们该怎么办？”

我走到她身后，抱住她的腰，缩了缩身子，让下巴枕在她瘦削的肩膀上，以此作为回应。

瑟莱斯蒂尔又问了一遍，“我们该怎么办？”我喜欢她说的“我们”二字。虽不是多么值得抓住的字眼，但这么跟你说吧，我是双手并用，牢牢地抓住了它。我说，“我们必须得告诉他，这是第一要事。至于他住在哪儿，那是后话，是琐碎的事。”她点了点头，但没有说话。

“四个星期？”我说。

她点了点头。“差不多吧。12 月 23 号。圣诞节。”

“让我去找他谈吧。”

我面向她，期待着她能领会我的心意。我的自告奋勇不是紧要关头的奋力一搏，而是绅士之举；我把自己放低，化作一件大衣，盖到泥潭上。

她说，“他信里说想找我谈话，你不觉得我亏欠他吗？”

“你该和他谈，也会和他谈。”我说，“但不能最先和他谈。让我先把大致的情况告诉他，如果他想跟你面对面谈，我就开车送他来亚特兰大。不过，他知道之后，可能都不用来了。”

“安德烈，”她说着，用手抚摸我的脸颊，如此地轻柔，就像一个吻，或者一句道歉，“要是我想和他说话呢？我不能派你去路易斯安那对付罗伊，搞得他像爆胎或是罚单一样。我可是他的妻子啊，我们没能走下去又不是他的错。”

“这不是谁对谁错的问题。”我说。当然了，我脑子里一直都有个声音唠叨个不停，说我跟瑟莱斯蒂尔在一起就像是盗取别人身份或是盗墓一样的罪行。有时，那声音是罗伊在斥责我：“去找你自己的女人。”有时，那声音是我爸在提醒我：“人活着，就是为了图个好名声。”——这话从他嘴里说出来，倒像个笑话。但除了这些嘈杂的声音之外，我的脑子里还有姥姥的忠告：“你的就是你的，伸出手，把幸福占为己有。”关于这些声音，我从没跟瑟莱斯蒂尔说过，但我确信她脑子里也是此起彼伏。

“我知道谁都没有错。”她说，“但我和罗伊之间的关系很敏感，尽管我们结婚没多久，但总归也是结了婚的。”

“听着。”我说。我并没有单膝下跪，我们之间早就不必循规蹈矩。“我和你的事情还没谈完，就不要谈他。我原本不是这样打算的，但是，你看……”

她打量着我手心里的戒指，困惑地摇了摇头。我买这枚红宝石戒指的时候，感觉它既完美又有个性，跟她之前的那枚迥然不同。可现在，我怀疑它还不足以打动她。

瑟莱斯蒂尔说，“这是求婚吗？”

“这是承诺。”

“你别这样。”她说，“我现在承受的压力够大了。”她转身离开，走进我的卧室，然后把自己关在里面，门把手咔哒响了一声。我完全可以追过去，用一根曲别针把门锁撬开。但是，当一个女人把你关到外面时，即使撬锁也无济于事。

我在客厅里找到一瓶苏格兰烟熏威士忌，倒了一杯。这瓶酒是卡洛斯在我毕业时送给我的，已经存了十五年，一直放在酒柜里未开封，我想等到合适的场合再喝。一年前，瑟莱斯蒂尔问起这瓶酒。我觉得她的到来算是合适的场合，为了庆祝我们的感情，就打开了它。现在，这瓶酒几乎空了，一旦喝光，我肯定会心疼。我拿着酒杯，走到外面，坐在“老核”的树根上。空气微凉，但威士忌一路灼烧到底。瑟莱斯蒂尔所在的房间里所有的灯都亮着，窗帘也敞着。她在缝纫室里堆满布娃娃，为假期的热销做准备。在我眼里，所有的娃娃长得都像罗伊，即使它们表情各异，而且大多数都是女娃娃。每一个都是罗伊。我早就接受了这个现实。她是个“寡妇”，“寡妇”有权哀悼。

月亮出来后，她唤了我一声。我犹豫了一下，等着第二声。她在屋子里四处找我，我能感受到她的忧虑。如果她停下来好好想想，就能知道我在哪里。我的名字在空荡荡的屋子里又回荡了几声。最后，她终于出现在了门廊里，身上穿着印花睡袍，仿佛我们已是一两百年的老夫老妻。

“安德烈。”她光着脚，走过阴冷潮湿的草坪，说，“进屋吧，该睡了。”

我沉默不言，从她身旁经过，朝我的卧室走去。被褥乱七八糟的，仿佛她刚一睡着，就做了个噩梦。我像往常一样，洗漱完毕，换上睡裤和T恤，做好睡前准备，然后把床单套在床垫上，铺上毯子，把被子抻平，折好，关灯，最后朝她走去。她站在衣柜旁，双臂交叉在胸前。“来。”我说着，像大哥哥一般拥抱了她。

“安德烈，”她说，“你想让我怎么做？”

“我想结婚，让我们合法化，让我们光明正大。你要给我一个答复，瑟莱斯蒂尔，不能总是吊着我。”

“现在不是时候，安德烈。”

“告诉我，你想要什么。你要么是想嫁给我，要么是不想嫁给我。我们要么是玩了近三年的过家家，要么是在认真地组建家庭。”

“这是你给我的最后通牒吗？”

“你知道我不是那种人。可是，瑟莱斯蒂尔，我需要一个答案，现在就需要。”

我松开手，她走到床上属于她的那一侧，我走到属于我的那一侧，就像两个各居一角的拳击手。

谁都不开口，谁都没睡着。不知道这会不会是我们的终点。我想翻身滚到她的地盘，那一侧的床散发着薰衣草的香气。我们常常睡得很近，有时还会共用一个枕头。但今晚，我需要她的邀请，而看样子，她是不会邀请我了。你永远都读不透另一个人的心思，这是我一直以来的体悟。最后，她在黎明前终于给了我回应。如果再迟一些，就会超过我心中的期限。她把双手、双腿、嘴唇、所有的一切，都伸向我。我躺在那里，像是装了弹簧一般，蓄势待发。

在政府的眼中，她仍是另一个人的妻子。但过去五年发生的事情给了我们一个教训，那就是你不能信任政府对人民的生活有实质性的了解。我们躺在床上，筋疲力尽、汗涔涔地缠绵在一起，此时谁都不能说我们没有达到交融。

“听着，”我对着她芳香的肌肤低语，“罗伊被关进去并不是我们在一起的原因，听到了吗？”

“我知道。”她叹息道，“我知道，我知道，我知道。”

“瑟莱斯蒂尔，求求你，嫁给我吧。”

她在黑暗中答应了我。她的唇离我如此之近，我都能尝到她回答的滋味——醇厚而焦香。

瑟莱斯蒂尔

当时的我才结婚十八个月，头发里还有大米粒[1]，既是新娘，又是妻子。

婚姻就像嫁接，把一根树枝接到另一棵树的树干上。你的手上有一根树枝，刚被砍下来，滴着汁液，散发着春天的气息；你还有一棵树，它被剥了皮，凿了孔，待接新枝。几年前，我爸给侧院的一棵山茱萸做过这种“手术”。他把一根从树林里偷来的开粉花的树枝，嫁接到我妈种在苗圃里的那棵开白花的树上。他在接口处缠了好几码麻布和麻线，两年后，树枝和树干终于长在了一起。这么多年过去了，这棵树看起来还是有些不自然，即使在它万粉千白的花季。

关于我们的婚姻，我从没想过我们谁是砧木，谁是接穗。我们一直想要个孩子，或许正是因此，让这个问题变得无足轻重了。孩子的出现能加重离婚的后果，提高居家的乐趣，让小两口真正变成一家人。不

1 西方婚礼上有撒米的习俗，此处是以夸张的手法表达自己新婚不久。

过在当时，我们并没有这样计较。人总在回首之后，才能看透曾经的那些神秘之物的机理。这种冷酷的后见之明就像魔术师的教学手册，揭示了魔术的变法，告诉你所谓的魔法不过是精心设计的机关以及玄妙的设备。

以上并非借口，纯属解释。

感恩节早上，我一觉醒来，身边是安德烈，手上是他的戒指。我从没想过自己会成为那种既有丈夫又有未婚夫的女人。其实没必要搞成这样，我本可以在我知道自己不想继续做囚犯的妻子的时候，去找班克斯叔叔起草离婚协议书。在给奥利芙守灵的时候，我就知道自己喜欢安德烈，亲爱的安德烈，一直陪伴我的安德烈。那我为什么没把离婚落实到纸面上呢？我身体里是不是还沉睡着对罗伊的残念？两年来，每次上床睡觉前，我都能从安德烈的眼睛中看到这个问题。罗伊的信里暗示的也是这个问题，就好像他把这个问题写下，再擦掉，然后再覆盖上新的文字。

原因有很多，愧疚从逻辑的缝隙里渗透进来。我怎么能送他一份离婚协议书，让他再次受制于政府的判决，再次遭受毁灭性的打击？既然他都知道了我的意图，那就没必要搞得那么正式。我这么做是出于慈悲，还是单纯的软弱？一年前，我问了我妈，她递给我一杯凉水，安慰我说万事皆是好事。

安德烈还在睡觉。我把手放在他的肩膀上，弯曲手指，贴合他的胎记。他的呼吸很沉稳，毫不担忧这个世界会在他睡醒前停止转动。现在是凌晨 5 点钟，我一人独醒，感觉生活不再那样令人生畏。安德烈长成一个帅哥了。曾经的他瘦高纤弱，现在的他苗条却结实。他仍是一副狮子般的相貌，头发蓬松，面色发红，过去的他是个可爱的小狮子，现在是个成熟的大狮子。“你俩的孩子肯定很好看。”时常会有陌生人对我们这样说。我们会报以微笑。这本是句好话，但一想到孩子，我就喉咙打结，神态不安。

安德烈在睡梦中突然一颤，抓住了我的手。我贴着他又小憩了一会儿。今天是感恩节。成年的一大痛处就是节假日俨然成为丈量人生的标尺，而你总是不达标。对孩子们来说，感恩节就代表着火鸡，圣诞节就代表着礼物。长大后，你就知道所有的节假日都是关于家庭的，而没几个人有美满的家庭。

我妈是个爱幻想的浪漫女人，她会怎样看待我手上这枚深红如秋叶的戒指呢？这颗红宝石意味着安德烈是我的未婚夫，而罗伊的那颗白得发蓝的钻石则警示我这是不可能的。不过，为什么要在乎珠宝的意见呢？毕竟只有我们的身体知道答案，骨头不会撒谎。我的首饰盒里还藏着什么呢？还有一颗牙齿，颜色是古典蕾丝那样的象牙色，边缘是锯齿状的，像切牛排的刀子。

我爸妈的住宅在亚特兰大西南部人尽皆知。尽管附近没有广场，不易辨识，那地方仍算得上一处地标。它坐落于林恩赫斯特大道与瀑布路的交会处，就在柴尔德里斯大道前面。这栋庞大的维多利亚式建筑荒废了将近半个世纪，受尽了松鼠和花栗鼠的摧残，最后被我爸解救了出来。从大街上望去，一丛蓬乱的灌木横亘在前，犹如一堵绿墙，将房子半遮半掩；四周都是整齐有序的砖房，交映之下，这栋房子像是出自世纪之交时期的寓言故事。小时候，我们每次去绿蔷薇商场，都会从这里路过，然后我爸会说，“我们要住在那边了，那个大怪物是在内战之后建起来的。南方战败，失去了种植园，这栋楼是送给南方的安慰奖。”小小年纪的我，真的信了他的话，央求道：“可是这房子闹鬼啊！”“是的，小姑娘。”他说，“闹的是历史的鬼魂！”这时，我妈就会插嘴说，

“你爸就是打个比方。”然后，我爸会说，“才没有，我是在预言未来。”葛洛莉亚会说，“预言未来？是畅想未来吧？或者是乐观主义。不管怎样，别再说了，都吓着瑟莱斯蒂尔了。”

我爸从那以后就不再说了——直到他发了财。他有了钱之后，这栋矗立在山丘上、有着圆屋顶和彩色玻璃的破楼再次迷住了他。班克斯叔叔发现，这栋房子的所有权自战后重建时期起，一直在一个大户人家的手里。亚特兰大西南部住满了黑人，房屋主人们嫌弃，所以不愿住在这里，同时又舍不得卖——至少在一个世纪后，富兰克林·德拉诺·达文波特胳膊上铐着一箱现金去找他们之前，他们舍不得卖。我爸说，他其实知道写张支票就行，但有时候用现金更容易达成交易。

葛洛莉亚一开始以为那群白人不会把房子卖给他，但她比谁都清楚他创造奇迹的本事。谁会想到他，一个高中化学老师，竟能搞出发明，让全家过得“舒舒服服”（她的原话）。看到他带着空箱子回来之后，她就把那些印有现代风格的灰泥住宅的宣传册丢出了视野之外，开始寻找专门翻新老宅子的承包商。她觉得住在这里更幸福，一旁就是老街坊，小区居民要么是老师，要么是家庭医生，或是从事其他得益于民权运动的职业。再往西边的时髦住宅区里住的很可能是说唱歌手，整形医生，或是销售主管。对我爸来说，他终于摆脱了屋主协会的指指点点，可以在自己的房子里为所欲为了。

我爸是个固执且执着的人，他能取得意想不到的成功关键就靠这两点。上完一整天的课后，他就一股脑地钻进地下实验室里鼓捣那些化合物，二十年如一日。我对他的大多数童年记忆都是他穿着实验服的样子，实验服上面乱七八糟地别了很多旧式胸章，写着诸如“释放安吉拉！”“沉默就是赞许！”“我同为人！”之类的标语。他放任自己的爆炸头肆意生长，甚至在“黑即是美”走向温和，变成“黑也可以”之后，他仍然不爱梳理。很少有女人能够忍受得了这种蓬头垢面的空想家，更别提他做实验时从楼下飘上来的怪味了。然而，葛洛莉亚却鼓励我爸做实验。她同样需要整日劳作，但还是能挤出时间，给他填写并寄送专利申请表。当被人问起他是怎样从一个阿拉巴马州向日葵区的赤脚男孩，变成现在的科学狂人百万富翁的时候，他会回答自己的脾气太倔，不可能失败。

我从没想过他会把那一股倔劲儿用在我和安德烈身上。别忘了，安德烈是我爸的首选女婿。罗伊有着激进又新锐的志向，就像血痂之下的嫩肉。我爸喜欢他这个人，但不喜欢他做我的丈夫。“他洗澡的时候，怕是也西装革履吧。”我爸说，“我尊重他的野心，我也有野心。但是你可不想跟一个总想着证明自己的男人共度余生。”而对安德烈，我爸除了喜欢之外，没有其他情绪。“给安德烈一个机会吧。”这话儿他常挂在嘴边，甚至在订婚宴的那天早上还说过。我跟他解释，说我们更像是兄妹，他回道，“只有亲妹妹才是真妹妹。”有时候，他会以杰克·布莱克[1]的语气说，“我和你妈的婚姻很曲折，你不必为了体验生活而绕个大弯子。考虑一下安德烈吧，你知道他的心意，他都算是我们家的一员了，走一回捷径吧。”

可现在，他跟安德烈打招呼都只是草草点头了事。

感恩节那天早上，我和安德烈去了我爸妈家里。我们没带多少礼物，只带了两个消息：一是我和安德烈已彼此相许，二是罗伊即将出狱。我本来说好要带两个甜品的，一个是给我爸做的德国巧克力蛋糕，另一个是给我妈做的切斯派[2]。但那天我手抖得厉害，没法烘焙。甜品

1 19 世纪末 20 世纪初的美国流浪汉和窃贼，曾创作了一本名为《你赢不了》（*You Can't Win*）的自传，记录自己的亡命生涯，奉劝浪子回头。

2 一种典型的美国南部甜点，口感较甜。——编者注

这东西很奇怪，仿佛有自己的情绪。那天的蛋糕都瘫在烤箱里，发不起来。

我们在前院看到了我爸，他正在折腾圣诞饰品。反正房子够大，他有的是空间来展示他那高昂的节日情绪。只见他蹲在宽阔的院子里，拿着一把折叠式剃刀，试图打开三个装着智者[1]的箱子。他的T恤是反着穿的，因而“唯在亚特兰大”几个字出现在他瘦小的背上。

“还记得这些T恤吗？”安德烈问。车道有些陡峭，我们的车开得很慢。

我确实记得。“唯在亚特兰大”是罗伊众多的创业尝试之一。他希望这句话能成为南方版的“我爱纽约”[2]，给背后的创作者带来巨额的收益。只可惜，罗伊才定制了几件T恤和钥匙扣，就被抓进监狱了。“他总有想法。”我说。

“是啊，他总有想法。”安德烈面向我说，“你还好吧？”

“还好。”我说，“你呢？”

“我准备好了，但我是不会撒谎的。有时候真是惭愧得要死，仅仅是因为过上了自己想要的生活。”

他知道我懂他的感受，所以我不必告诉他。世上就该有一个词来形容“窃取本就属于你的东西”的感受。

我们观察了我爸一会儿，同时努力酝酿着喜悦的情绪。他从箱子里取出巴尔萨泽——那个黑皮肤的智者——然后又把其他智者塞回箱子。至于他打算如何处置剩下的六个白皮肤国王，我就不得而知了。摆在一

1 《圣经》中的人物，据《马太福音》记载，耶稣出生后，有来自东方的三个国王前来朝拜。圣诞节期间，三智者都扮演特殊的角色。在某些地方，他们甚至替代圣诞老人的角色。

2 自“我爱纽约”标志于1977年出现后，很多餐厅、旅馆和饰品店都购买了使用权，从而给标志的创作者带来了巨额财富。

旁、等待装扮的是一个耶稣诞生的小屋，两个充气的雪人，还有几只吃着草、身上挂满了灯泡的小鹿。班克斯叔叔在前廊登着梯子，安装形似冰锥子的饰品。

“都还好吗？”我说着，张开双臂，拥抱在场的所有人。

“瑟莱斯蒂尔。”我爸看到了安德烈，但没有跟他打招呼，“给我做蛋糕了没？”

“你好，达文波特先生。”安德烈假装自己受到了欢迎，“感恩节快乐！大过节的，我们肯定不会空着手过来！我给你带了一些格兰威特威士忌。”

我爸朝我抬了抬下巴，我把身子倾过去，亲了一下他的脸。他身上有股可可油和大麻的味道。他终于把手伸向了安德烈，后者乐观地握住了。“感恩节快乐，安德烈。”

“爸。”我低声说，“热情点儿。”然后，我牵起安德烈那只没拿酒瓶的手，朝前廊走去。门廊是环形的，围绕房子一圈。在我们走到门口前，我爸喊道，“安德烈，谢谢你送的酒，我们可以饭后喝。”

“好的，先生。”安德烈开心地说。

面前的门廊里，班克斯叔叔正在倒腾一团缠在一起的灯串。

“你好，班克斯叔叔。”我说着，抱了抱他蹬在梯子上的腿。

“你好，宝贝丫头。”班克斯叔叔说，“还有你，小伙子，最近还好吗？”他对安德烈说。

此时，西尔维娅婶婶从前门探出头来。我对西尔维娅最早的记忆是她和班克斯最初约会的时候，他们带我去了奥姆尼体育馆滑冰，她还给我买了一根固定在红酒杯里的淡黄色蜡烛作为留念。我妈见后立即就给没收了，“不能让小孩子玩火。”西尔维娅替我向我妈求情，“瑟莱斯蒂尔不会点着它的，是吧？”我摇了摇头，我妈停住了脚步。“相信她。”

西尔维娅对葛洛莉亚说，但她的眼睛却看着我。她是我的已婚伴娘（严格来讲，她并没有结婚），我结婚的时候，她就走在我前面，脸上绽放着灿烂的笑容。

“瑟莱斯蒂尔和安德烈！你们到了，真是太好了。你妈非得等你们到了之后才把面卷放到烤箱里。”她面向安德烈，说，“侄子，给我拿些糖。”

她把门打开，安德烈跟着进了屋。我留了下来，站在梯子底下。“班克斯叔叔？”

“没有。”他读懂了我的心思，说，“除了西尔维娅，我没跟别人说。你自己跟你爸妈说吧。”

“谢谢你。”我说，“你没放弃。”

“是啊，我没放弃。那群蛀虫都不知道自己是怎么死的。”班克斯叔叔小心翼翼地迈下梯子，站到我旁边。“你爸是我最老的老朋友了，我们在58年一起来到亚特兰大，两个人都身无分文。我对他比对我亲兄弟还要亲近。但我要告诉你，我并不认同他的所有看法。我是个律师，什么事都见过，所以有自己的看法。富兰克林对某些问题的看法从小到大都没改变，但他爱惜你啊，瑟莱斯蒂尔。你爸、安德烈、罗伊，他们都爱你。所以你要把它当作高级的烦恼。”

晚饭是在那张笨重的橡木桌上吃的，橡木桌上盖着蕾丝桌布，用来掩盖桌子多年的使用痕迹。我爸妈把房子的每个角落都修葺一新，所有家具都闪闪发光，美观漂亮，唯有这个桌子有一段历史。它是我姥姥给我妈的嫁妆，是我爸妈在法院结婚之后收到的少数礼物之一。“把它传给你的孩子，再传给他们的孩子。”她曾说。搬家工人把它搬进这栋房子的时候，葛洛莉亚说，“小心些，这是我妈给我的祝福。”

只有在过节的时候，我爸才会表现出他作为牧师的儿子该有的技能。“啊，上帝啊。”他用低沉而洪亮的声音说道。我们都低下了头。我左手握着爸爸的手，右手握着安德烈的手。“我们齐聚于此，感谢您赐予我们所有福气，感谢您赐予我们这桌食物，以及食物下面的桌子，感谢您赐予我们自由。我们为那些只能在监狱里度过今宵、无法享受家人的慰藉与扶持的人祈祷。”然后，他凭记忆吟诵了一大段经文。

趁我们还没说“阿门”，安德烈说，“也感谢您让我们彼此相遇。”

我妈抬起头：“是啊。阿门。”

屋子里立即焕发生机，响起了愉快的喧闹声。我妈拿起亮晶晶的玻璃水壶，开始沏冰茶；我爸则拿起一把状似迷你版电锯的电动切肉刀，开始切火鸡。班克斯和西尔维娅坐在各自的座位上，平静如晴天，不过我相信班克斯桌子底下的手肯定按在西尔维娅的大腿上。蜡烛在烛台上燃烧，四处都有鲜花点缀，这场面活像一幅画。我端起沉重的杯子，喝了一口柠檬冰茶，想起了奥利芙。她喜欢水晶质感的东西，每次只买一个高脚杯。不知道她过世之后，她的东西是怎样处置的。她没有女儿，那些玻璃器皿要传给谁是个问题。我低下头，为她祈祷：愿天堂处处都是优美的物件。然后，对着空气低语，“请原谅我。”

我将目光落到母亲身上，希望她至少能赏我一个微笑。葛洛莉亚美得过分，我曾警告过罗伊不要看到我妈，就觉得我将来也那样美，不过我确实跟她很像。我们都很高，有着深棕色的皮肤、大大的眼睛和丰满的嘴唇。她叫葛洛莉亚·瑟莱斯蒂，我叫瑟莱斯蒂尔·葛洛莉安娜。小时候，她常常亲一下我的额头，然后叫我“爱情的结晶”。

我扒了扒盘子里的食物，却没有胃口。我的秘密像肿瘤一般堵在我的喉咙。不管我说什么，只要不是“罗伊圣诞节前就能出狱”和“我跟安德烈就要结婚了”，都像是在撒谎，哪怕说的话再真实不过。坐在桌子对面的班克斯叔叔一直在切食物，也没多少胃口。我亲爱的叔叔啊，他的温柔让我感动。他已经尽力了，辛苦了这么多年，可如今竟仍不尽如人意。他理应有权跟他的朋友分享这个消息，他值得大家的感谢与由衷的祝贺。

我感到葛洛莉亚在审视我。我面带疑惑地望向她，她稍稍点了一下头，仿佛知道了她不可能知道的秘密。

饭后甜品是一块黑莓果酱蛋糕，蛋糕的做法是我妈从姥姥那里学的。要想在感恩节吃上蛋糕，在夏末秋初萤火虫飞舞的时节就要烘焙，然后把黑莓泡在朗姆酒里密封存放。我爸妈之所以坠入爱河，与这个甜品脱不了干系。当时的葛洛莉亚是一门社会研究课程的老师，她送给新来的化学老师一小块蛋糕。“我就跟中了魔咒一样！”直到今天他还会这样说。

葛洛莉亚把蛋糕放到桌上，朗姆酒、丁香和肉桂的香味扑面而来。我回过头，抬眼看她。她轻声说，“不管发生了什么，记住，我永远都是你妈。”我看了看自己的盘子，看了看纸垫上的蛋糕，又看了看搭在托盘边上的小勺，想起了婚礼彩排后的那次晚宴，罗伊想用我妈的招牌蛋糕作为他的新郎蛋糕。趁大家都在吃鸭子、喝气泡酒，我妈把我拉出了餐厅，走进停车场，站在一丛芳香四溢的栀子花旁。她把我拉到她身边，说，“我今天开心是因为你开心，不是因为你要结婚。我不在乎那些光鲜亮丽的细节，我只在乎你。”这就是我妈的祝福。我希望她今天能再次给我祝福。

我转头去看安德烈，他很激动，散发着自信的光芒。然后，我又瞥了一眼班克斯叔叔，他正在聚精会神地跟西尔维娅低声谈话。最后，我面向我的父亲。这么多年来，我一直都是爸爸的乖乖女、他的“小瓢虫”。我在跟罗伊结婚的时候穿的是平底鞋，不是为了让自己比罗伊矮，而是为了不让我爸仰视我。虽然我坚持要求牧师漏掉“顺从”二字，但为了我爸，我们还是保留了那句“谁把新娘嫁给了新郎”，那样他就能用他那低沉得让人惊异的声音回答“是我”了。

我举起杯子，杯中的茶所剩无几。“让我们敬班克斯叔叔一杯。”五个杯子飘了起来。“他的辛苦努力有了成效，罗伊在圣诞节前就能出狱了。”

一片沉寂。西尔维娅发出一声喜悦的呼喊，然后把杯子向前一推，期待着有人与她碰杯。班克斯叔叔说，“谢谢你。”我妈说，“我就知道他可以！”我爸什么都没说。

安德烈向后挪了挪凳子，站起身来。他又高又瘦，就像一座灯塔。“我向瑟莱斯蒂尔求婚了。”

我和罗伊订婚的消息也是在这张桌子旁宣布的，宣布的方式也差不多，但前者收到的是波尔多葡萄酒和掌声，而这次——我爸面向我，温和地问，“那你，小瓢虫，是怎么回复他的？”

我也起身，站在安德烈一旁。“爸，我答应了。”我试着让自己的声音变得果断有力，但我还是能从中听到疑虑和艰难。

“我们能解决。”我妈看着我爸说，“我们能说服她。”

安德烈用手臂搂住我的肩膀。泪水灼烧我的双眼，但我的呼吸却依旧沉稳。无论路多艰辛，只要有路，我就心安。

我爸把空杯子放在还没开吃的蛋糕旁。“你这样不对。”他随意地说，“小瓢虫，这件事我不认可。你不能嫁给安德烈，因为你已经有丈夫了。发生这样的事，我愿意承担自己的责任。我把你从小惯到大，所以你太随心所欲。但现实就是现实，不可能想要什么就有什么。”

“爸，”我说，“你该比谁都清楚爱情不能总是循规蹈矩，你跟我妈结婚的时候——”

“瑟莱斯蒂尔。”葛洛莉亚的表情让我看不懂，像是一句用外语表达的警告。

我爸插了进来。“完全不是一种情况。我跟葛洛莉亚是情有可原的，我结婚太早太着急了，你妈是我的灵魂伴侣和贤内助。水总能找到属于自己的位置。”

“达文波特先生，”安德烈说，“瑟莱斯蒂尔对我来说也是那样，她是我想永远相伴的人。”

“孩子。”我爸像拿着干草叉子一样攥着甜品勺，“我以一个黑人的身份跟你说一说：罗伊是政府的人质，是美国的受害者，你最起码要在他回来的时候把妻子还给他。”

“达文波特先生，恕我冒昧——”

“别一口一个达文波特先生，这件事根本就不复杂。他背着莫须有的罪名，在监狱里受了五年的冤屈，现在终于可以出来了。而你却想让他回来后，看到他的妻子戴着你的戒指，你还说你爱她？我告诉你，在罗伊的眼里，他看到的分明是一个淫荡得夹不住腿的妻子，还有一个不知道怎样做人、更不知道怎样做黑人的所谓的朋友。”

我妈站了起来。“富兰克林，道歉。”

安德烈说，“达文波特先生，你听到自己说了些啥吗？你怎么恨我都没关系，我来这里只是希望能得到你的祝福，但我并不需要它。可瑟莱斯蒂尔是你的女儿啊，你不能那样说她。”

“爸，不要骂我。”我说，“求求你不要骂我。”

班克斯叔叔没有起身，但仍散发出一股平静的威严。“你就该料到这一天的。富兰克林，你想让女儿怎样？”

“我想让她成为我们教导她该成为的样子。”

葛洛莉亚说，“我教导她要懂得自己的内心。”

我爸抱着头的两侧，仿佛在阻止头从脖子上掉下来。“什么是爱情，什么是内心？我也不想这么刻薄，可这件事要大过儿女私情。既然想和安德烈在一起，那她之前都干什么去了？现在时机已经过去了。罗伊到底做了什么才会遭受这些打击？他什么都没做，他不过是一个在错误的时间出现在错误的地点的黑人而已。你俩的行为简直不过脑子。”

对于他的指责我们难以反驳。我和安德烈仍然站着，杵在拥挤的屋子里。我爸把勺子插进果酱蛋糕，享受着讲了一席话后无人应答的感觉。我能从他的表现中看出他的得意。

坐在桌子对面的西尔维娅对班克斯叔叔耳语了几句，她的耳环像是很多小镜子，在灯光下闪闪发光。她鼓起勇气，出声地吸了一口气，急促地说，“严格地说，我不是你们家的一员，但我在你们家待了很久。你们今天都太过分了，你们每个人都是。首先，我们最起码该拿出一分钟来给班克斯鼓掌。这五年来，他跟个牲口一样辛苦劳作，你们其他人除了写支票和祈祷之外什么都没干。班克斯才是那个成事的人，他是那个与市政厅作斗争的人。”

我们都尴尬地嘟哝了几声谢谢，班克斯叔叔仁慈地点了点头，表示接受。然后，他伸手碰了碰西尔维娅的手，示意她坐下来，但她没有。

“然后，富兰克林。”她的头转向主座的方向，“你没问我的想法，但我还是要说。你听好，瑟莱斯蒂尔已经在安德烈和罗伊之间做了选择，你就别再施压了。别逼葛洛莉亚在女儿和丈夫之间做选择，因为她不会选你。别让你女儿感觉她想跟谁睡都得听从你的安排，搞得你跟个拉皮条的似的。他们就像街头斗殴，没有原则可言，富兰克林，这一点你心里清楚。”

罗伊

从我得知自己即将出狱到我真正出狱有几周的时间，那几周既漫长又短暂。沃尔特几乎没怎么睡觉，他和我夜夜长谈，为即将出狱的我传授“一千零一个”人生经验。“记住，”他说，“这些年来，你老婆一直都活在自由的世界里。”

“你又不了解她，”我说，“凭什么告诉我她在干啥？”

他说，“我没法告诉你我不知道的东西，也确实不知道她在干啥。我不知道，你也不知道。但有一点我很确信，那就是别人的生活都在继续，唯独你的生活没有。”

他觉得我就该清空大脑，面向未来。可是，他没说我要怎样才能不对曾经拥有的一切耿耿于怀。沃尔特不懂，因为他除了错失和遗憾之外，不曾拥有什么。对他而言，重新做人的机会是一种缓刑，但对我来说，却是万千挫折的发端。

在被判 12 年之前，我已经得到了想要的一切：一个除去养家所需尚有结余的工作，一个连带一片大草坪的四室之居（每逢周日，我都会亲自修剪草坪），一个像祈祷词一样让我振作的妻子。我的工作很好，但不出几年，我会换一个更好的工作。那栋位于林恩谷路的房子只是我们的起步房，迟早也要换。下一步就是要孩子。只有当感情更进一步时，床笫之欢才不会只为了个人快感，而会有更高层次的目的。我永远也不会忘记那个大汗淋漓的造人之夜，尽管尔后飞来横祸。

“沃尔特，你要我忘掉过去的种种，去构思想要的未来，可对我来说，两者是同一件事。”

“嗯……”他扭曲着脸，似乎在酝酿贫民窟尤达式的哲思，“好吧，以你现在的处境，就该像新生儿一样看待生活，假装自己从没来过这世上，就当自己啥都不知道，把眼光放到当下。”

我环顾了一下自己凄惨的处境。“我的过去比现在好太多了，你让我怎样活在当下？”

他咂了咂嘴。“你知道你现在该干什么吗？该把那个水槽清理了。”

哪怕是在黑白颠倒的监狱里，这种事仍然非常怪异——亲爹命令你干家务。他把一块海绵丢给我，我用手接住了。“轮到你干了。”我对他说着，丢了回去。

“当爹的不干家务。”他说着，又把它朝我丢了回来。

我在黄色的海绵上蹭了一点肥皂，开始擦洗水槽。其实水槽并不是很脏。

“乡村尤达。”

“管好你的嘴。”

沃尔特没告诉我的是，无论我清白与否，都不能从前门出狱了。我知道自己不该期盼太多，所以只求这一点，哪知竟也是奢侈。班克斯曾告诫过我，叫我不要寻求任何形式的正式致歉，不会有人给我一封扣着政府印章的致歉信的。真该死啊，我都不知道那些理应向我道歉的官员们尊姓大名。他们也没给我任何补偿金，只给了23块，而这点钱每个走出路易斯安那监狱的犯人都有份。可是，我一个清白的人，为别人的罪孽买单，怎么就不能从前门出狱呢？我这样的诉求难道不合理吗？我曾幻想着自己沐浴在阳光下，一步步迈下大理石阶梯；幻想着自己踏上一小片草坪，走向在草地上等候我的家人。她们都会在那里，尽管奥利芙已过世了两年，瑟莱斯蒂尔也已消失了两年。大罗伊会在，这一点我可以肯定。不过说实话，只有女人才能让男人真正感受到回家的温暖，她能为他洗脚，为他盛饭。

我爸知道我不会从前门出来，所以就在监狱后面的停车场里，倚着他那辆克莱斯勒的前盖等我。我朝他走了过去。他竖起衣领，用手掌抹了抹头发。我用手遮在眼前，挡住傍晚的阳光。他的脸上绽出了笑容。

那天一共释放了十几个人。其中有一个未满20岁的年轻小伙，他的家人拿着状似圣诞节饰品的金属色气球在外面等他，一个带着橡胶红鼻子的小男孩挤了挤自行车喇叭上的橡胶囊，竟然让鼻子亮了起来。还有一个兄弟无人迎候，他没有左顾右盼，而是径直地走向那辆驶往公交站的灰色面包车，就像车上有人拿皮条拉着他一样。其他人都受到了女人的接待，有些是妈妈，有些是老婆或者女朋友。她们把车开到监狱门口，但在离开的时候，会把方向盘让给男人。那是个阳光明媚的冬日，我是当天最后一个出狱的。因为许多年没穿皮鞋，脚上都有了一种陌生感。我的袜子不知丢到哪儿去了，只好光着脚穿皮鞋。我走向我的父亲，皮鞋底软，沥青路有些硌脚。面对大罗伊，“父亲”二字一时间难以说出口，生怕自己表露出太多渴求。其实我也没有多少渴求。高中的时候，我有时会犯禁，毕竟男生嘛，免不了。但那个年纪已经不适合惩罚了，大罗伊会对我说，“小子，你给我听好，哪天你被警察抓了，不要给我打电话。我不会宽恕浪子[1]，更不会举办派对欢迎你回来。”那时候，我们还觉得蹲监狱的一定是罪人，或者至少是蠢人。

如果有必要给谁办个派对，那也该是给我，那个没有吃到小肥牛的儿子，或者是约伯[2]，或者是以扫[3]，或者是任何一个遭遇不公的《圣经》人物。我为什么要在那个致命的夜晚跑去加冰？就那么一个举动，让我先前做过的所有精明决定瞬间清零。

确实有人强奸了那个女人——这一点从她放在大腿上、抽抽颤颤的手指上明显看得出来——可那个人不是我。我记得我在制冰器旁初见她时，内心是有种亲切感的。我说她让我想起了我的母亲，她说她一直都想有个儿子。我陪她走回房间，同时向她吐露衷肠，把我跟瑟莱斯蒂尔闹矛盾的事告诉了她，她向我保证会为我祈福。

她在法庭上讲述她的悲惨遭遇、摧毁我的大好人生时，我的内心甚至为她感到一丝怜悯。她讲得很仔细，似乎背过了自己的陈述，并且用书面用语来描述自己的身体以及强奸过程。她一直盯着我，嘴巴因恐惧、痛苦以及愤怒而颤抖。在她眼中，我就是那个强奸她的人，而她竟为自己的强奸犯祈福，祝其婚姻美满，早生贵子。他们问她有没有把握，她说不管我走到哪里都能认出我来。

---

1 出自《圣经》之《路加福音》中浪子回头的故事：一父有二子，小儿子向他索要了自己的那份家产后，便离家而去，过上了荒淫无度的生活，很快财产就挥霍一空。最后他走投无路，归乡向父亲忏悔。父亲不仅宽恕了他，还为他宰杀了一头小肥牛设宴。大儿子听到消息后，为父亲的行为感到愤慨。

2 出自《圣经》之《约伯记》。约伯是个虔诚的义人，遭到了撒旦的嫉恨。于是撒旦对上帝说，约伯是为了上帝的恩赐而虔诚。上帝为了证明信徒的虔诚，便让撒旦先后剥夺了他的家产和健康。约伯虽然痛苦万分，但仍然没有放弃信仰，最后上帝又恢复了他所拥有的一切。

3 出自《圣经》之《创世记》。以扫与雅各为孪生兄弟，以扫为兄，雅各为弟。以扫心底直爽，胸怀坦荡，先后被雅各骗走了长子名分和继承权。后来他宽恕了雅各，并奉其为主。

有时我会好奇她现在还能不能认出我来。那些曾经认识我的人里面，又有谁能认出今日的我？不管你是否清白，监狱都会把你变成罪人。我迈着大步走在停车场里，像落水狗一样摇了摇脑袋，把这些想法摇出大脑。我提醒自己说，重点是我出来了，至于是从前门还是后门，哪有什么区别。

这就是我啊，黑人常说的“自由人”。什么闪着光的气球啊，白兰地啊，小肥牛啊，想那些干啥？

大罗伊仍然倚在车子的挡泥板上，没有跑过来迎接我，而是看着我走近他。当我离他只有几步之遥时，他张开了双臂，把我抱进怀里。我三十六岁了，虽说时光还有一大把，但总忍不住去数那些丧失的年月。我伏在父亲肩上，咬着下唇，品尝着自己温热的鲜血，感受着父亲双臂的分量与安全。“见到你真好，儿子。”我喜欢这两个字的深情以及其中的真实感。

“见到你也真好。”我说。

“你提前了。”他说。

我禁不住微微一笑。我都不知道他说的“提前”指的是什么。他是指三天前通知的提前五天释放吗？还是说，我本来是被判了十二年，只蹲了不到一半就出来了，他是指这里的提前吗？所以我说，“不是你教我‘早到五分钟也算迟到’的吗？”

他也微笑起来。“你还真把我的话听到心里去了，我很欣慰。”

“我这辈子都会听你的话。”

我们坐到克莱斯勒里。我去监狱的时候，他开的也是这辆车。“想去见一见奥利芙吗？我今天还没去。”

“不。”我说。我还没准备好去面对那一方之地，去看那块刻着我妈名字的、冰冷的大理石。我想见的唯一的女人就是瑟莱斯蒂尔，但她在亚特兰大，两地之间的高速公路有 507 英里之远，而且她都不知道我已经出狱了。

大罗伊的肩膀垂了下来。“没事的，反正奥利芙哪儿也去不了。”

我相信他只是随口一说，但这话却戳中了我的心窝。“是啊，她哪儿也去不了。”我说。

接下来的一英里左右，我们一言未发。此时，我们的右边是亮着霓虹灯的大赌场。灯光的亮度已经胜过了夕阳。围在赌场四周寻找停车位的汽车，像一座座蚁丘。前方的树丛里探出一辆高速公路巡逻车的车头，又是一处超速监视区。

“所以，你什么时候去见她？”

这一次的“她”指的是瑟莱斯蒂尔。“一两天之后吧。”

“她知道你要去见她吗？”

“知道，我给她寄了信，不过她不知道日期提前了。”

“你不跟她说，她也打听不到吧？”

除了实话，我也没什么可说的。“我想先养两天身子。”

大罗伊点了点头。“你确定她还是你的妻子？”

“她没跟我离婚。”我说，“这总意味着什么吧。”

大罗伊说，“她自己过得还挺不错的。”

我点了点头。“算是吧。”我差点补了一句“她作为一个艺术家，在美国不能更出名了”，但我不想让自己听起来太酸或者小家子气，所以补充道，“我真替她感到自豪。”

我爸仍然盯着前方的路。“自从你妈的葬礼之后，我就再也没见过瑟莱斯蒂尔了。她是跟你的朋友安德烈一起去的，她能去就很不错了。”

我再次点了点头。

“那是两年前的事了，其实是两年多。从那之后，就再没见过她。”

“我也是，不过她始终给我汇钱。”我说，“每个月都会。”

“很了不起。”大罗伊说，“我不会忘记这个恩情的。回到家后，我给你看一本杂志，上面有她的照片。”

“我已经看过了。”我说。瑟莱斯蒂尔跟两个长得像她爸妈的布娃娃一起合的影，看她笑的样子，就好像这辈子没遭过罪一样。那篇文章我读了三遍，两遍默读，一遍朗读给了沃尔特。沃尔特承认文章里没有提到我，但他同时指出文章里也没提到其他男人。不管怎样，我可不急着再看一遍那本杂志。“监狱订阅了《乌木》《黑玉》和《黑色企业》，三大著名黑人杂志俱全。”

“这算种族歧视吗？”大罗伊问。

“可能有点吧。”我笑道，“我的牢友喜欢看《本质》，他常一边扇着杂志，一边说，‘外面有好多女人需要男人呐。’他年纪比我大，名字叫沃尔特，特别关照我。”一股突如其来的情感让我的话有些颤抖。

“真的吗？”大罗伊把掌握方向盘的手举了起来，像是要伸手去调后视镜，但又收了回来，抓了抓下巴，然后又把手放回方向盘上。“算是一种幸运吧，一种小幸运。”绿灯亮了，大罗伊有些迟疑，后面的汽车开始按喇叭，不过他们按得有些胆怯，仿佛不是有意要打断我们。“儿子，不管是谁，无论何物，只要能让你活着出狱，我都很开心。”

驶往埃罗的路程只需四十五分钟，但也足够让我一吐为快的了。不过，我并没有把这三年来在我脑袋里弹荡已久的消息告诉他。我对我自己说，那个故事又不是一箱牛奶，在心底放久一点也不会坏。真相哪怕放上一周、一个月、一年、十年，不管多长，都还是真相。什么时候我想把沃尔特的事告诉大罗伊——如果真有那一天的话——再告诉他也不迟。

大罗伊把车子开到院子里。“这边的治安不行了。”他说，“之前有人想偷这辆克莱斯勒，趁我不在家，开着拖车跑到院子里来，跟邻居说是我让他们这样干的。好在我的搭档威克里夫下班在家看见了，拿着手枪把他们赶跑了。”

“威克里夫得多大年纪了？八十？”

“有枪，你就是年轻人。”大罗伊说。

“这也就在埃罗行得通。”我说。

回老家却没带行李的感觉挺怪异的。我的胳膊空荡荡地垂在身体两侧，显得很没用。

“饿了吗？”大罗伊问。

“饿死了。”

他为我打开侧门，我走进客厅。家里的摆设还是老样子，用的是可组合式沙发，以便每个人都能看到电视。躺椅换了新的，但位置还是老地方。沙发上面挂着一幅很大的奥利芙钟爱的画，画里面是一个非洲女人，她戴着头巾，安详地读着书。这幅画是奥利芙从跳蚤市场上买的，而且还额外花钱买了镀金相框。房间里非常干净，地毯上吸尘器的经行之处散发出一丝淡淡的柠檬香。

“谁打扫的房间？”我说。

“你妈在教堂里认识的姐妹。她们听说你要回家了，就像一支烹饪-清洁大队一样赶了过来。”

我点了点头。“有没有你相中的？”

“没。”大罗伊说，“现在谈那种事太早了。进去吧，去洗手间洗个澡。”

当我把手放到水槽里搓泡泡的时候，我联想到了沃尔特那洁癖式的洗手方式。不知道他现在有没有新牢友。我把我所有的东西都留给了沃尔特——衣服、梳子、几本书、收音机，甚至除臭剂。他用得到的就留着，能卖的能换的就卖掉或者换成别的东西。

用热水的感觉真好。我把手放在水龙头下，直到觉得太烫才抽回。

“你的床上有基本的生活用品。还需要什么的话，明天可以去沃尔玛买。”

“谢谢你，爸。”

我从没用“爸”这个字称呼过沃尔特，即使我知道他听到后会很高兴。他甚至自己都说过两三次，“听我的话，我是你爸。”可我仍然没有让这个字蹦出嘴唇。

洗漱完毕后，我和大罗伊准备就餐。饭菜的品类就跟丧饭一样，有烧鸡、四季豆炖火腿、苜蓿卷，以及奶酪通心粉。大罗伊把他的那份放进微波炉里，按了几下按钮，盘子开始在灯光下打转，金属边缘冒起了火花，发出噼里啪啦类似玩具手枪的声音。他戴上防热手套，把食物取了出来，然后在上面盖上纸巾，又伸手去拿我的盘子。

我们坐在客厅里，盘子放在各自的大腿上。

“想祷告吗？”大罗伊问我。

“迫不及待。”我开始祷告，在说到“父亲”二字时又一次哽咽，“感谢您赐予我们食物，让我们的身体得到滋养。”我尽力去想其他要说的话，但满脑子都是我妈和瑟莱斯蒂尔，前者我再也见不到了，后者也不在我身边。“感谢您赐予我一个好父亲，感谢您让我平安归来。”然后，我补充道，“阿门。”我低着头，等着大罗伊附和，但他并没有。我抬起头，发现他用手捂着嘴巴，微微颤抖。

“奥利芙唯一的愿望就是看到今天，这是她唯一的祈求。可当这一天真的来了，她却不在了；你终于回家了，我们吃的却是别的女人做的饭。我知道上帝自有他的安排，但也不该是这个样子啊。”

我本该过去安慰他的，可我不知道怎样去安慰一个成年男人。换做奥利芙，肯定会坐在他身边，把他的脸抱在怀里，用女人的温柔让他平静下来。我虽然很饿，但还是等到他拿起叉子后才动手。此时微波炉的魔力已经消失，食物又干又硬。

大罗伊站起身。“儿子，累了吗？我想早点睡，明早才能有个好精神。”

现在才七点钟，不过冬天天凉日短。我走进自己的房间，换上不知是大罗伊还是教堂来的女人给我准备的睡衣。

五年在现实生活中算是很长一段时间。在监狱里，五年并不是无期，它是一段你能看到尽头的时间。如果当初我知道自己只需蹲五年监狱，我会不会有不一样的表现？我三十五岁的生日在监狱里过得相当煎熬，但如果有人告诉我明年我就自由了，就不至于那么煎熬了吧？时间不能总是用手表或者日历甚至沙漏来衡量。

“瑟莱斯蒂尔。”每天晚上，我都会用一种恳求的语气念叨她的名字，即使在我收到她的那封信之后。（我清晰记得信纸的颜色，跟我这双废手的手心一样。）甚至是在做羞于回忆的事情的时候，我也总会想着她，思忖着该如何向她诉说我所做过的事、得到的东西、被偷的东西，以及碰过的人。有时，我觉得她能理解我，哪怕理解不了，至少也会同情我。她会明白当时的我觉得自己已经无可救药了。

瑟莱斯蒂尔是个难以捉摸的女人。虽然她确实爱我，但就是不想跟我结婚。没错，我在求婚的过程中确实犯了一些错误，但更重要的是，她恐怕根本就没有结婚的打算。她有一块“愿景牌”，其实就是一块软木板，上面用大头钉固定着诸如“成功，创造，激情！”之类的字眼。

此外还有一些杂志上的图片，图片里就是她想要的生活——她想让自己的艺术品陈列在史密森学会美术馆里。除此之外，“愿景牌”上还有两张图片，一张是阿米利亚岛上的一座小别墅，另一张是从月球上拍的地球。这块“愿景牌”上没有婚纱，也没有婚戒。起初我并没有在意，但最终吃到了苦头。

我可不像一个 12 岁小姑娘那样计划自己的婚姻，也不像那种每 18 个月生一胎、非得生 10 个儿子的繁殖狂。我只想要两个孩子，一个名叫“特雷”的儿子，再加一个女儿。有钱人才有资格在这上面顺其自然，我这个来自埃罗的穷小子必须有个计划才行。这是我跟瑟莱斯蒂尔的共同点，我们都不甘心听天由命。

大约一年前，在痛苦与无助的驱使下，我把她写给我的每一封信都毁掉了，唯独留下了那封她精心写下的分手信。没错，沃尔特劝阻过我，但我还是把那些散着香气的信纸揉成团，丢进了马桶里。为什么我偏偏留下那封伤我最深的信，我也搞不清。而现在，在重获自由的第一晚，我决定再把它拿出来读一遍。

因为我实在忍不住了。我把信纸小心翼翼地展开，生怕它在脆弱的褶皱处断裂，然后用手指着文字阅读，找寻其中暗藏着的时有时无的希望。

瑟莱斯蒂尔

在现在这个时代，我们之间的爱情故事理应不该发生在黑人女孩身上了。在马丁·路德·金之后，黑人专用服装店、药店和咖啡厅相继关门，这种旧时情爱也销声匿迹。斯威特奥本曾是世上最繁华的黑人街道，但到我出生时，这条街已被高速公路劈成了两半，只剩一片萧瑟。倔强的埃比尼泽教堂倒是依然挺立，骄傲地纪念着她著名的儿子，教堂一旁便是他的大理石坟墓和永恒之火[1]。二十四岁的时候，住在纽约的我认为传统的黑人爱情跟那条街道一样，已被吞噬得不留痕迹了。

尼奇·吉奥瓦尼[2]曾说，“黑人的爱情就是黑人的财富。”有一次，我的大学室友伊玛尼在纽约西村喝醉了，然后满怀憧憬地把这句话纹在了右胯上。我和她都是从黑人大学毕业的，所以读研对我们来说意味着文化冲击与反乌托邦。那时候，艺术院里只有两个黑人，除了我还有一个

1 埃比尼泽教堂是马丁·路德·金的受洗教堂。19岁时，马丁被任命为该教堂的牧师。

2 尼奇·吉奥瓦尼，美国诗人、作家、社会活动家和教育家。

家伙，那人似乎每天都在生我的气，因为我的存在让他不再独一无二。伊玛尼跟我一样也在读研，她读的是诗歌专业。我们两个在曼哈顿的一家名叫“栗色人”的饭店里当服务员，这家店专为黑人烹饪世界各地的爽心餐，比如烤鸡、辣椒炖鱼饭、羽衣甘蓝菜、玉米面包等。我们的男朋友都是各自的导师，他们都性格沉闷，带有殖民地时期的口音。他们太老，太穷，太英俊，跟天气一样不可靠。不过就像伊玛尼说的那样，“身为黑人，没死就已经是好开端了。”

那时候的我很想融入纽约的艺术圈，并为此天天减肥，不许自己说有失体面的话。大多数时候我都很成功，可一旦喝了酒，就原形毕露，三杯金酒下肚，一口亚特兰大西南部方言滚滚而出，就好像我没学过语文一样。那时候罗伊住在亚特兰大市区——勉强称得上市区吧，他租的房子离市中心太远，收音机勉强收得到节奏布鲁斯电台的信号。他在小隔间里工作，与人共用工作场所可以为他带来相当丰厚的补偿。对于手头上的工作，他既不喜欢也不讨厌，工作对于他来说，不过是实现目标的手段。不过他倒是蛮喜欢出差的，在签合同之前，他都没去过达拉斯以西或是巴尔的摩以北。

那天，伊玛尼把他和他的同伴安排到我的服务区的一张大圆桌。那时候的我对他自然是一无所知。我只知道6号桌子有八个人，七个都是白人。我以为他是“那种”黑人，所以待他没什么热情。在给他们介绍特色菜的时候，我感到座位上那个黑人一直在盯着我，即使他左边就傍着一个女人。那女人红头发，靠在他身边看菜单，似乎就是他的女朋友。最后，她点了一杯酸模凯匹林纳鸡尾酒。“那先生您呢？”我以税务审计员那种冷冰冰的语气问他。

“我要一杯杰克丹尼加可乐。”他说，“佐治亚女孩。”

我抽搐了一下，就好像有人把冰块从我后脖颈丢进衣服里。“我的口音吗？”

桌上的人都咧着嘴笑了，尤其是那个红毛女，笑得最欢。“你没有南方口音，”她大声说，“我们几个都是佐治亚的。你完全是个北方佬。”

“北方佬”是白人词汇，是叛军旗的语言化身，代表着南方人战败的余愠。我翻了个几乎不被察觉的白眼，目光转回那个黑人身上，现在我们站在同一阵营了。他以一个几乎不可察觉的耸肩回应了我，仿佛在说“白人就是白人”，然后又稍稍倾斜身子，离红毛女远了些，仿佛在说“这是我们的单位聚餐，她不是我的女朋友。”

然后，他才开口说话。“我觉得我认识你，你换发型了。你是不是在斯佩尔曼读过书？我叫罗伊·汉密尔顿，你的莫尔豪斯兄弟。”

我并没有那种“大家都是兄弟姐妹”的“斯佩-豪斯”精神，可能因为我是个转校生，错过了当年的新生联谊周。然而，就在那一瞬间，我们就像是发现了失联已久的儿时玩伴一样。

“罗伊·汉密尔顿。”我缓慢地读着他的名字，希望能想起点什么，但他太像那种典型的莫尔豪斯人了，那种在幼儿园时期就确定了自己工作岗位的人。

“你叫什么来着？”他问道，同时眯着眼睛看我的胸牌，上面写着“伊玛尼”。真正的伊玛尼在屋子对面，戴着“瑟莱斯蒂尔”的胸牌。

“伊玛尼。”红毛女明显有些恼火，“你不认字啊？”

罗伊假装没有听到她。“不是。”他说，“那不是你的名字。你的名字要老套一些，就像露蒂·梅那种。”

“瑟莱斯蒂尔。”我说，“我继承的我妈的名字。”

“我有点意外，既然身在纽约，你为什么不改称‘瑟莱斯蒂’呢？我是罗伊，准确来说，是罗伊·奥萨尼尔·汉密尔顿。”

听到这个中间名——还说我的名字老套——我还真记起了他，那个整日寻欢作乐、处处拈花惹草、为了钱不择手段、集众多恶习于一身的人。此时，我的经理清了清嗓子，他昨天还跟我强调他不是我的男人。有情者总能识别出情敌。

我这是在怀旧吗？事实真的跟记忆一样吗？真希望当时我们有张合影，那样我就能记得那晚我们站在饭店门外的样子了。那年的冬天来得早，罗伊穿了一件轻薄的羊毛大衣，戴了一条很可能是买大衣时赠送的小围巾。我裹在葛洛莉亚给我的防寒羽绒服里，她坚信我会受不了严寒，从而放弃对“艺术硕士”的追求，然后回家读一个教育学专业。湿乎乎的雪一簇簇落下，我想让罗伊看清我的脸，因而没有系帽兜的绳子。

生活大多是机缘巧合，我现在算是明白了。罗伊在我需要他那样的男人时出现在我的生活里。假如我从未离开亚特兰大，我还会那样急匆匆地与他交好吗？我不知道。不过，感受爱和理解爱是两码事。这么多年过去了，我才意识到我们当年的处境：我，一个人漂泊在外；他，一个花花公子，缺少女人，内心孤独。他让我想起了亚特兰大，我也让他想起了亚特兰大。这些都是我们彼此吸引的原因，但站在“栗色人”饭店之外，我们的爱又没有缘由。人类的情感无法用理智来诠释，它是流畅顺滑的，就像吹制出来的玻璃球。

罗伊

站在饭店外的人行道上，我记起她来了。我记得她的唇形，她的口红泛着淡淡的紫色，正好与头上的几缕紫发相配。我记得她的口音，有南方痕迹，但不重。我记得她的身材，髋部丰满，上身苗条。我记得自己嘴里念她名字的感觉，就像梦境的细枝末节。当初我不该用“老套”这个词来形容她的名字，而应该用“经典”二字。

“想去布鲁克林吗？”她问，“我的另一个室友在‘两步之下’餐厅工作，在那儿，我们可以免费喝酒。”

我的第一反应是想告诉她我们没必要喝免费的鸡尾酒，但转念一想，如果我那样说了，她非但不会被我打动，反而还会生气。所以我说，“那我们打个出租车吧。”

“今晚就别打出租车了。”

“为什么？”我问道，轻轻敲打着骆驼毛大衣与软皮手套之间露出来的棕色皮肤。

“因为那个。”她指了指一个两旁竖有绿色球状路灯的地下通道口，

"而且在下雪，价格翻倍，最好坐地铁。"我们走下楼梯，进入一个昏暗的场景，让我想起《绿野仙踪》里的情节。

"你先走。"她在十字转门处拿出一枚地铁币，轻轻把我推了过去。

我感觉自己像个忘了带拐杖的盲人。"知道吗，"我说，"我是来出差的，明早还有销售大会。"

她礼貌地笑了笑。"真好。"她说。其实她根本就不在乎我的职业地位，连我自己都不那么在乎，我那样说只是为了让她知道我是个有事业的男人。

我并不喜欢公共交通工具。亚特兰大有公交系统，也有城市铁轨，但只有没汽车的人才会坐它们。刚去莫尔豪斯的时候，我没有选择。但攒了一点小钱之后，我第一件事就是买了一辆福特平托。这种车型在当时早就停产了。因为存在安全隐患，安德烈把它称为"汽车炸弹"，但这并没有妨碍他或是其他人来蹭车。

A 线列车跟歌里唱的完全不一样[1]。纽约的地铁里挤满了人，他们身上穿着潮湿的睡袋式大衣，散发着各种奇怪的味道。地板上铺着工地上用的那种油毡，座位的颜色是定期债券的那种橘黄色。更别提那些肢体健全的男人，他们在座位上瘫坐着肆意伸展，有时甚至占了两个人的位子，而旁边就站着妇女。

那一路也是够颠簸的。我们面前是一位黑人妇女，她把一个硕大的购物袋抱在胸前，竟然睡着了，还睡得挺香，就跟躺在自家床上一样。她旁边是一个浅肤色的黑白混血男子，头上纹满人像，颧骨上画的是一个似乎在哭泣的女人。

---

1 A 线是纽约地铁一条线路，最早开通于 1932 年。《乘坐 A 线列车》（Take the "A" Train）是美国歌手比尔·斯特雷霍恩的一首爵士乐。

“佐治亚，”我对着她的头发说，“你是怎么在这里生活的？”

她转过身回答我。我们的脸贴得很近，为了不亲上我，她向后仰着身子。“我并不是在这里生活。我在读研，要交学费。”

“所以就假装成服务员？”

她调整了一下抓着把手的手，然后抬起脚给我看她穿的黑色鞋子，鞋子的橡胶底很厚。“你这话儿得对着我的脚说，它们还不知道，所以假戏真做，疼得要命。”

我跟她一起轻声笑了笑，但内心是同情她的。我想起了住在路易斯安那的母亲，她总是抱怨脚疼，说是周末穿高跟鞋穿的。其实不然，她脚疼是因为她在“一荤三素”快餐厅端盘子，需要从早站到晚。

“你在学校读什么？”但愿她读的不是博士学位，也不是工商管理硕士，或是法学硕士。我可不是看不惯女人出人头地，只是不想跟人解释为什么自己那么不上进，拿个学士学位就满足了。

“美术。”她说，“主要涉及纺织品和民间艺术。”她的眼角微微上弯，看得出来，她对自己所学的专业由衷地感到骄傲。然而，我根本就没听懂她在说什么。

“可不是嘛。”我说。

“我是个手工艺人。”她不像是在解释，更像是在分享喜讯，“我是制作布娃娃的。”

“你是要靠这个谋生吗？”

“你听说过费思·林格尔德[1]没？”我还没来得及回答“没有”，她便继续说，“我想变成她那样，不过我缝的是布娃娃，而不是被子。我想申请个税号，然后做生意。”

---

1 美国画家、作家、行为艺术家，擅长在被子上作画。

“那店名叫啥呢？”

“就叫布娃娃。”她说。

“听上去跟个脱衣舞夜总会似的。”

“才不是。”她大声说道。坐在我们面前的妇女从梦中惊醒，满脸纹身的男子也怔了一下。

“我的专业是市场营销。”我说，“所以考虑这种问题是我的职业。”

她还是一副受到了严重冒犯的样子。

“或许换个名字会更好卖。”我见气氛有些缓和，继续说，“你可以叫它‘普培’，法语中的‘布娃娃’。”

“法语？”她打量着我说，“你是海地人？”

“我？”我摇摇头，“我是标准的美国黑人。”

“但是你会说法语？”她带着求助的语气，仿佛有什么东西需要我翻译。有那么一瞬间，我想亮出我的路易斯安那身份，因为女人就喜欢跟克里奥尔人交往[1]。可是，我并不想欺骗她。“我在高中学过法语，后来在莫尔豪斯学院辅修过几节法语课。”

“我的导师狄迪尔就是海地人。”她说，“算是吧。他出生在布鲁克林，但本质上还是个海地人，你也知道这里的风土人情。他会说法语。”

我可能看起来一副傻乎乎的样子，但绝对知道一个女人突然提到另一个男人不是什么好兆头。

我们转了一辆地铁后，她终于说，“我们到站了。”然后领着我走上一段又窄又脏的楼梯，楼梯的地板铺得跟公共卫生间一样。我们爬出

---

1 生于美洲，但有非洲人和欧洲人的血统的人。克里奥尔语的主要词汇是法语，但使用的是非洲句法。在美国路易斯安那州的某些地区，克里奥尔人是指早期法国及西班牙移民的讲法语的欧洲人后裔。

楼梯，走进布鲁克林的夜晚，街道两旁的树木让我眼前一亮。我抬起头，看着纵横交错的树枝。丰硕的雪花在飘落。我是个土生土长的南方男孩，所以真正的雪还是难得一见的。我强忍着伸出舌头去舔雪花的冲动。“就跟电视里一样。”我说。

“明天就会堆到道路两旁，变得一片泥泞。不过，现在这么新鲜的雪还蛮好看的。”

我们拐进下一条街。真想牵她的手啊。道路两旁的建筑是铅笔屑那样的浅棕色，楼与楼紧密相连，就如城堡一般，将道路夹在中间。她解释说，每栋褐沙石大楼最初都是一户人家，四层楼都是一家所有，现在被隔离成一套套小公寓了。

“我就住在那里。”她指着街对面，然后将手指划向楼底，“一楼，看到了没？”

我的目光随着她的胳膊望去。

“不，不要。”她说，“又来。”

我在昏暗的灯光中眯着眼睛，试图透过雪花，看清她到底在担心什么。我还没搞明白，就听她大吼一声“嘿”，然后拔腿就跑，就像被弹弓射出去一样。我比她迟了四五秒，仅仅是因为一时脑子没转过弯，甚至在我开跑的时候，我都不太确定到底发生了什么。我使出吃奶的劲儿，但还是落在后面。就像斯派克·李说的那样，“是鞋的问题。”我脚上穿的这双鞋是为了美观，不是为了撒欢。这是一双可以让牧师眼红的暗红色富乐绅男鞋，皮鞋面，皮鞋底。瑟莱斯蒂尔穿的是一双所谓的护士鞋，跟刚生出来的小狗一样难看，但适合在街上角逐。

当我看到前面跑的那个家伙时，才开始明白眼下的情形。她把各种脏话说了个遍，同时命令他，“放下我的东西！”显然，我们在追强盗，而且是个能跑的强盗。她速度很快，但那家伙更快。他穿着一双不知从谁那里偷来的“乔丹”鞋。我就说嘛，是鞋的问题。

卡尔顿大街很长，路两旁的褐沙石大楼绵延不绝，人行道被树根拱得凹凸不平，把这场角逐变成了“障碍跑”。很明显，我是唯一没有经验的人。瑟莱斯蒂尔总能准确无误地跳过钻出地面的树根，那盗贼比她还顺畅，甚至还有些优雅。可见这不是他第一次在此“赛跑”。

他知道她追不上他，我也知道她追不上他。作为一个明白人，我才不会去追一个追不上的人，可只要她还在追，我就得继续跑。如果我停了下来，让约会对象独自去追犯人，那算是个什么事儿呢？所以我只能坚持下去，即使我都喘不过气了。男人啊，总是身不由己。

这场追逐持续了多久？永远。冷空气冻得我肺疼，鞋子夹得我脚疼，我忽然觉得自己在自杀。前面的瑟莱斯蒂尔把注意力集中在那小伙子身上，骂骂咧咧的，像个码头搬运工。我抽筋了，不是腿上，而是心里。尽管骂脏话稍稍减缓了她的速度，但此刻的情景还是让我脸上无光。我比她壮，起步比她晚，应该比她有力气，最重要的是，我穿得像路易斯·法拉堪[1]。我不是伊斯兰民族组织的一份子，但法拉堪给了我一些动力。虽说他的某些观点比较过分，但在一些常识问题上面还是正确的。不管法拉堪牧师现在穿的是什么，碰到这种事，他是肯定不会坐视不管，让一个女人去抓贼的。

就在此时，上帝朝我抛来微笑。我正积蓄力量，发掘耐力时，瑟莱斯蒂尔被人行道上的一块凸起绊了一跤，扑在了地上。我三个大步赶上她，像卡尔·刘易斯[2]一样，从她身上跳了过去。对我来说，这场角逐在

---

1 美国黑人伊斯兰教组织领袖。

2 美国田径名将，世界著名的中长跑之王。

我的皮鞋落地前，就该结束；在我还腾在半空中时，就该播放主题曲，滚动字幕。

可惜这不是电影。我落到地上，朝错误的方向滑了几英寸，重新调整了一下方位后，我又继续抓贼。那孩子就在我前面两三个板砖的地方，他回头看了看我。中大奖的机会来了。我加了把劲儿，拼命摆动胳膊和双腿，努力回想高中田径场上学到的知识。突然，他踉跄了一下，速度慢了下来。我离他更近了，都能看清他衬衫后面的标签：卡尼。我纵身一跃，右膝先着地，落到沥青地面上，手指抓住了他细瘦的脚踝。他的腿剧烈地挣扎了两下，但依旧被我死死地抓住。

“你他妈神经病吧？”他惊愕地说，“我要是有枪呢？”

我还真顺着他的思路思考了一秒，而就在那一秒，他猛地抽出脚，朝我脸上一踹。我要感谢他没有尽全力踹我，他本可以把我的头踢进人行道里。比起真正的“踹”，这更像是带着爱意的“轻拍”。这一“拍”直接落到我的嘴上，打掉了我一颗下齿。

瑟莱斯蒂尔的橡胶鞋底发出的脚步声从我后面传来。我好怕她把我当跨栏跳过去，然后继续这场疯狂的追逐戏。好在她停住了脚步，在我身边蹲了下来。

“我没拿回你的东西。”我一边喘息一边说。

“我不在乎，你是我的英雄。”她说。我以为她在开玩笑，但她把手放在我的脸上，说她并不是在说笑。

给我搭牙桥的牙医对我说，如果我当时直接来医院，那颗牙还是能接上的。瑟莱斯蒂尔当时也是这么建议我的，只是在去她家的路上我放弃了那个念头。她家除了她，还住着三个室友，以及十几个布娃娃。她给我做了冷敷，然后报了警。警察两个小时之后才来。到那时，我已深深被她折服，就像杰克逊5人组[1]一样兴奋，哆来咪，ABC。她在警方的报告上签了自己的全名：瑟莱斯蒂尔·葛洛莉安娜·达文波特。真想把这个名字纹到我的额头上。

1 美国乐队，巨星迈克尔·杰克逊事业的起点。歌曲《ABC》是该乐队的代表作之一，曾是《公告牌》榜单上的头号热曲。“哆来咪，ABC”是这首歌里的一句歌词。

安德烈

整件事与别人无关，它是我和瑟莱斯蒂尔的私事。

在奥利芙下葬的前一个周日，瑟莱斯蒂尔跟罗伊的父亲待在一起，我则去监狱探视了罗伊。我之所以用“探视”这个词，是因为找不到更合适的词，或许用“看”更合适吧。我们一边聊天，一边吃着从自动售货机那里买来的三包薯片。罗伊请求我在周一的时候，替他把母亲的棺材从灵车抬往祭坛。我答应了，但并不乐意，这不是一件值得乐意的任务。大罗伊事先安排过一个助祭去抬棺材的右角，所以我需要把罗伊的请求告诉他，让那个助祭为我腾出位置。我们握了握手，表示一言为定，像是谈拢了一桩生意。我松开手，起身要走，但罗伊坐着没动。

“我要待到探视时间结束。”

“就这么干坐着？”

他的嘴角向上一弯。“总比回到里面强，我不介意的。”

“那我等一会儿再走吧。”我说着，坐到那把塑料椅上。

“看到那家伙了吗？”他指了指一个留着平顶头、戴着马尔科姆·艾克斯[1]式眼镜的瘦子，“那是我爸，我亲爸。我们在监狱相见了。”

我偷偷瞄了一眼那个老头，他正在跟一个穿着花裙子、身材丰满的棕发女郎聊天。

“他是通过报纸广告认识的那个女人。”罗伊解释道。

“我并没有看他的女人。”我说，“我有点懵啊，你的亲爸？”

“对啊。”他缓慢地审视着我的脸，仿佛在寻找什么破绽。“你真的不知道。”他说，“你真的不知道。”

“我怎么会知道？”

“看来瑟莱斯蒂尔没有告诉你。她没告诉你，也就意味着没有告诉任何人。”他面露喜悦，而我却感到一阵微弱的刺痛，比蚊子叮的要重，比黄蜂蜇的要轻。

“你跟你爸长得挺像。”我用下巴指了指他爸。

“大罗伊才是我爸。那边那个人，我原谅他了。在他那个年代，黑人为了一包烟都可以抛弃家庭。现在我天天见他。”他摇了摇头，“我总觉得是上天有意这样安排的，所有的这一切都太离奇，可我又不知道天意是啥。”

我沉默地坐在那里，身上的灰色礼服让我很不自在。我要穿着这身衣服去为奥利芙守丧。我不知道所谓的“天意”是什么，父亲本身就是个复杂的存在。在我 7 岁那年，我爸在展销会上遇到一个女人，然后没把持住，跟她发生了关系。这样的丑事我爸之前也干过。有次他傻乎乎地爱上了一个陌生人，还逼着人家跟他成家。他经营的是一家冰库，为了工作，常常外出参会，也正好方便他偷腥。很明显，他是个激情饱满的家伙。在我三岁的时候，他爱上了一个贩运干冰的女人，但她不想离

1　美国黑人伊斯兰教传教士与人权运动领袖。

开自己的丈夫，所以他又回到了我和伊薇的身边。在那之后，他还有过几次烈火情缘，但都没燃烧太久。那次展销会是在丹佛举办的，为时两周，而就在这两周之内，他遇见了一个冰雕女郎。在与她相伴了三十六个曼妙时辰之后，他回到家，收拾好自己的东西，然后再也没有回来。多说一句吧，他跟她生了一儿一女，这回倒挺安分，老老实实地把孩子养大了。

我摊了摊手。“上帝以神秘的方式行事？”

“差不多吧。”他说，“我妈走了。”

“我懂你的心情。”我说，“别太难过。”

他摇了摇头，盯着手心说，“我很感激你帮我抬她。”

“我可是你坚实的后盾。”我说。

“告诉瑟莱斯蒂尔我想她了，替我感谢她的歌声。”

“没问题。”我说着，撑起了身子。

“安德烈。”他说，“我接下来的话你别误会：她是我的老婆，记住这一点。”然后他微笑起来，嘴巴咧得很宽，露出一道黑口子，“我开玩笑啦，兄弟。替我向她问好。”

瑟莱斯蒂尔的歌声不适合出现在婚礼上。她的母亲是那种“反重力”型的女高音，她却是那种“威士忌加万宝路”型的女低音。甚至当她还是个小女孩的时候，她的声音就已经像午夜一般低沉。她的歌声不会让人心情舒畅，反倒像是在诉说别人的秘密。

罗伊请我去做抬棺人的同时，还请了瑟莱斯蒂尔去唱圣歌。她走到人群前，看上去一点都不像她自己。她把头发拉直了，身上穿着从葛洛莉亚那里借来的海军蓝礼服，这种扮相让她看起来有些卑微，但不是消沉，而是为了表示尊重，不让自己太过艳丽。

“奥利芙女士一生只爱两者。”扩音器给她的话附上了诡异的回声，“一是上帝，二是家人，尤其是她的儿子。你们大都知道罗伊不在这里的原因吧。他虽然人不在，但并没有缺席。”瑟莱斯蒂尔向后退了几步，护士接待员们开始打手势，准备冲进来，生怕她伤心过度。但她之所以向后退，只是因为离话筒太近，声音太大了。

她唱的是《耶稣答应给我一个家》，没带钢琴伴奏。她的目光越过黑色棺材，落在大罗伊身上，并且盯着他，竭尽全力地歌唱。唱到后面，女人们都站起身，举起手中的扇子，前排的一位男士也跟着唱，“感谢您，耶稣。”她的歌声使人受伤，又把人治愈。“既然他答应了，那就会有的。”她并不是在哗众取宠，或是有意让他崩溃，但她高亢的歌声传达着神韵和世俗的情感，让大罗伊垂下肩膀，哭泣起来。我不是什么玄学者，但那间屋子里真的有“爱”。她说罗伊没有缺席，听了她的歌后，没有人会怀疑这一点。

瑟莱斯蒂尔回到我旁边的座位上，她已经筋疲力尽。我牵起她的手。她枕在我的肩膀上说，“我想回家。”

然后便是说悼词的环节。他们使用的是歌颂妻子和母亲的标准悼词，引用到了《路得记》[1]。悼词之后，便到了抬棺材的时候。大罗伊要求我们用正式的方式抬棺，不能用双手举，只能用肩膀扛。殡仪员指挥我们，就像指挥管弦乐队一样。在他的引导下，我们六个人把奥利芙扛在肩上，一寸一寸地挪出了神殿。没有什么比尸体更重了。虽说是六个人在抬棺，但我感觉只有我一人在用力。每走一步，棺材就撞一下耳朵。有那么一瞬间，我迷信地觉得自己可能收到了来自另一个世界的讯息。

我、大罗伊、瑟莱斯蒂尔坐在同一辆轿车里，司机是殡仪员的儿

1　路得是圣经中的一位贤良孝顺、勤劳朴素的女子。

子。他问我们要不要开空调。“不用了，雷吉。”大罗伊说，“我喜欢新鲜空气。”说完，他把车窗摇了下去，黏稠如血液的潮湿空气刮了进来。我僵硬地坐着，注意力集中在呼吸上。瑟莱斯蒂尔坐在我左边，她的香水闻起来很有情调；大罗伊在吃薄荷糖，嘴里散发出一股刺鼻的甜味儿。瑟莱斯蒂尔牵起了我的手，我喜欢她手上凉凉的触感。

“不要这样，谢谢。”大罗伊说。她把手指抽开，只留下我空荡荡的手心。

行驶了几公里之后，灵车带着小车队驶上了一段颠簸的土路。摇晃让大罗伊把锁在心里的话倾吐了出来：“我对奥利芙的爱，你们年轻人想都想不到。我尽心尽力去做最好的丈夫，全心全意去做最好的父亲。她教我怎样与女人结合，教我怎样去照顾一个小男孩。”

我活动了一下手指。“是的，先生。”我说。瑟莱斯蒂尔哼了一个曲子，有些耳熟，但又不知其名。她似乎变成了另外一个人，更加深沉，更加宽广，就好像她悟出了什么有关生死情爱的哲理，而那哲理我还不知道。

我们在墓地上再一次抬起棺材。在前往墓穴的路上，我不禁惊叹，这么小的一座城，竟然攒下了这么多的死人。越靠近门口的墓碑越新，都是大理石材质，而且经过了打磨。远处的墓碑已被时光侵蚀，很可能是石灰岩材质。大罗伊允许我们在这段路上用手来维持棺材的平稳。最后，我们终于把棺材放在墓坑上面的绳索上。

牧师就在我们身后，一边吟唱，一边走到自己的位置。他说人的身体会腐败，会被虫子腐蚀，但灵魂不可玷污，永葆纯洁。我们齐声说“尘归尘，土归土”，然后前来吊唁的几个人把花束扯开，朝墓坑里抛撒鲜艳的花朵。同时，墓地的工人把绳索松开，将棺材降到坑底。

我们坐在绿帐篷下，瑟莱斯蒂尔坐在大罗伊身旁。水泥墓盖砰然扣在棺材上，她安慰了他几句，然后用纸卷擦着眼泪，看着墓地工人展开人造草皮。他们有些迟疑，不想当着死者家属的面开动推土机。死者家属指的就是我、瑟莱斯蒂尔和大罗伊。想到这里，我感到有些不自在，可事实就是如此。

我站起身。“先生，是时候回去了，教堂里的人会等不及的。”

瑟莱斯蒂尔也站了起来。“所有人都会在的。”

“所有人？没了我妻子，哪还有‘所有人’？”

我们身后的掘墓人开始焦躁起来，等不及要做该做的事了。新挖掘的坟墓散发着沃土和霉菌的味道，闻起来很像鱼饵。大罗伊终于站起身，走到坟边，似乎是要抓一把土，丢在六英尺之下的棺材上。我和瑟莱斯蒂尔紧紧跟了过去，却见他故意坐到土堆上，仿佛是在抗议，我们不禁吃了一惊。

瑟莱斯蒂尔说，“先生？”

大罗伊一言未发，瑟莱斯蒂尔也跟着坐了下来。我转头找人帮忙，但那几个吊唁的人已经走了，估计回去吃晚宴了。我见她坐了下来，只好也加入了他们。泥土很潮，湿气从我坐着的地方渗进我的裤子。此时，掘墓人正在用西班牙语低声交谈。

尽管我就坐在他的右边，大罗伊还是只跟瑟莱斯蒂尔说话，向她解释责任已经落在了她的肩上。“奥利芙每周都会去看小罗伊，直到她病得太重，实在去不了为止。她一直在催班克斯先生，每周三吃午饭的时候都会给他打电话。虽也没见他取得什么进展，但她始终在催他。现在她不在了，瑟莱斯蒂尔，该由你来代替她了。”“我会尽我所能，”他说，“但男人终究还是需要女人的关怀。”

瑟莱斯蒂尔湿着眼睛点了点头。“好的，先生。”她说，“我懂。”

“真的吗？”他警觉地打量着她，“你觉得你什么都懂，但孩子啊，你太年轻了。”

我站起身，拍了拍身后的衣服，然后朝瑟莱斯蒂尔伸出手。她拽着我的手，站了起来。然后，我又把手伸向大罗伊。“先生，我们回去吧，别耽误他们干活儿。”

大罗伊站了起来，但没有借助我的胳膊。他人高马大，在他身边，我感觉自己跟鞭子一样细。

“不是他们的活儿。”他说，“是我的活儿。”然后，他迈着大步，走到一棵树下，拿起靠在树干上的铁铲。他已不再年轻，但仍能铲起一大铲土，丢到奥利芙的棺材上。泥土落下的声音令我永生难忘。

我想到罗伊，想到自己是代替他来这里，于是拿起另一把铁铲。大罗伊吼了一声，叫我把铲子放下，然后语气缓和了些，说，“这不是你的活儿。我知道你觉得自己是小罗伊的替身，但哪怕他在这儿，这也不是他的活儿。这是我跟我妻子之间的事，我要用我自己的双手埋葬她。你跟瑟莱斯蒂尔先坐凯迪拉克走吧；我把该干的干完后，再去见你们。”

我们听命离开，仿佛他是我们亲爸。轿车就停在小路上，我们穿过林立的墓碑，走到车前，打开车门，不禁吃了一惊——车里的音响在咚咚锵锵地播放着舞曲。司机见我们回来，急忙把音乐关了。车子开走的时候，我们像小孩子一样，拧着脑袋，透过后挡风玻璃，去看大罗伊践行约翰·亨利[1]精神，不辞辛劳地为妻子填坟。

瑟莱斯蒂尔叹了一口气，“哪怕你活得再久，也见不到这样的情景了。”

“我也不想再见到。”

---

1 美国民谣里的传奇人物。他是一位黑人钻工，在公司最初引进电动钻机的时候，为了证明人力比机器更高效，奋力与钻机竞赛，最后赢得了比赛，也累死了自己。

“罗伊离开了这么久。”她轻声说，“我把该做的都做了。我从没想过、也没碰过任何一个别的男人。可看到大罗伊在妻子坟边的样子，我感觉我的婚姻就是一场儿戏，我感觉我并不懂得什么叫做‘相许’。”然后，她抽泣起来，一滴眼泪落在我脏兮兮的白衬衫上。“我不想去教堂了，只想回家。”

我嘘声安慰她，然后用头朝司机的方向指了一下，压低声音说，“这个镇子不大，可别散布那种容易惹人误会的话。”

十五分钟之后，我们走进了“基督王浸会教堂”，身上脏得跟煤矿工人一样。晚宴十分丰盛，用来供给皇室都不寒酸。我知道人们在传我们的闲话，但当着我们的面，他们还算礼貌，一个劲儿地给我们添果酒。我跟瑟莱斯蒂尔对视了一眼，便知道她跟我一样，只想喝特干口味的伏特加马提尼。不过，我们还是坚持吃着桌上的非式菜肴，直到确认大罗伊是不会过来了之后才离开。

瑟莱斯蒂尔和我找了好一会儿，总算找到一家可以买醉的酒吧。赌场离这里三十英里，直接开车去那里反倒更快，而且那里的酒水便宜，酒保给的量也足。当时我本想调头去赌场的，但瑟莱斯蒂尔阻止了我。“别走那个方向，”她说，“我不想经过监狱。”

“那好。”我说。

“好？”瑟莱斯蒂尔说，“我连铁刺网都见不得，多么可耻，他可是在里面常住啊！我真的爱他吗，安德烈？”

我不知怎样回答。“你嫁给了他。”

她转过头，面向车窗，用额头轻轻敲着玻璃。我一只手开车，寻找可以畅饮的酒吧，另一只手从口袋里掏出手帕递给她。

埃罗其实并不缺酒，每隔一百英尺就会有一家酒水零售店和教堂，街道的角落里常有人站着，拿着黄纸包[1]喝酒。如果我们一时半会儿找不到酒吧，那就买一瓶酒，像酒鬼那样你一口我一口地轮流喝。

最终找到的那家酒吧名叫“厄尔·皮卡德的周六之夜”，是家合资酒吧，外形很像 7–11 便利店最后的版型。我们在两张晃晃悠悠的高脚凳上就坐，然后盯着几根热狗绕着一个红灯泡打转。现在是下午两点钟，但酒吧的窗户都喷了漆，室内永远是凌晨两点钟的样子。里面几乎没什么人，大概有工作的在工作，没工作的不想把钱浪费在用杯计价的酒水上。酒保正在借助袖珍手电筒的光亮读书，我们坐下来后，她抬起了头。

“请问要喝什么？”她把手电筒放了下来，在屋顶上投射出一圈光环。

这里不像是有马提尼的地方，所以瑟莱斯蒂尔要了一杯螺丝起子鸡尾酒。酒保往一个薄玻璃杯里倒了好多司木露伏特加，足足有四指厚，接着打开了一罐果汁，然后在柜台里摸索一番，拿出一罐樱桃，再把它们用塑料剑刺穿。

我们没有碰杯，直接开喝，身上脏得喝酒都能喝到沙子。“你说大罗伊是不是还在外面铲土？还是说在我们走了之后，他就把活儿交给了机器？”

“他还在外面。”瑟莱斯蒂尔说，“他是不会让推土机埋他妻子的。”她摇了摇杯子，让酒快速冷下来，然后问，“罗伊怎样了？他还挺得住吗？”

“他还好吧，我觉得。他说他想你了。”

---

1 在美国，当众饮酒是违法行为，因而形成了一个惯例，即看不到酒瓶便不算违法，所以很多人用棕黄色的包装纸把酒瓶包起来喝酒。

“你知道我爱他，对吧，安德烈？可是他妈一直都不相信我。”

“那是她不懂你吧？可能她觉得谁都配不上他的儿子，你也知道黑人母亲的脾性。”

“我想续杯。”她说。酒保给她加了伏特加和橙汁。我伸进口袋，掏出几枚硬币。“悠着点儿，小伙子。”我对她说，“去点唱机那里点首歌吧。”

她拿着硬币，摇摇晃晃地走到屋子深处，仿佛踩在别人腿上一般。在潮湿空气的作用下，她的头发失去了参加葬礼时的顺直，耳边的头发都支楞了起来。她弯下腰，探着头去看点唱机。此时，酒吧另一头的男人注意到了她。

“你老婆？”酒保问我，她眼神中似乎泛着一丝调情的光亮。

“不是。”我说，“我们是老朋友，从亚特兰大开车来这里参加葬礼。”

“噢。”她说，“奥利芙·汉密尔顿的？”

我点了点头。

“太让人悲伤了。她是儿媳吗？”

估计她早就知道了。那一丝光亮不是别的，不过是小地方的人好打听的癖性罢了。

酒保见瑟莱斯蒂尔就要回来了，便尴尬地撤了。突然，普林斯的歌声从点唱机里传来——“我想做你的情人。”

我对她说，“还记得八年级吗？那时候大家都觉得普林斯在唱‘我只想你为我一个人爆炒’[1]。”

---

1 此处原文是“I wanna be the only one you cook for.”（我只想你为我一个人做饭。）歌词原本是“I wanna be the only one you come for.”（我只想你为我一个人高潮。）为了对应“高潮”二字，译者将“做饭”改为“爆炒”。

瑟莱斯蒂尔说，“我可没那么觉得。”

“那你知道‘高潮’是什么意思？八年级的时候？”

“我只知道它的意思非同一般。”

我们沉默了好一会儿。她一直在喝廉价的伏特加，我先是喝了啤酒，后又喝了雪碧。

“她打了我。”瑟莱斯蒂尔摇着杯中的冰块说，“罗伊他妈。我太久没去看罗伊，她见到我后，扇了我一巴掌，把我黑脸都扇白了。当时我们在赌场吃晚饭，她等到葛洛莉亚去厕所的时候，伸过来就是‘啪’的一声。”瑟莱斯蒂尔拍了一下手，“正好拍在我脸上，打得我眼泪都出来了。然后她说，‘小丫头你听着，只要我没哭，谁都别想哭。我今天一早上就比你一辈子遭的罪多。’”

“什么？”我摸着她的脸颊说，“到底是为啥啊？”

“所有事。奥利芙把我扇得眼泪都哭光了。”然后，她用她的手按住了我的手。“除了我唱歌的时候，在葬礼的所有环节，我的脸都跟着了火一般。就是这儿。”她用我的手揉了揉那块柔软的地方，然后转过头，吻了我的手掌。

“瑟莱斯蒂尔。”我说，“你喝醉了，亲爱的。”

“我没有。”她说着，又亲了一下我的手，“好吧，我是醉了，但我还是我。”

“不要这样。”我把手抽了回来，“这里的人已经知道我们是谁了。”我把头朝旁边一晃，给了她一个严肃的眼神。

“哦，对哦。”她说，“小地方。”

我点了点头，她的神色有些黯淡。“超级小。”

现在，点唱机里播放的是艾斯利兄弟的歌。这些慢节奏的老歌总有种别样的情调，那群老家伙们唱的是一种过时已久的虔诚。“我一直都很喜欢这首歌。”我对她说。

“知道为啥吗？”瑟莱斯蒂尔说，“因为这是我们命中注定要参透的音乐，它用最原始的语言与你沟通。”

“我宁愿不知道自己的命运。”

她有些闷闷不乐，摇了摇冰块。她的指甲被咬得露出了肉。“安德烈，我太累了，我厌倦了所有的一切，厌倦了这个小镇，厌倦了我的公公婆婆，厌倦了监狱。监狱不该成为我生活的一部分。我才结婚一年半——对啊，才一年半罗伊就被抓了，可到现在我爹还在为我的婚礼买单。”

“我一直都不习惯你‘汉密尔顿夫人’的身份。”我示意酒保买单，然后要了两杯冰水。

她翻了个白眼。“你去见他的时候，他看上去有生我的气吗？我上次去的时候，他说他不喜欢我的神态，说我去那里是出于义务。”她把杯子放了下来。“他说得没错，可我还能怎样？我在店里疯狂地工作，然后开几个小时的车去路易斯安那，跟并不喜欢我的公公婆婆过上一晚，然后又经历了……”她焦躁地抖了抖手指。“经历了种种，最后他竟然说我笑得不够开心？我的心愿单不是这样的。”

她很认真，但我还是笑了。“我都不知道还有个心愿单，生活不是你想要啥就有啥。”

“随你笑吧。”她气愤地瞪着我说，“你知道我来这里的感受吗？一个绝望的黑人。你不知道排着队去见他是种什么滋味。”

“我知道。”我说，“我昨天就去了。”

“但你是男人，我是女人。他们待我的态度，就像我是去见皮条客一样。他们每个人脸上都带着一抹坏笑，仿佛在告诉你不该来这里，仿佛你是他们的意淫对象。如果你精神抖擞起来，端庄起来，那就更糟了。他们待你的态度，就像你是个白痴。如果你他妈不是个傻子，怎么可能勾搭上这么一个烂人。”她跟着音乐的节奏打起了响指，仿佛这样就可以把自己从情感的洪流里解救出来，可她醉得太厉害了，情感已经不受控制。

如果身边没人，我肯定会触碰她。但在酒保和另外三个人的眼皮子底下，我没敢抬手，只是说了一句，“我们走吧。”

回到旅馆的时候，天还没黑，但赌场的停车场已经满了。显然，今晚有赠车活动。电梯门关上之后，我转过身面向她，她把胳膊绕在我身上。我想到了小时候，她常常把我勒得喘不过气来。她身上散发着一股伏特加的气味，还有一丝薰衣草和松树的气味。我一直抱着她，坐到五楼。电梯门缓缓打开，外面有一家人耐心地等着进来。

“刚结婚的小两口。”那位母亲解释道。

我们走出电梯，站在通往我们的房间的大厅里。

“人们都觉得咱俩迟早会结婚。”她说。

“你醉了。”我说，“醉傻了。”

“我没有。”她摇摇晃晃地走到自己的房间前，把钥匙插进门锁，屋内亮起了几盏小绿灯。“我确实不对劲儿，但绝对没醉。进来吧，你想吗？”

“瑟莱斯蒂尔。”我拒绝道，尽管我的身子不由自主地朝她的方向倾斜，仿佛世界本身就是斜的。“是我呀，安德烈。”她大笑起来，甚是欢愉，仿佛早些时候，我们并没有旁观罗伊的父亲拿着老式铁铲埋葬他的妻子；仿佛时光逆转，回到一切都还安好的时候。

“是我呀，”她咧着嘴笑道，“瑟莱斯蒂尔。”

我试着以微笑回应她，但发不出声音。即使发出了声音，也只会是假笑。在她面前，我从不弄虚作假。

在我踏入门口，听到门咔哒一声锁上时，一切都了结了。我们并没有像电影里那样，紧紧地拥抱在一起，然后激烈地热吻，疯狂地爱抚。我们并没有急躁，只是凝望着彼此，仿佛面前是一个不知如何打开的包裹。然后，她坐到床上，我也跟着坐了下来。我想起了高中的那次越界。那时，我们跟现在一样，身着盛装，疲惫不堪。虽然地下室里很昏暗，但我还是能看清她的裙褶。与彼时不同，此时屋内灯光亮堂。她头发鼓鼓的，像是戴了一圈黑色光环。我们的嘴里都有一股浓烈的酒味，衣服上也都沾染了墓地的泥土。

我贴近她，手指伸进她浓密的头发。“我们一直都在一起。”她对我说，“虽然不像现在这样，但一直都在一起。”

我点了点头。“我只想你为我一个人爆炒。”

我们大笑起来。真实的笑，共享的笑。这一刻，我们的人生发生了转变。酒醒时分，我们的唇上都带着喜悦。我们的未来可能不受法律待见，也不会有牧师或是证婚人，但终究是属于我们的。

罗伊

在埃罗，如果你想知道自己该做什么样的人，只需翻开你家的家族《圣经》[1]，阅读一下正文开始前的空白页即可。有些生平往事常常不会被正式地记录在纸上，而是由亲人口耳相传。上面记的大多数族人都是白人亲戚，人们谈起他们，或鄙夷，或骄傲，具体看他们做过什么事。还有一些亲人肤色是对的，但没有权利继承财产。我是埃罗鲜有的、除了父母别无其他亲戚的人。奥利芙出生在俄克拉荷马市，她的家人也在那边，但我从没见过他们。大罗伊来自得克萨斯州的豪兰镇，他在去杰克逊市的路上，流落在了埃罗。我们的家族《圣经》是大罗伊的房东太太赠给他们的结婚礼物。掀开皮革封面，扉页上只有我们三个的名字，是由奥利芙认认真真写下的草书。

1 一个家族代代相传的《圣经》，上面记录着家族成员的生平。

罗伊·麦克亨利·汉密尔顿＋奥利芙·安·因格尔曼

小罗伊·奥萨尼尔·汉密尔顿

奥利芙没有把“瑟莱斯蒂尔”写在我的名字旁边，但那张纸上有的是空地，可以记录未来所有汉密尔顿家的人，并绘制出横斜线交错的关系网。

达维娜·哈德里克与我不同，这个小镇上至少有十几个姓“哈德里克”的黑人，甚至还有一些姓“哈德力克”的。他们原本是一家，但后来像积怨已久的集会一样，发生了决裂，所以一些“哈德里克”就改名为“哈德力克”了。我很嫉妒她有这样扎实的根，又粗又壮，足以拱坏人行道了。她说她现在住在安妮·梅女士的家里。我努力回忆她跟安妮·梅之间的关系，是哪根线把她们连在了一起？我记得达维娜的姥爷是皮卡德先生，又或者他是她的舅舅？她家是个数代同堂的大家庭，这一点我记得很清楚。哎，想当初，我可是知道谁跟谁是亲戚的。

我是在沃尔玛给奥利芙买花的时候遇见的达维娜。她穿着蓝色制服，为我打开了花柜。因为顾客不能亲自动手，所以她帮我挑选了一束鲜花，然后给花包上一层干净的白纸。她一边包，一边问我记不记得高中时期的她，虽然她比我早一两届。我说记得。然后她问我想不想去她家吃一顿。我说想。几个小时后，我便站在了她家房前。她的房子安装了护墙板，由于圣诞在即，上面还装饰了一些彩灯和彩带。

我爬上三个水泥台阶，站在门廊的斜坡上。这座小房子得有七十年、甚至八十年的历史了，很可能是由安妮·梅女士的丈夫修建的。这片小区叫做“硬木小区”，因为这里曾有一座木材厂，厂里的有色工人就住在这里，那时候“有色”二字还是一个敬词。我敲了敲装饰着银色花环的门，心想，要是戴着帽子就好了，那样我就可以把它摘下来，拿在手里了。

“你好呀。”她透过纱门说道。她身上的围裙很喜庆，给人一种热情好客的感觉，同时突显了她的肤色——棕里透着红，且富有光泽，就像一双上等的乐福鞋。她把头歪向一侧，说，“你气色不错。”

“你也是。”厨房里的香气都弥漫到这里来了，叫我迫不及待想要冲进去。

“你来早了。”她面带一抹微笑，看来她没因为我的早到而生气，只是想要告诉我一声而已。“给我一分钟，我整理一下头发。”然后，她把门关上了。我坐在门口的台阶上，开始等待。被关了五年，我早就习惯了等待。为我妈提供服务的红砖殡仪馆就在附近，我仰头就能看见，但我没有去看，而是坐在那里，把目光放在自己的手指上。它们疙疙瘩瘩，结满老茧，跟沃尔特的太像了。进去前，这是一双银行家的手，出来后，就变成了工人的手。不过，至少我已经出来了。这是监狱给我的教训：把目光放在重要的事上。

爱德华兹街道十分安静。一群小男孩拿着熏肉和细线在路边的水沟旁钓小龙虾。远处，一家酒水零售店的窗户上倒映着酒吧的霓虹灯，重低音音箱让这里的空气都发生了微弱的颤动。这可是我的家乡啊，我在这些街道上磨破膝盖，在这些角落里长大成人，可现在却找不到归属感。

达维娜再次打开门，这次她没有穿围裙，让我有些惋惜，尽管她换上的这件玫红色衣裙凸显了女人身上所有的性感部位。高中的时候，她的身材就很完美，既小巧又丰满，用当时的话说，她就是一座“砖房”。大罗伊曾告诫我说，那些十五岁就有好身材的女生，三十岁的时候都会变成胖子，所以不要娶她们。但在达维娜身上，这条忠告显得既幼稚又残忍。的确，她的胸和屁股胖了不少，但看上去依然可口。

“你们离婚了吗？”她透过纱门问。

“我也不知道。”我说。

她微笑着，摆了一下头。她的耳后别着一支银色首饰，像是一朵栀子花。“进来吧。”她说，“晚饭马上就好，想喝点什么吗？”

她没走几步，就到了厨房。我欣赏着她曼妙的曲线，说，“你觉得呢？”

先前的我——不是进监狱之前，而是与瑟莱斯蒂尔约会之前，在我二十刚出头，阅女人如流水的时候——应该知道此时该说什么。那时候的我懂得如何聚焦。“心中时刻惦记着钱，时刻把钱放在心中。”不管我要集中注意力干什么，都会这样低声自语。一件一件地来，就是制胜之道。而现在的我坐在这里，在一个女人面前，在一个如此美好的女人面前，想的却是那个两年没联系的老婆。

我不敢说我在婚姻中像天使一样完美无缺。人们都说孰能无过，谁不会伤到别人的感情？比如那次瑟莱斯蒂尔偶然发现了一张收据，收据上写的是两件女士内衣，而我送给她的生日礼物里只有一件。她虽然没有盛怒，但也离盛怒不远了。我对她说，“瑟莱斯蒂尔，我只爱你一个人。”这句话虽然没有解释她手中的那一小片纸是怎么回事，但却是百分百的大实话，我怀疑她并没有理解。

坐在达维娜的客厅里，喝着她的酒，脑子里想的却是瑟莱斯蒂尔的脸，她的气味，她的歌声。尽管如此，看达维娜一眼，我还是会流口水。“安妮·梅什么时候过世的？”我问她，“她人很好。我记得她卖过酸黄瓜，卖得很便宜。小时候的事了，你还记得吗？”

“她走了四年了。她把所有的家产都留给了我，叫我有些吃惊，不过我们关系一直很近，而且她儿子住在休斯敦。他的名字叫沃福德，你还记得他吗？”

我还真记得。他是我们镇上的成功人士，在我们读高中的时候，他还去学校做过演讲，叫我们不要辍学，不要搞大别人肚子，不要吸毒。“嗯，我记得。”

达维娜歪嘴一笑。“安妮·梅女士过世后，估计再也不会在这个镇上见到他了。”她摇了摇头，“我爹也是。我还不到五岁，他就已经在去达拉斯的半路上了。”

我说，“你又不知道他离开的确切原因。”

她又笑了，笑得很真，仿佛她很欣赏我的乐观态度。“我只知道他不见了。跟人们常讲的俗气故事没什么区别。”

“别这样说他。”我说，“男人总有他的理由。”

她嘘了我一声。“你来这里，不是为了谈我爹吧？”她这个问题里还有一层问题。女人常常会问一些超出她们预期的问题。

“饭好香啊。”我想活跃一下气氛，“路易斯安那的女人啊，你们出生的时候，手里肯定抓着平底锅。”

但愿我会在厨房的餐桌上看到一碗豌豆。达维娜与邻居家中间有一排篱笆，篱笆上爬满了豌豆。小时候，教我们语言的方特诺特先生就住在篱笆那边。当年我意外地报选了法语班，成为班上唯一的黑人。我和方特诺特先生都是“独树一帜”，因而走得很近。

有次，他告诉我法语俱乐部有个“巴黎十日游”活动，为此俱乐部成员放学后聚在一起练习法语。我问方特诺特先生巴黎有没有黑人，他说，“既有土生土长的，也有移民过去的。”他给了我一本詹姆斯·鲍德温[1]写的小说，名叫《向苍天呼吁》。这本书跟法国没有半点关系，但他

1 美国黑人作家、散文家、戏剧家和社会活动家。

告诉我作家此时就在巴黎。我翻到书的背面，观察着那张忧郁而睿智的脸庞。詹姆斯·鲍德温的黑人血统够浓。“好好学法语吧。”方特诺特先生说，“旅费我帮你出一部分。”但三个顾虑让我打了退堂鼓：第一，我会是旅游团里唯一的黑人孩子，大家都觉得不妥。“如果出了什么事儿，那就是你一个人对抗他们所有人。”大罗伊说。第二就是钱的问题了。即使方特诺特给我出一部分钱，我自己还是要承担 750 美元。这也是为什么没有黑人孩子去的原因。最后就是方特诺特先生自身的问题了。

他给我推荐《向苍天呼吁》的时候，并没有提到吉米是个同性恋。“吉米”是方特诺特先生对詹姆斯的昵称，就好像他们两个是老交情。据方特诺特先生所言，詹姆斯在 11 岁的时候，就开始为后辈收藏自己写下的东西，因为他知道自己将会成为名流巨子，有必要保留一些“人生轨迹的资料”。当时，方特诺特先生给我一个黑色的小笔记本。“你也要为后辈养成写日记的习惯。”他说，“当你离开这座小镇之后，人们会好奇你是怎样做到的。”就是这个笔记本终结了我的所有计划，比昂贵的旅费还管用。大罗伊不喜欢这个小本子的外观，我妈也不喜欢。埃罗是个闭塞的小镇，有时难免刻薄。我爸妈打了几个电话，就查明了方特诺特先生是那种“荒唐的人”，他们决不允许我在他的资助下去巴黎游玩。

“方特诺特先生后来怎么样了？”

“他在 90 年代初就过世了。”达维娜说。

“为啥？”

“你知道我说的是啥。”她说，“来吧，吃饭吧。”

我站起身，走到椭圆形饭桌旁。这张桌子跟我从小用到大的很像，可以轻松容下六个人。我向后拉了拉椅子，正要坐下时，她问我要不要洗一下手。我满脸惭愧地问她洗手间在哪儿。抹上些闻起来像女生的肥皂泡沫，我下巴底下有些刺痛，往上面撩了几下水后，它才消停。我扭着头，钻到水龙头下，接了一口纯净水喝。我已经很久都没照过真正的镜子了。其实也没必要，我能想象得出自己的样子。额头皱巴巴，就像奥利芙包里的那把折扇。至少我刮了胡子，干干净净的。等我有钱后，就去牙医那里装个新的牙桥。我从钩子上取下一条松软的棕色毛巾，擦干脸，回到饭桌旁。桌上已经摆好了盛宴。

这桌饭就像出自《圣经》一般：有泡在肉汁里的猪排；有奶酪通心粉，顶上是棕色的，亮晶晶的黄油；还有土豆泥，堆在一个蓝条纹碗里；土豆泥旁边是一堆面包卷，跟奥利芙做的很像，掰一下就会散成黄油块；然后，果不其然，在一个闪亮的银碗里，舒舒服服地躺着我垂涎已久的豌豆。

“要不要祷告？”她说着，牵起了我的手。

我闭上眼睛，低下头，尚未说完“亲爱的上帝”，喉咙就开始抽搐了。我深吸了两口气，最后还是放弃了，只好紧闭着眼睛，努力把那股想要从我身体里钻出来的东西咽下去。

“亲爱的上帝，”达维娜接着我的话说，“感谢您赐予我们食物，让我们的身体得到滋养。感谢您让我们彼此相伴。以你的儿子耶稣·基督的名义，阿门。”在说“阿门”的时候，她捏了捏我的手，像是画上一个句号。我一直捏着她的手，不让她抽回去，直到我说出“祝福这双准备饭菜的手”后才松开。

达维娜用勺子把桌上的菜盛到我盘子里。与此同时，我幻想着自己的形象——一个即将对几块猪排发动猛烈攻击的、刚出狱的男人。我感觉自己像个笑话，接触过那么多大企业，也没像现在这样局促过，而这里可是我的家乡啊。达维娜把饭菜端到我面前，这时我竟又惦记起餐桌礼仪，等她拿起叉子后才开动。

“祝你有个好胃口[1]。”她微笑着说。

我以同样的话回她。她让我想起了瑟莱斯蒂尔，她每次吃东西前都会这样说，哪怕吃的是早餐麦片。

在我享用第二盘菜、第三杯柠檬酒的时候，达维娜又问了我一遍，“你们离婚了吗？”她竟然用轻快的语调来问这个问题。

我缓慢地嚼完口中的食物，咽下去，又补了一口柠檬酒。“你想让我怎样回答？我只知道这些：我进去的时候是已婚，中间她并没有跟我离婚。”

“你没必要跟个律师说话一样兜圈子。”她貌似受了伤，以为我是带着虚情假意来吃她的饭的。

我深吸一口气，毫不隐瞒地告诉了她。“我已经两年没见她了，自从我妈去世后就没见过。”

“跟她打过电话吗？”

“最近没有。”我说，“你呢？你跟谁在一起呢？”

她环视了一下房间。“你看到别人了吗？”

这个话题就此打住，仿佛我们对彼此的“殷勤”心满意足。

吃完饭后，我起身帮忙收拾桌子，把盘子刮干净，堆到水槽里。达维娜朝我笑了笑，那种笑就像是看到小宝宝想做成熟的事（比如弹钢琴）一样。“别管厨房的事了，你是客人。”

我发誓，我来这里不只是为了和达维娜做爱，那不是我来这里的

1　此处原文为法语“Bon appétit”。

目的。我有没有那种念头呢？我不能撒谎说自己真的像沃尔特说的那样，对女人无欲无求。我不光渴望女人，还渴望很多平凡的东西，比如我妈做的饭。自从离家上大学那天起，我就开始想念她做的饭了。达维娜·哈德里克邀请我来吃晚餐，如果我只是来吃饭的话，那也早该走了。

“想喝咖啡吗？”她问我。

我摇了摇头。

“再来杯柠檬酒？”

“嗯。”我说。她又给我倒了一杯，酒的颜色比前几杯要淡。

“不想让你酒驾。”她说。我有点失望，她已经开始打发我回家了。

“我能问你一件事吗？”她说，“与你蹲监狱有关。”

“你知道我是清白的。”

“我知道。”她说，“这附近的人都觉得你是清白的，不过是错误的人种在错误的时间出现在那里。警察太不靠谱，所以才有那么多人蹲监狱。”

我倾了一下杯子，向她致敬，然后一口喝干，把杯子递给达维娜。

“就问你一个问题。”她严肃起来。我已准备好迎接另一个关于瑟莱斯蒂尔的问题。

“嗯？”

“你在监狱里的时候，认不认识一个叫安托万·吉勒里的人？全名是安托万·弗雷德里克·吉勒里。”

“怎么了？”我问，“他是你男人？”

她摇了摇头。“我儿子。”

“不认识。”我悲声说道。如果他是她儿子，那现在顶多十七八岁。“我没见过他。”

“他们叫他‘蚂蚱’，或者‘蚱蜢’。”

这个外号我确实知道。虽然“蚂蚱”不是监狱里最年轻的，但对于成人监狱来说，他还是太年轻，太脆弱，太俊秀。我想起了他涂着口红的嘴唇和用自制碱水洗软了的头发。

“我不认识他。”我再次说。

“你确定吗？”

“确定。”我说，“不认识叫‘蚂蚱’的人。”我又把酒杯递给她。“求你了，女士。”

她摇了摇头。“不给了，为了你好。”

“姑娘啊，我才不担心酒驾呢，我是走过来的，这个镇子才多大，一分钟就能走到头。”

“罗伊。”她说，“这里发生了很大的变化，晚上最好不要在外面游荡。警察和路人，你不知道哪个更可怕。‘蚂蚱’就是因为手里的枪被抓的，他只是在自我防卫。才十六岁，就被当作成年人判了刑。”

“相信我，我不怕。想想我过去五年都在哪儿？”我笑着说，差点没呛到，“就算哪个乡下王八蛋从树丛里跳出来吧啦吧啦地恐吓我，你觉得我会怕吗？”

“如果那个乡下王八蛋拿着枪，你会怕。”然后，她拍了一下我的胳膊，尽情地笑了起来，脸上露出了酒窝。“还吧啦吧啦，你个傻帽。我再给你一杯，但不会放很多酒。”

“你给自己也搞一杯吧，我一个人喝真没意思。”

她端着两杯饮料回来了。那两个小杯子跟我妈用来盛橙汁的很像。“没冰了。”她说。我举起酒杯，与她碰杯，我们二话不说，直接开喝，然后又把酒杯磕在桌上，仿佛我们喝的是烈酒。这种感觉真好，让我想起了我第一份工作。公司举办了假日聚餐，那群白人们点的都是高档酒，我们拿它们当白水喝，仿佛有着花不完的钱。

达维娜站起身，打开音乐，弗兰基·贝弗利[1]开始歌唱“幸福的感觉”。她一边往回走，一边跟着音乐打了几个响指，然后坐在沙发上，仿佛在炫耀自己前凸后翘的身材。“嘿。”她的腔调有些调皮。

不能说威士忌让她变美了，因为她已不再是美丽的姑娘，就像我已不再是年轻的经理。但我曾经是，她也曾经是，我们身体里大概还残留着从前的样子。达维娜那温暖的棕色肉体就是我所想念的一切事物的集合。

“你还好吗？”

我除了摇头之外，什么也做不了。

“怎么了？”

我再次摇头。

“没关系，”她说。“你刚回家，回家后总是很累。”她说得好像我是从军队或是医院回来似的。

然后，她像图书管理员一样，把手指竖在唇前。我靠了过去。瑟莱斯蒂尔——我总是忍不住去想她——不是个小巧的女人，她骨架很宽，身材丰满，但不像达维娜这样柔软，后者就像四星酒店里的睡袍一样。我试着克制自己，不想让自己像个野人一样扑向她。可以说，我穿着衣服的每一秒都是奇迹。我深深地吻她，直到我再也克制不住，把舌头伸进她的嘴里，尝到了里面的威士忌味儿，并为此着迷。她的手指在我身上游走，像萤火虫一样娇小而轻盈，又像临街教堂里的神父一样可以治愈心灵。她摸索着，把手伸进我的衬衫里，凉爽的手掌按在我滚烫的后背上，给我一种触电感。

1　美国黑人歌手，迷宫乐队的主唱，《幸福的感觉》是该乐队的一首歌。

我们走进她的卧室，并没有互相宽衣解带，而是在黑暗中各自脱掉身上的衣服。达维娜把衣裙挂在柜子里，衣架发出叮叮的碰撞声。然后，她爬到床上，躺到我身边，身上散发着威士忌和可可油的味道。她侧过身子，让假发滑落在我的脸上，但我躲开了，因为不想感受那种虚假的塑料质感。我想揉搓有呼吸的东西，抚摸鲜活的肉体。她抬起大腿，压在我胯骨上。“你还好吗？”她低语道。

“嗯。”我说，“你呢？”

“还好。”

“我替你儿子的事感到难过。”

“我替你母亲的事感到难过。”

对正常人来说，谈到过世的至亲肯定会浇灭你的欲火。但对我来说，这句话反而像煤油，像汽油，像一股纯氧。我再次吻上她，同时挪到她上面。低头看着她黑暗中的轮廓，我有种想要解释的冲动，告诉她我不想以一个刚出狱的男人的身份操她，而是想以一个回家探亲的男人，一个当地有名的成功男人，一个腰缠万贯、坐豪华办公室、穿意大利皮鞋、戴不锈钢表的男人的身份操她。可我却开不了口。你要怎样跟一个女人解释你想以人类的身份操她呢？

我用前臂承重，撑在她身上。我并不是害怕什么，而是实在不知道接下来该干什么。我想让她欢愉——不是让她情不自禁喊出我的名字，那样太幼稚了，而是想给她留个好印象。虽然她说她不相信我在松林旅馆强奸了那个女人，但人们心里不总是有一粒怀疑的种子吗？人们不总是觉得故事可能还有另一面吗？

“宝贝。”达维娜说着，伸出胳膊，在我背后交叉，让我们的身子贴合。我凭借肌肉记忆，用膝盖把她的双腿分开。但她躲开了，侧身一躺，面对着我，然后用食指推着我的胸膛，让我躺了下来。我正要起身去抱她，她又用手掌把我按了下来，说，“别急。”

达维娜呵护了我，我也只能这样表达。我才出狱两天，她就把我安顿在她家的床上，然后呵护了我。她口手并用，摸遍我的全身，关爱了我的每一寸肌肤。她跨在我上面，垫在我底下，甚至透过我身体。那些尚未得到关爱的肌肤似有火烧，迫切地渴望她的注意。直到你需要的东西以你需要的方式给了你时，你才知道自己需要什么。

此时，她正缠在我身上，脚离我的脸很近，我伸过头吻了一下她的足弓。一个从小生长在埃罗的人，怎么会有这么细腻的脚？瑟莱斯蒂尔的脚也很嫩滑。一想到妻子，我的心中便涌起了一股异样的感觉，我不由得坐起了身，仿佛噩梦初醒。达维娜停了下来，眼睛里闪烁着屋子里残存的光亮。“你还好吧？”

“不好。”我说。

“过来。”她说着，躺了下来，伸出双臂，然后叫我“宝贝”——在一些女人的口中，这个词就是一门语言，可以表示各种含义。此时她表示的是邀请，就仿佛她说的是“请”。她把腿缠在我腰上，我紧紧抱着她的身子，仿佛她决定着我的生死。“宝贝。”她再次说。

“有套吗？”

“应该有吧。”她说，“在药柜里。”

“药柜在浴室吗？”

“对。”

“必须戴吗？”

达维娜躺在黑暗中，沉默不言。我用手肘撑起身体，想要看清她的表情，但月光没有照在她的脸上。“如果你要我戴，我就去拿。”我虽然这样保证，但没这样做，而是再次吻上了她，并轻轻咬着她香甜的下唇。“真的要戴吗？”我其实是在求她，不知她有没有感受到。我的心痒死了。我只想亲密接触，中间不加隔膜，就跟我只想摸她头皮上皱巴巴的真发，而不是冷冰冰的假发一样的道理。戴套与不戴套的区别，就像是打电话与当面说的区别。“求你了。”我听到自己说，“我会提前拔出来的，求你了。”我们还贴在一起，她并没有把我从身上推下去，甚至都没有夹起膝盖。“宝贝。”我说。这次是我在用这门神秘的语言了。

“没事。”她终于说道，“没事，宝贝，来吧。”

瑟莱斯蒂尔

我 3 岁的时候，葛洛莉亚便教我祈祷。她跪在我身边，向我展示如何双手合十，放在下巴下面，就像一个小天使那样。她信仰宗教，不像我爸没什么信仰。有些虔诚的女人就喜欢那种没有信仰的男人，以看管他的灵魂为己任。有时，我真希望自己像她那样，生来就是为了拯救男人，那样我就能活成她的样子了。

“现在我躺下睡觉。”葛洛莉亚几乎是唱出来的，我紧闭着双眼，咿咿呀呀地重复了一遍。在说“阿门”之前，我睁开了眼睛，要她解释“祈求上帝带走我的灵魂”是什么意思。她说，“你值不值得拥有明天，能不能在明早醒来，是由上帝决定的，如果你死在夜里，就要请求他带你重返天堂。至少我是这么理解的。”我躺在床幔底下，吓得不轻，眼睛都不敢眨，生怕自己一睡就再也醒不来。

每天晚上，她都会和我一起唱圣歌，以这种方式安顿我入眠。只要她跪在我身边，我就会按她的要求祈祷；但当她不在身边的时候，我就抛弃了信仰，因为我想把灵魂留给自己。

有记载说，在你十二岁之前，你犯下的罪孽主要算在你父母，尤其是你母亲的头上。在那之后，你的罪便会记在自己的记分牌上。只要是可去可不去，我就很少去陪我妈做礼拜，因为我更愿意跟随和的爸爸待在一起。但是，该祈祷的时候，我总会祈祷。

我一个人独住的时候，会出声地祷告，但现在安德烈跟我共居一室，我只是做个口型，不发出声音。我为罗伊祷告，祈求他平安，祈求他原谅，尽管在这清澈的晨光里，我知道自己没有做错什么。我也为安德烈祷告，祈求他原谅我祈求罗伊原谅。我还为我爸祷告，祈求他能接纳我这个女儿。

我妈曾教导我说，在上帝面前，我们没有秘密，他懂得我们的感觉，因为他亲手创造了我们。当你向他坦白罪过时，他会因你的勇气、你的谦卑、你跪着的双膝而祝福你。

上帝肯定知道，我的首饰箱底层有一个呢绒盒，里面装的是罗伊那颗掉下来的牙齿。巫女应该知道如何处置它[1]；就连我这么个没有通灵天赋的人，把它放到手心，都能感受到它所蕴含的彗星般炽热的能量。只不过，我不知道该如何驾驭这股能量，也不知道怎样按自己的意愿去操纵它。

1 美国南部部分黑人信奉巫毒教。在巫毒教文化中，人们可以使用草药，私人用品，人的头发、牙齿、指甲、体液等施法，达到操纵、治疗或诅咒等效果。

罗伊

我和达维娜·哈德里克在那所曾是安妮·梅女士的房子里待了三十六个小时。生活真的满是奇迹，谁能想到我会被一个我都不怎么认识的高中同学迷得神魂颠倒，差点找不到回家的路？若不是她要去工作，把我赶了出来，我肯定还赖在她的床上。有她精湛的厨艺和周到的关怀，我还真能待一辈子。当我穿着皱巴巴的衣服（已经穿了一天半，当然也有没穿的时候）出现在家门口时，大罗伊正在门廊等我。他没有坐在那两张修伊·牛顿式[1]的藤椅上，而是坐在水泥地板上，腿从边缘垂下，脚踩在花圃上。他左手抓着我妈的黄色咖啡杯，右手拿着蜂蜜卷往嘴里送，包装纸都没揭。“还活着啊？”

“是的，先生。”我跳上台阶，“活得好好的。”

大罗伊的眉毛挑得老高。“她叫啥？”

“我发誓要维护无辜者的隐私。”

1　修伊·牛顿，美国黑人左派激进政党“黑豹党”的领袖，曾留有一张坐在藤椅上的照片。

“只要她没结婚就行。我可不想见你经受了那么多煎熬后，刚一出来就因为一个女人被愣头青毙了。”

“你说得没错，我的遭遇已经够悲惨了。”

“炉子上还有咖啡。”他说着，脑袋朝前门的方向转了一下。

我倒了一杯咖啡，回到门廊，坐到父亲旁边，然后从马路这头望向那头，开始思考自己的生活。这个习惯自从我蹲监狱起就搁置了。我就这样坐着，思考想去哪里、想跟谁在一起、想吃什么之类的问题。有时候，我甚至能花二十分钟去琢磨我该拿什么跟卡拉玛塔橄榄油搭配着吃。现在，我一心想着达维娜，恨不得今晚就去她家过夜。

我背叛了瑟莱斯蒂尔吗？还是说我背叛了对她的记忆？以我现在的处境，应该情有可原吧？虽不能说达维娜·哈德里克用她的美腿和“宝贝”语言挽救了我的生命，但她确实挽救了我，如果不是我的生命，也许就是我的精神。

大罗伊把咖啡端在嘴边说，“你得学一学怎么用电话了，儿子。发生了这么多事之后，你不能一声不响地就消失了。”

我把头几乎缩进了胸腔，脸都碰上了肩膀。“对不起，爸，我当时也没多想。”

“你要记得为别人考虑。”

“我明白。”我吸了一口咖啡。他把吃了一半的蜂蜜卷递给我，我把它掰成两半，塞到嘴里。很甜。“我在适应一个人的生活。”

大罗伊说，“今天联系一下你老婆吧，跟她说一声。”

“跟她说什么？”

“当然不是昨晚的事啦，看这一宿把你美得，跟小蟋蟀吉米尼[1]一样。

1　迪士尼动画《木偶奇遇记》中的角色。

你要让她知道你回来了。儿子，相信我，不管你昨晚跟谁在一起，她现在或许让你觉得很特别，但她终究不是你老婆。”

我无奈地把手向上一甩。“我知道，我知道。”我已经五年没有享受到一丝丝幸福了，而他连晒会儿太阳的机会都不给我。

“等等，先把澡洗了。”他说。

他说得没错。我需要制定好计划，回亚特兰大见瑟莱斯蒂尔，面对面问她我们的婚姻还在不在。有时我觉得，既然这个问题还需要我去问，那答案肯定是“不在”了。或许我在给自己挖坑。两年了，她都没去看我一次，这就是明显的信号啊，为什么非得听她亲口说出来呢？不管她给出什么理由，都会让我受伤，而且还不是干净利索的伤口，而是锯齿状的，就像被狗咬了一样。

但还有个事实简单而无可争议，那就是她并没有和我离婚。既然她没有正式跟我离婚，那就只能说明她不想离婚。这个事实很有分量，而且哪怕被狗咬了，也是会愈合的啊。

我刚穿上内裤，家里的老式电话机就响了，发出一阵洪亮而刺耳的金属碰撞声。“告诉威克里夫，我在门廊等他。”大罗伊从外面喊道。

我半裸着身子，光着脚，悄声走进厨房，拿起电话说，“他在门廊等你。”

电话另一头的男人说，“什么？”

我说，“对不起。喂？这里是汉密尔顿家。”

电话另一头的男人说，“罗伊，是你吗？”

“我是小罗伊，你要找大罗伊吗？”

“我是安德烈。怎么是你接的电话？我以为你周三才出来呢。”

上次见安德烈的时候，他穿着一身灰色正装。他要穿着那身衣服去给奥利芙守丧。在我们谈话的时候，探视间里的人们都在看他，好奇我们两个是什么关系。我知道自己是什么样子，跟其他囚犯没多少区别，我和他们都是穿着破烂连裤衫的黑人，只是细节不同罢了。安德烈身着正装，看上去并不像律师，更像是因秉信“美国人不懂爵士”而移民欧洲的音乐家。

我见到他很开心。安德烈是我的好哥们，最初就是他把瑟莱斯蒂尔介绍给我的，尽管我和她很久之后才走到一起。我们结婚的时候，是他跟我站在一起签的名。在奥利芙入土前的最后一个星期天，他还专门来看我。

“你能替我抬她吗？”我问。

安德烈深吸一口气，点了点头。

现在回忆起来都让我心痛——当他同意的时候，我既感激又愤怒。“我很感激你。”

他挥了一下手，打断了我的话。他的手指修长，很适合弹钢琴。“我很同情你的遭遇。你要知道，班克斯还在为你操劳……”

该我挥断他的话了。“去他妈的班克斯。即使他能让我明天出狱，那也来不及了。我妈已经死了。”

此刻听到他的声音，我同样感受到一股羞愧和愤怒的情绪，就跟他答应帮我抬棺时一样。这股情绪让我喉咙瘙痒，我清了两次嗓子后才能开口说话。

“安德烈，最近可还好？听到你的声音真好。”

“兄弟，我也是。”他说，“你提前了啊，我们还觉得你几天后才出来呢。”

他说的是“我们”，“我们还觉得……”

“文件上是那样写的。”我说，“但官僚作风嘛，惩戒所里的人觉得我可以走了，就放我出来了。”

“懂了。”安德烈说，“瑟莱斯蒂尔知道吗？”

“还不知道。”我说。

“没事。”迟疑了一阵后，安德烈说，“你不介意等一两天吧？”

“你们都要过来吗？”

“就我自己。”安德烈说。

我挂掉电话，走到门廊里，站在大罗伊身旁，俯视着他。从这个角度，我能透过他日渐稀疏的头发，看到他头顶的小疤。饭桌上方的灯具挂得太低了，这些疤都是在上面磕的。我想起了我妈亲吻它们的画面。她非常喜欢那盏小吊灯，因而我爸从没要求她把灯摘下来过。

“不是威克里夫。”我说，“是安德烈。”

“他都说了啥，让你这么震惊，穿着内裤就跑出来了。”

我低头看了看腿，都冻得发白了。“他说他来接我。就他自己。”

“你觉得那样对吗？”

“我不知道怎样才是对的。”

大罗伊说，“你最好去趟亚特兰大，看看你们的婚姻还有没有希望。”他停顿了一下说，“如果你还想跟她走下去的话。”

“我当然想了。”

“我不得不问啊，你十分钟前看起来并没这么确信。”

电话又响了，大罗伊用下巴指了指屋内。“去接电话吧，要么是威克里夫，要么是瑟莱斯蒂尔。如果是威克里夫，告诉他我马上给他回电话。如果是瑟莱斯蒂尔，你自己看着办吧。”

我没接，电话铃一直响到她放弃为止。

我回到厨房里，身上穿着沃尔玛所能提供的最好的衣服，一条卡其裤子，和一条带领子的针织衫。至少我有一双上等的皮鞋。镜子里的我看起来就像低配版泰格·伍兹[1]，最起码不像有前科的人。“我想回家了。”

大罗伊弯着腰，在冰箱里翻腾。“你是说亚特兰大吧？”

“对。”

“你主意拿得挺快。”他说，“安德烈给你点了把火。”

“我一直都想过去，只是不知道什么时候。现在我明白了，越早越好。”

“你要开车吗？”

我伸进后面的口袋里，拿出钱包。在监狱的储物室里放了这么多年，钱包的皮质仍旧很软。驾照跟拿铁优惠卡粘在了一起，上面的照片是那个成功的我，穿着衬衫，打着玫红色领带，自信而神气地笑着，露出两排结实的牙齿。根据佐治亚州的规定，我还能再开六个月的车。桃州政府还觉得我住在林恩谷路 1104 号呢。这个驾照是我留下的唯一一件旧物。我举起它，让阳光照在政府印章上。“都准备好了，就差车了。”

“你开我的克莱斯勒吧。”大罗伊说着，掀开装鸡蛋的纸盒。里面只剩一颗蛋了。“得去趟超市了。两个大男人要吃早餐啊。”

“爸，没有车你怎么去上班？”

“威克里夫会送我的，前提是油费我出。”

“我再考虑一下吧。”

“你不是说都准备好了吗？”

“我是说我还在考虑。”

---

1 美国著名高尔夫球手，史上最成功的高尔夫球手之一。

“知道吗，有时候没鸡蛋了还可以用培根。”大罗伊敞开冰箱门，把腰弯得很低，在冰箱抽屉里翻找。“还剩最后这点培根了。你吃鸡蛋，我吃培根吧。”他走到橱柜前，打开橱门，里面整齐地摆着一排排罐头。“啊，三文鱼丸。你吃得下这个，对吧？”

我看着大罗伊，仿佛他是个陌生人。他的体型太大了，与我妈的小厨房不协调，但他做饭还有模有样的，一只手打鸡蛋，另一只手用小叉子搅拌。

“怎么了？”

“没事，爸。只是我活到这么大，都没见你碰过锅碗瓢盆，可现在你在厨房里得心应手，就跟玛莎·斯图尔特[1]一样。”

“好吧。”他背对着我，仍然搅着那颗蛋，“奥利芙一走，我只剩两个选择了：要么学做饭，要么饿死。”

“你可以再找个老婆。”我勉强说出这几个字，“又不违法。”

“我想找的时候，自然会去找的。”大罗伊说，“现在我只想吃饭，所以就学做饭。”他拿起那罐三文鱼丸，微微一笑。“你还不知道吧，很多罐头背面都写着菜谱，看一下就知道怎么做了。”

我又观察了他一会儿。难道这就是继续走下去，适应没有另一半，开始新生活的样子吗？他正忙着往小碗里撒辣椒粉。“问题是，菜谱上不会告诉你说该放多少调料。每次用到罐头的时候，撒辣椒都是一次对大拇指的挑战。”

“可我妈做饭的时候全凭感觉啊。”我说。

大罗伊往铁煎锅倒了一些油。“我还是不相信她已经不在了。”

他做完饭，把食物分到我们的盘子里。我们每人都有一大份鱼丸，

---

1 美国著名商界女强人，白手起家，创建了以自己姓名命名的家居用品企业，素有“家居女王”之称。

半片培根，一个切成三角状的橙子。

“祝你有好胃口。”我说着，伸手去拿叉子。

“啊，上帝。”大罗伊开始祷告，我只好把叉子放下。

他做的饭还行，不好吃，也不难吃。

“好吃吧？”大罗伊说，“罐头说明书上要求的是面包糠，但我用的是乐之饼干的碎屑，所以有坚果味儿。”

“嗯。”我说着，把我那片培根一口吞掉。

我禁不住去想奥利芙，她可是厨房里的大师。周五晚上，她会做一些蛋糕、馅饼和饼干，周六下午拿去卖，镇上的人买去当作周日晚餐后的甜点。也有其他妇女干这一行，但只有奥利芙敢用高于市场价两美元的价格出售她的甜点。“我的甜点对得起这个价。”她常这样说。

我们吃得很慢，各自沉思。

“在走之前理个发吧。”大罗伊说。

我用手摸了摸像羊毛一般的头发。“今天周一，要到哪儿去理发呢？”

“就在这儿。”大罗伊说，“我当兵的时候就给人理发。每当我的理发师资格证快过期的时候，我都会去更新一个。哪怕再不济，总能靠理发挣点钱的。”

“这么多年你都会？”

“在你十岁之前，每个星期六晚上，我都会给你剪头发。”他咬了一瓣橙子，摇了摇头，“现在的水果不如过去有滋味了。”

“我在监狱里最想念的东西就是水果了。有一次，为了买一个梨，我花了六美元。”话一出口，我就猛地摇了摇头，想把那段回忆抖掉，但它已经根深蒂固。“我忘不了那个梨。”我对大罗伊说，“为了它，我干了一笔狠买卖。我卖给一个家伙一个垃圾袋，他本想只给我四美元的，但我毫不退让。”

“你在里面的时候，我们已经尽力为你提供物质保障了。我们给的可能不如你岳父岳母多，但对我们来说，我们给的比他们多。”

“我不是在比较你们，”我说，“而是在跟你解释一件事。爸，这么跟你说吧，我把那个垃圾袋卖出去的时候，我都没问自己为什么有人会花那么多钱买它，我只是在不断催他，直到我把他身上的每一分钱都榨干。就是为了买一个水果。我太渴望尝到它的鲜味了。”那个梨红如秋叶，软如冰淇淋。我把它整个都吃了——种子，梨核，甚至梨柄——丝毫不剩。我躲在肮脏的厕所里去吃，因为怕别人看见后把它抢走。

“儿子。”大罗伊说。我看到他脸一松，就知道他也猜到故事的结局了，就好像我是世界上唯一一个不知道监狱里的人会怎样使用垃圾袋一样。我曾把那个梨分享给沃尔特，但当我告诉他梨是怎么来的之后，他碰都不想碰它。

“我怎么会知道呢？”我问我爸。

在监狱里，你很快就能学会一个道理，那就是任何东西都能用作伤害别人或者自己的武器。牙刷能变成匕首，巧克力棒融化后，能用来做汽油弹，垃圾袋能变成完美的绞索。“我当时又不知道，如果我知道的话，肯定不会把袋子给他，更不会要他的钱。”

我想起了自己趴在金属马桶旁呕吐的情景。我希望马桶的恶臭能帮我把梨吐出来，但除了苦涩而浓郁的胃酸外，什么都没吐出来。

“我没有责备你，儿子。”大罗伊说，“你做什么，我都不会责备你。”

此时，电话响了起来，仿佛它知道我们坐在那里，不想被我们忽略。

“不是威克里夫。”大罗伊说。

“我知道。”

电话一直响，直到她厌倦了才停下，然后又响了起来。

“有话跟她说的时候，我再跟她说话。”

“你不刚跟我说你要去她那里吗？就跟她说这个啊。”

终于要说我不想说的那几个字了。“我没钱。”

大罗伊说，“我可以给你一些。快发工资了，我的钱就是你的钱，也可以管威克里夫借点。”

“爸，你已经把车给我了。不要管威克里夫借钱了。”

“这不是你执拗的时候。你要么带着我给你凑来的钱开车走，要么就等着安德烈过来见你。从老年人手里拿钱可能会伤到你的自尊，但要是等到星期三，你会被伤得更厉害。”

这一刻，大罗伊与沃尔特惊人地相似。我非常想念我的亲生父亲，不知道他对这一切有什么见解。我一直以为沃尔特和大罗伊是两个完全不同的人，就比如，大罗伊是那种可以养育别人儿子的男人，而沃尔特是那种游走在法律边缘的无赖。对他俩都有了解之后，我发现我妈喜欢的人是同一种类型——也许我们都这样。她喜欢的男人是那种有观点的人，那种自以为看透人生的人。

“知道吗，”大罗伊说，“你妈从你出生那刻起就在给你攒钱。现在，你名下大概有一两百美元了。你拿上驾照和出生证，应该能取出来的。奥利芙把你所有的证件都放在她的梳妆台抽屉里了。”

卧室的布置跟奥利芙活着的时候一样。床上铺的是那条她从跳蚤市场上买的被子，上面的花纹是交叠在一起的圆圈。西墙上挂着一个裱起来的图片，里面有三个穿粉裙子的女孩在跳绳。这张图片是我用第一桶金给她买的，虽不是原版，但有签名和编号。梳妆台的顶端摆着一个“普培”，就是那个穿着我的约翰·约翰斯童装的布娃娃，看上去就像是一个淘气的天使。

大罗伊口中的“她的”梳妆台抽屉指的是右上角的那个抽屉，里面放的都是她最私密的东西。我伸手拉了一下铜拉手，没拉开。

“找到了没？”

“还没呢。”我说完，使劲一拽，仿佛在扯绷带。屋内的气流从一堆叠放整齐的衣服上吹过，带来一股奥利芙的气味。如果你要问我那是什么味道，我无法作答，就像如果有人要你描述一下咖啡的香味，你说不出来一样。那就是我妈的味道，是不可分解的。我拿起一条花围巾，举到面前，眼底涌现一股压力，但什么都流不出来。我深深地闻了一下手中的围巾，那股压力更大了，几乎成了头痛，但还是哭不出来。我本想把围巾叠起来，但它卷着的样子跟那堆整整齐齐的衣服不协调。

抽屉最里头有一沓用绿皮筋绑起来的文件，我把它们拿到厨房里，大罗伊还在等我。

“她的东西你都没扔？”

“没必要啊。”他说，“又不缺房间。”

我把皮筋取掉。我的出生证就在最上面，它证明了我是一个出生在路易斯安那州亚历山德里亚市的黑人男性，上面写着我最初的名字，奥萨尼尔·沃尔特·詹金斯。奥利芙的签名又小又挤，仿佛字里藏着字。这张出生证的下面就是它的修订版，上面有我的新名字，还有大罗伊用蓝墨水写下的华丽的签名，以及奥利芙写下的卷曲的少女笔迹。存折的第一页显示，我出生那年存了 50 美元，之后每年都存进去 50 美元。我 14 岁的时候，存款的数额增加了，因为我开始每个月往里面添 10 美元。16 岁的时候，为了办护照，我取出 75 美元。此时，护照就在我手里。我打开这个蓝色的小册子，凝视着那张在亚历山德里亚邮局拍摄的黑白照片，然后又把目光收回到存折上。高中毕业后，为了上大学，我取了 745 美元，还剩 187 美元的余额。再加上十年多的利息，应该还会多一点，差不多够我去亚特兰大，不用压榨我爸以及威克里夫那个老头子了。

我并没有立即起身，因为那沓文件里还有一个东西——一个小笔记本。我本以为它的封面是皮的，但时间让它暴露了自己的塑料本质。它就是方特诺特先生在我自以为会变成詹姆斯·鲍德温那样的人的时候给我的日记本。其实我根本就没写几篇日记，记录的大都是办签证、买汇票、跟大罗伊去亚历山德里亚拍照片的经过。最后一篇日记写的是，“亲爱的历史啊，我小罗伊·奥萨尼尔·汉密尔顿就要登场啦！”

这个世界上有太多的线头需要你去打结，虽然顾及不来，但还是要去尝试。周一下午给我理发的时候，大罗伊对我如是说。他没有成套的修剪工具，所以他用的是老办法——梳子配剪刀。金属摩擦的声音在我耳中回荡，让我想起了小时候。那时候，我还不知道一个孩子可以有多个爸爸，家族《圣经》扉页上写的什么就是什么，我们家就是一家三口而已。

“有什么话想说吗？”

“没有。”我的声音很尖锐。

“怎么回事？”大罗伊笑着说，“你听起来跟 4 岁一样。”

“是剪刀。”我说，“让我想起了小时候。”

“我遇见奥利芙的时候，你只会说一个字，那就是‘不’。那时候我在追你妈，每次一靠近她，你就举着小拳头喊‘不’。她明确地告诉我她所出售的是‘套装’——你和她。我逗她说，‘如果我只想要孩子呢？’我说这话的时候，她脸红了，连你都不再反抗我。得到了你的认可后，她开始考虑做我的老婆。你看，她什么都没说，我就已经知道要征服她，就得先征服你这个大头婴儿。”

“那时候，我刚出部队，刚回来，就在‘一荤三素’快餐店里跟奥利芙相遇了。我的房东太太劝我冷静，她自己也在寻女婿——她好像有六个女儿。她小声地对我说，‘奥利芙可是有个孩子的。’那语气，就像是在说她得了斑疹伤寒一样。但她的话让我更想认识奥利芙了，我不喜欢人们在背后说别人的坏话。六个月之后，我们就在法院结婚了。那时候，你还需要她抱着。要知道，对我而言，你就是我的儿子，永远都是。”

我点了点头。我知道他们的故事，甚至还跟沃尔特讲过。“你给我改名后，”我问，“我有没有觉得困惑？”

“那时候，你几乎都不会说话。”

“但我应该知道自己的名字吧。我用了多久才想明白的？”

“一分钟也没用。虽说一开始给你改名字是为了给奥利芙一个承诺，但我一直都拿你当自己的儿子。你是我现在唯一的亲人了。我有哪一次让你感觉你像个没有爸爸的人吗？我有哪一次让你觉得我没有尽全力吗？”

剪刀的“咔嚓”声停止了。我在椅子里转过身，面对大罗伊。他抿着嘴，下巴绷得很紧。“谁告诉你的？”我问。

“奥利芙。”

“谁告诉她的？”

“瑟莱斯蒂尔。”大罗伊说。

“瑟莱斯蒂尔？”

“你妈临终的时候她来了一趟。我们把病床安置在客厅里，方便你妈看电视。瑟莱斯蒂尔是自己来的，没有跟安德烈一起。就是那一次，她把奥利芙特别想要的娃娃给了她，就是按照你的样子做的那个。奥利芙戴着氧气罩，但还是缺氧。尽管如此，你妈也没有放弃，她一直在坚持。那场面让人看着非常难受。儿子啊，我本来不想跟你说这个。人们都说她的病情发展得太快了，检查出来才两个月，她就走了。她得的是所谓的‘杰克·鲁比癌’[1]。两个月听上去短，但实际很漫长。瑟莱斯蒂尔也不是太绝情，她来了两次。第一次是她刚听到消息的时候，她开了一晚上车，赶了过来。当时奥利芙正坐在床上，病得不是很重，更多的其实是累。她再次来的时候，就在她过世前。”

“最后那一次的时候，她叫我离开房间。我以为她要帮奥利芙清理身子。大概 15 分钟之后，门开了，瑟莱斯蒂尔拿着包，看样子是要走。奥利芙躺在床上，一动不动，异常安静，我还以为她死去了，吓得不轻。然后，我听到了她困难的呼吸声。她额头上有一处闪着亮光，那是瑟莱斯蒂尔吻别她的地方。

“在那之后，我哄着奥利芙吃吗啡，把药挤到她的舌头下，然后她说，‘奥萨尼尔跟他在一起。’这不是她说的最后一句话，却是她临死前说的最后一句重要的话。两天后，她就走了。在瑟莱斯蒂尔看望她之前，她还在抗争，还有活下去的念头。但在那之后，她就放弃了。”

“瑟莱斯蒂尔答应我要保密的，她为什么要那样做？”

大罗伊说，“我也不知道。”

1 杰克·鲁比，因枪杀肯尼迪总统而闻名，入狱后患肺癌，但直接死因并不是癌症，而是癌症导致的肺栓塞。

安德烈

我 16 岁的时候打了我爸，因为我觉得伊薇要死了。

医生说她完了，挺不过来了。所以我们得尽快走出悲伤的五个阶段[1]，赶在倒计时结束之前接受现实。我步入“愤怒”阶段之后，开车去了卡洛斯家，朝他下巴捶了一拳，当时他正在前院里忙着把灌木丛剪成球状。他的儿子——我的弟弟，我猜你们会这样叫他——跳了过来，想要帮他，但他太小了，我一推，他就倒在了草地上。“伊薇要死了。”我对我爸说。他没有举起拳头还击。我又揍了他一拳，这次是打在胸上。我再次伸胳膊打他的时候，他挡住了，但还是没有还击，而是吼出我的名字。我愣住了。

我弟弟站起来，看了看我，又看了看我们的父亲，等待指令。卡洛斯用我从没听他用过的温柔的语气说，“泰勒，回屋去。”然后又对我说，“你开车来这儿跟我打架浪费的时间，完全可以用来陪伊薇。”

---

1 心理学把悲伤分为五个阶段：一，否认；二，愤怒；三，讨价还价；四，沮丧；五，接受。

我说，“这就是你想说的？”

他无奈地摊开手，仿佛面对的是个难缠的小孩子。他脖子上的编织链闪闪发光。他的衬衫下挂着一枚十五美分硬币大小的金盘。那是他妈几十年前给他的，他从来都没摘下来过。

“你想让我说什么？”他温和地问，仿佛他真心不知道。

而且，这确实是个好问题。这么多年过去了，他还能说什么？说抱歉吗？

“我想让你说你不想让她死。”

“天啊，孩子，我不想让伊薇死。我一直都觉得我们迟早会和好，成为朋友，彻底冰释前嫌。她是个了不起的女人，就看你自己吧，是她把你养大的，这笔账我永远欠她。”

我知道他这么说是出于谦虚，但对我来说却是一件礼物。

一周之后，伊薇好转了，搬出了重症监护室，住进了医院三楼的一间普通病房。她的床头柜上摆了一束花，里面有六朵粉玫瑰、几片绿叶和一张卡片。她把卡片给我看：“赶快好起来。你真诚的，卡洛斯。”在那之后，我们之间的关系亲近了一些。他出于好意，会在节假日邀请我去他家吃晚餐。同样出于好意，我会回绝。这两年，我都会收到他的圣诞节卡片。往年的卡片里，都会塞着他老婆的炫耀信。那些“年度公告”我根本就不会看，我容不得她炫耀自己的孩子多么健康，多么茁壮。我不是嫉恨他们，只是并不了解他们。

这就是我羡慕罗伊的地方：他有一个好爸爸。我当然见过其他负责任的父亲，毕竟我家邻居就是瑟莱斯蒂尔和达文波特先生。但女孩的父亲与男孩的父亲是不一样的，一个是左脚的鞋，一个是右脚的鞋，虽然都是鞋，但不可互换。

我并不是每时每刻都在想卡洛斯，并不像那种因为没有父亲而心理扭曲的悲哀的黑人。伊薇把我教育得很好，我是个健全的人。但坐在方向盘后面、困于八车道高速公路中间的车道上的我，突然想找我爸谈话了。罗伊·汉密尔顿提前七年出狱也算不上是多大的变故，但这突如其来的加速让我胃里翻腾，头昏脑胀。

我渴望有一个导师或者教练。小时候，达文波特先生时不时会充当这个角色，但现在的他几乎连我的脸都不想见。伊薇知道后，啧了啧舌说，当爸的肯定不会喜欢睡他女儿的人。我跟她解释说有更深层次的原因。伊薇说，“在罗伊被逮走之前，他很喜欢他吗？”没有，他不喜欢他，但与此事并不相干。现在的达文波特对罗伊比对他女儿还要忠诚。甚至可以说，整个黑人种族对罗伊都很忠诚，他可是刚从十字架上下来的人。

“随时欢迎你。”我爸曾随口一说。那是去年的事了，我在瀑布路克罗格超市遇见了他和他老婆。他正推着一个购物车，里面有鸡肉、排骨、土豆、红糖、红汽水等等，都是做烧烤用的。他先看到的我，否则我们也不会说话。她的老婆很知趣，跑到一旁去买沙拉了。卡洛斯把他的手放在我胳膊上，说，“好久没见了。”

为什么一个家庭会变成这样？我见过我们的合照。我坐在他肩膀上，头发蓬松，就像小时候的迈克尔·杰克逊。我还记得我们的日常，他教我怎样不把尿溅到地板上。我甚至还记得他拿皮带打在我腿上的痛感——他倒也不常打我。我和他曾是父子，可现在几乎不讲话了。难道说，一个男人对儿子的爱，与他对妻子的爱共生共灭吗？不，不可能。他曾是我爸，虽然没有养我，但他的姓氏就像是我的皮肤一样，与我紧密相连。

“你随时都可以去我家坐坐。”他曾说。

我决定把他的话当真。

我不相信血缘创造家庭之说；亲情其实是我们亲手创造出来的，我们紧握着彼此的手，不离不弃，才有了亲情。基因上的共性确实会带来一些影响，可问题是，那些影响具体是什么呢？父亲的缺失给我的成长带来了困扰，就像一条腿长，一条腿短，虽然能走，但会一瘸一拐。

卡洛斯住在布朗利路，他的房子跟他以前和我们母子俩同住的那栋几乎一模一样，仿佛他还想过原来的日子，只是想换人一起过而已。甚至他的老婆珍妮特跟伊薇都有些相似，两个人都面色红润，骨架宽大。他们刚结婚那会儿，珍妮特靠做婚礼冰雕谋生。那时候的她比伊薇年轻多了，但这么多年过去了，她们年龄上的差距都看不出来了，时光真是不可思议。

卡洛斯裸着上半身打开了门，光秃秃的头上满是泡沫。他用一块亚麻毛巾擦着额头，灰绒绒的胸毛衬得那块圣克里斯托弗[1]金牌愈加闪亮。“安德烈，有什么事吗，孩子？”

“嗯。”我说，“我想跟你简单聊两句。”我见他怔了一下，又加了一句，“你说我随时都可以来的。”

他把门敞开，方便我进去。“那肯定的。进来吧。我去穿衣服。”然后，他对着家里的人喊，“安德烈来了。”

我走进屋，迎面扑来早餐的气味——培根，咖啡，还有一股甜味，闻着像肉桂面包。面前的门厅里立着一棵圣诞树，散发着松树的味道，上面凌乱地挂了一些亮晶晶的银球。尚未过节，地上就已经堆了几十件闪闪发光的礼物。礼物底下是一片白边红布，配色让人联想到圣诞老

---

1 在基督教文化中，圣克里斯托弗是旅行者的守护者，因而人们常把他的图像做成挂坠或者手镯随身携带。

人。我先是像小孩子一样，担心里面没有我的礼物，然后又像成年人一样，责备自己不该空着手来。

“树不错吧？”他说，“上面的小饰品都是珍妮特挂的。男人嘛，干不了那活儿，只会把树拖进门。”他弯下腰，把一根绿色的电线插进墙里。树上亮起了白灯，散发出澄澈的光芒，即使在阳光下都格外显眼。

就在此时，珍妮特出现了。她穿着孔雀蓝和服，一边整理头发，一边说，“你好，安德烈，很高兴见到你。”

“我也很高兴见到你，女士。”

“别叫我‘女士’。”她说，“我们是一家人，要不要一起吃早餐？”

“不了，女士。”我说。

她吻了一下我爸的脸颊，仿佛在提醒我这里是她家，他是她丈夫，是她孩子的爸爸；当然也可能是这么多年来，两个人依旧热情不减。不管是哪种情况，我都感觉自己来这里就是在背叛伊薇。其实，她现在对这件事看得很开了，因为她也找到了自己的真爱。

“我去刮一下头，你跟我过来吧。”他指了指头顶上的泡沫说，“我年轻的时候，女人就爱我的头发。我是黑人和波多黎各人混血，长着一头乌黑的波浪卷，打些发蜡，拿湿梳子一梳，堪称完美。可现在？”他叹了口气，仿佛在说“没有什么是永恒的。”

我跟着他在屋内穿梭。屋内一片安静，只有厨房里锅碗瓢盆的碰撞声。

“孩子都去哪儿了？”我问。

“上大学呢。”我爸说，“今晚才能到家。”

“他们上的什么大学？”

“泰勒上的是奥柏林学院，米凯拉是杜克大学。我本来想让他们去黑人大学，但……”他摇了摇头，仿佛不记得当年对我的要求了——他要我必须去他选择的学校，否则不给我付学费。

他走进浴室，站在两面镜子之间，小心翼翼地刮头上的泡沫。“迈克尔·乔丹就是我们这个年纪的黑人的救星。我们可以把头发刮掉，然后跟人说我们是故意留光头的。”

我仔细观察着镜子里的我们。我爸人高马大。曾有一张照片，上面是他抱着刚出生的我，跟他的胸膛比起来，我渺小得就像一颗核桃。他现在得有六十岁了，肌肉块都有些松弛了。他的左胸上有一块凸起来的疤痕，那是他加入兄弟会时烙上的“荣耀勋章”。他见我在看它，便用手遮了起来。“这个疤真叫我尴尬。”

“当年没能加入兄弟会，我也很尴尬。”

“别尴尬。这三十年来，我也明白了一些道理。”

他继续剃头，我开始打量镜子里的自己。似乎上帝知道伊薇最后会一个人把我养大，所以完全按照她的模样来制造我：宽鼻子，丰润的嘴唇，毛茸茸的浅棕色头发。我唯一随我爸的地方就是颧骨，像锁骨一样高高地支棱着。

“那么，”他把尾音拉长，像是余音未尽的鼓声，“你是来跟我谈什么的？”

“我要结婚了。”我说。

“那位幸运的女士是谁？”

我结巴了。他竟然不知道，叫我有些吃惊。刚才他发现我不知道他的孩子在上大学时，估计也是同样的吃惊。“瑟莱斯蒂尔，瑟莱斯蒂尔·达文波特。”

“啊！”他说，“你俩还是小不点的时候，我就看出来了。她跟她妈一样漂亮吗？等等，不对啊，她不是嫁给了一个家伙，后来那家伙成了强奸犯吗？莫尔豪斯学院的。他是兄弟会的吗？”

“他是无辜的。”

“谁说他是无辜的？你未婚妻？如果她还声称他没罪，那你就遇到麻烦了。”他看到我镜子里的眼睛后，语气深沉下来，“原谅我这个直肠子。现在人们管这个叫‘直白’，但你妈管这个叫‘混账’。”他笑了笑，“我来南方三十八年了，但说话还跟纽约人一样。”

在说“纽约人”的时候，他还特意切换了口音，就像在说另一个语言中的某个词语。

“你不知道所有的细节。”我想为瑟莱斯蒂尔和罗伊两人辩护，“我就是来跟你说这件事的。律师把他的案子推翻了，他现在出狱了，我正要去路易斯安那见他。”

我爸把剃刀放到水池里冲洗，然后扣上马桶盖，一本正经地坐在上面，仿佛那是个王座。我应他之邀，坐在大浴缸的边上，面对着他。“你要娶他的前妻。我知道你的难处了。”

“她还不是前妻呢。”我说，“在法律层面不是。”

“哎哟，了不得。”卡洛斯说，“我就知道你来这里找我谈，肯定是有大难处。”

我把整件事一五一十地跟他讲了一遍。我讲完后，他捏了捏鼻梁，仿佛头风发作。

“是我的错。”他闭着眼睛说，“如果由我来教育你，这种事就不会发生了。我肯定会教你要远离这样的泥潭。这种事没有赢家的。你一开始就不该跟别人的老婆乱搞。可是，”他谦逊地点了点头，“我又有什么资格说你呢？我当初就不该跟珍妮特在一起。伊薇把我赶了出去。没错，我确实有地方住，但是让我离开是她的决定。这你都知道，对吧？我并不想离开她。”他用一根手指在湿乎乎的脑袋上划来划去，寻找剃刀没有剃掉的发茬。

“我来这里不是为了听你说这个。”

“那你来干什么？”

“很明显，我需要建议，需要指导。你总得说些有智慧的话吧。”

“好吧。”他说，“你知道我搞过三角恋，你也知道最后的结局对谁都不好。我每天都会想你妈，我们俩青梅竹马。可她容不下珍妮特，而且——”

“你本可以自己去看她的。”

“珍妮特可是我老婆啊，我们还有两个孩子。我没得选啊，你要记住，当初是你妈把我赶出去的。”

“够了。”我说，“别再说这些过去的破事。她把你赶出去是因为你找了小三。她把你赶了出去，你就跟小三结了婚，而现在你却把错归在她头上。我呢？我没赶你走啊，我才二年级啊。”

尽管排气扇嗡嗡地转着，浴室里的空气还是很热。他的剃须泡散发着一股丁香味，让我感到恶心。我来这里干什么？我爸又不了解我，也不了解瑟莱斯蒂尔和罗伊，怎么可能在这场暴风雨里为我指引航向呢？

在我们沉默的时候，房子的另一头传来珍妮特唱歌般的声音，“吃饭啦！”

“走吧，安德烈。”我爸说，“吃点鸡蛋和培根。”

“我来这里不是想蹭你家的饭。”

卡洛斯把头伸进走廊，“我就过去，珍妮特。”然后急匆匆地转过身，仿佛他只争取到一分钟。“我们重新来。”他说，“你说你想要我的建议，那我的建议就是，实话实说，不要拐弯抹角。既然你能做出那种事，那就能说出那种话。你问一下你妈就会知道，当年我没有用甜言蜜语欺骗她，把她气得着实不轻。她一直都很清楚她老公是怎样一个人。

“你要告诉那个人你做了什么，以及你正在做什么，他知道这些就够了。跟他说的时候，你不要垂头丧气，而是要以一种通知他的姿态，让他看清你是什么样的人——不管他的态度如何。”

“然后我再干什么？”

“那要看他干了什么。我猜他会动手。他倒不会为此杀了你，因为他不想回监狱。但是，儿子啊，你肯定会挨一顿狠揍。受着吧，挨完揍，继续生活。”

“但是——”

“不要‘但是’。”他说，“哪怕他追着揍你，跑遍路易斯安那，也没关系，因为他没法把瑟莱斯蒂尔从你身边抢走，这又不是胜者得美人的决斗。”

然后，他笑了。我没有。

“好吧，儿子，我要严肃起来了。虽然我觉得你去路易斯安那挨一顿揍是罪有应得，但这并不意味着我不希望你和瑟莱斯蒂尔幸福。所有的爱情都会有一段操蛋的遭遇。”他用手指摸着胸上的伤疤。“当年我们太傻了，互相打烙印，拿自己当牲口或者奴隶。我们互相搏斗，把对方打出屎来。但这正是我们团结一心的原因，我爱我的每一个兄弟。我们一起受苦受难，相信我，这是真心话。可能这些年来，我能死心塌地留在珍妮特身边也是相同的原因，我为了她经历了太多，放弃了太多。”

说完，他把浴室门打开，我们走进喜气洋洋的屋子。正值十二月，天气寒冷，我在走廊里把外套的拉链拉上来，从闪闪发光的圣诞树旁经过，朝门口走去。我竟然还抱着小孩子的心态，在门口迟疑了一下——万一他给我准备了圣诞礼物呢？

“圣诞节那天再过来。”他说，“树下面会有一个专属于你的盒子。”

一眼就被人识破，我不禁羞红了脸。而且我和伊薇肤色一样，他能看出来我脸红。

我转身要走，但我爸按着我的肩膀，又让我转过身去。“我从来都没忘记你。”他说，“每年都惦记着，圣诞节更是如此。我只是没想到你会过来。”他拍了拍口袋，似乎期待着里面有什么东西，然后，沮丧地把金项链从刮得一干二净的脑袋上取了下来。“这是我高中毕业后，你奶奶在唐人街买的。别的男孩在上大学前，得到的是打字机，或者公文包之类的礼物，但她给我的是一个圣人。圣克里斯托弗会保佑你旅途平安，还会给单身汉带来好运[1]。”在递给我之前，他吻了一下雕刻在上面的那张脸。“真希望你见过她，有个波多黎各人当奶奶是极其幸福的事。去东哈莱姆待[2]上一两个夏天，你就不是现在这个样子了。”他用手掌颠着金项链，仿佛它是一枚骰子。“听着，它归你了。虽然我遗嘱里就是这么写的，但也没必要让你等下去了。”

我爸抓住我的手腕，把项链塞进我的手里，然后按着我的手指，用力很大，压得我手都痛了。

---

1 原文为西班牙语“buena suerte”，祝你好运。

2 东哈莱姆，位于纽约曼哈顿区，是纽约最大的拉丁族裔集聚区，居民主要为波多黎各裔。

罗伊

说“再见”不是我的特长；我是那种喜欢说“下次见”的人。出狱的时候，我都没跟沃尔特说再见。在我离开的前一天，他因为在院子里跟人打架，被关禁闭了。我一边把自己的物品堆在沃尔特的领地上，一边想他是不是也不擅长道别。我知道自己会思念他的，所以在留给他的笔记本的第一页上写了几句话。

亲爱的沃尔特：

监狱门一打开，该走就得走。我会跟你保持联系的。这几年来，你是我的好父亲。

你的儿子，

罗伊

在这之前，我从没说过我是他的儿子。虽然他在我心里是父亲，但我总有种愚蠢的恐惧，怕大罗伊发现，甚至还怕坟里的奥利芙知道。不过，我还是留下了这个便条，并在他的枕头上留下了一张瑟莱斯蒂尔寄给我的照片，以及一张她在希尔顿黑德岛海滩上的照片。其他人都有孩子的照片，为什么不给沃尔特呢？“你的儿子，罗伊。”对啊，我是他的儿子。

该去悼念奥利芙了。她所在的坟地曾被称为“有色人种坟场”，可追溯至19世纪奴隶制刚结束的时候。方特诺特先生曾带我来这里收集残碑上面的版画，而现在，他自己也在这片土地之下了。镇上还有其他的墓地，这年头，墓地跟其他东西一样，都没有人种之分了。但据我所知，还没有人选择除“长眠公墓”之外的墓地来安置他们的家人。

大罗伊送我出发的时候，递给我一大束裹着绿缎子的黄花。我开着克莱斯勒，行驶在坑坑洼洼的墓地中央，最后停在小路的尽头。我从车里钻出来，朝东走了十步，又朝南走了六步，始终把花束藏在背后，仿佛它是情人节礼物。

时下流行在墓碑上刻死者的肖像，这些新竖起的墓碑靓丽得就像凯迪拉克。我从它们间穿过，发现上面的面孔几乎都是年轻人。其中有一块满是粉色口红印，我在旁边驻足，在心里算了一下：15岁。我又想起了沃尔特。“6个，或者12个。”他心情不好的时候常这样说。忧郁虽不是他的常态，但也来得频繁，以至于我都能看出他忧郁的前兆。“黑人的命就是这样，要么被6个人抬着，要么被12个人审判。”

我谨遵大罗伊的指示，在一颗山核桃树下向右转，仿佛他的话就是一张藏宝图。果然，奥利芙就在那里，跟他描述得丝毫不差。

看到那块暗灰色的墓碑，我不由自主地跪了下来，膝盖重重地落在野草稀疏的、土壤板结的黑土地上。墓碑顶端刻着我们家的姓氏，底下写的是“奥利芙·安”，右边是“罗伊”。我不禁屏住呼吸，没想到他们已经为我备好了坟墓，但转念一想，我妈旁边的位置应该是我爸的。我了解大罗伊，他应该是觉得既然已经雇了石匠，何不把自己的名字一起刻上。到时候料理他的后事，我只需负责日期就行了。我抚摸着他们的名字，不知道我死之后会埋在哪里，这个墓地已经很拥挤了，奥利芙周围都是邻居。

墓碑上固定着一个生锈的金属花瓶，我把花塞进去，仍然双膝跪着，没有起身。“祷告。”大罗伊曾说，“把你需要告诉她的事告诉她。”可我都不知道从何谈起。

“妈妈。”我说着，便开始痛哭。上一次哭还是在被判刑的那个可怕的日子，我在一个冷漠的法官面前丢人现眼，鼻涕横流的啜泣与瑟莱斯蒂尔和奥利芙悲伤的伴奏融合在一起。现在我没有伴奏，痛哭让我的喉咙像是呕吐烈酒时那般灼痛。“妈妈”两个字，成了我唯一的祷告词。我拍打着大地，仿佛感受到了圣灵的存在，但我体会到的不是狂喜，而是沉痛。我倒在冰冷的黑土地上抽搐，浑身疼痛不已——关节痛，后脑勺撞击般地痛，就仿佛我把一生中所有的伤痛又经历了个遍。疼痛持续了好一阵才消失，我疲惫地坐起来，身上沾满泥土。

“感谢你。”我对着空气低语，说给奥利芙听，“感谢你让我不再疼痛，感谢你做我的母亲，感谢你对我的照料与关爱。”然后，我一动不动，期望着能听到她的回应，比如一声鸟鸣，什么都行。但坟地里寂静无声。我攒了攒劲儿，站起身，尽力拍掉卡其裤上的泥土，然后把手放在墓碑上。“再见。”我咕哝道，因为我想不出其他话语了。

在加油站给我爸的车加油时，我终于在恍惚间听到了我妈的声音。“任何傻瓜都会走路。”每当她说“任何傻瓜”都可以干什么的时候，她都会在后面接上一个“真正的男人”会怎样处理问题。除此之外，她还喜欢谈狗能够做什么。比如，“就连狗都能生一窝崽子，一个真正的男人要养育他的孩子。”类似的道理她还有几十个，她时常拿它们向我轰炸。我呢，则尽自己最大的努力去成为她心中真正的男人。只是，她从未教过我怎样说再见，因为在她眼中，真正的男人不需要说再见，他们不会离开。

我手里拿着油喷嘴，愣在那里，等着她给我分享更多的人生智慧，但显然，那句话便是所有了。

“好的，夫人。”我出声地说，然后把车转向硬木小区。

我欠达维娜·哈德里克一个真正的再见，还欠她一句谢谢。或许我该直截了当地告诉她，我就是个残次品，不是所谓的理想恋爱对象，摆脱我将会是一个明智的选择。这些都是事实，我都不必提起瑟莱斯蒂尔。可是，即使我在脑中这样演练，我心里也清楚不会那么简单。虽然我和达维娜发生了性关系，但我们之间不只是性关系。我们的关系肯定没有达到我和瑟莱斯蒂尔打算要孩子时的那个层面，更像是跳舞跳到深夜，喝酒喝得身体不听使唤，任由音乐摆布的时候，你和一个女人对视，然后与她共舞，这是其一。其二是她把我睡好了。这话儿我肯定不会说出口——有些话儿女人不爱听——但这就是事实。有时，治愈一个男人的唯一方法就是让他进入一个女人，一个以恰当的方式呵护他的合适的女人。这是我需要感谢她的地方。

我到了她家门前，按响门铃，开始等待。其实，我知道她不在家。我想留个便条，就跟我给沃尔特留的那张差不多，但又怕那样做太渣。女的给男的写分手信不好，男的给女的写分手信更差。我并不是嫌写信俗气，而是想好好做人。她让我不再是那个刚出狱的黑鬼，让我找回了做人的感觉，这种恩情我要怎样报答？我要回报她什么才能不欠她？除了可怜的自己，我什么都给不了她——更具体一点，是可怜的已婚的自己。

我回到车里，发动引擎，打开暖风。我不能一直坐在里面等她回来，浪费我浪费不起的时间，消耗我消耗不起的油。我在储物箱了找了一番，发现一根铅笔和一个便笺小本子。要是打算留便条的话，最起码应该用一张完整的大纸才妥当。我钻出汽车，在后备厢里翻了翻，除了我的行李袋和一张地图册之外，什么都没发现。我坐在挡泥板上，用手掌当桌子，琢磨该写些什么话。“亲爱的达维娜，非常感谢这两天你对我肉体上的滋养，我现在好多了。”这种话想想就罢，还是别下笔去写了。

“她在上班。”我身后传来一个声音。

一个大概五六岁的小家伙站在那里，脑袋小得像花生，头上歪歪扭扭地戴着一顶毛毡圣诞帽。

“你是说达维娜吗？”

他点了点头，往酸黄瓜里塞了一根糖棒，酸黄瓜外裹着一层玻璃纸。

“你知道她什么时候回来吗？”

他点了点头，开始吸吮酸黄瓜和薄荷糖。

“那你能告诉我是什么时候吗？”

他摇了摇头。

“为什么不行？”

“因为关你什么事啊？”

“贾斯汀！”一个女人从隔壁的门廊里喊道——就是我的法语老师曾住过的那栋房子。

“我没跟他说话。”贾斯汀说，“是他跟我说话。”

我向站在方特诺特先生家门廊里的女人解释道，“我在找达维娜。贾斯汀说她在上班，我想知道她什么时候回家。”

她大概是贾斯汀的奶奶，个子很高，皮肤黝黑，太阳穴两边的白发编成小辫，绑在头顶上，搞得她的头像个篮子。“关你什么事啊？”

贾斯汀朝我坏笑。

“她是我朋友。”我说，“我就要离开镇子了，想跟她道别。”

“你可以给她留个便条。”她说，“我会转交给她的。”

“便条太敷衍，配不上她。”我说。

那位奶奶挑起眉毛，仿佛明白了我的意思——这不是那种“下次见”式的道别，而是真正的永别。“圣诞节比较忙，她半夜才下班。”

我不能干等一整天，只为了当面叫她失望。现在是下午 4∶25，该动身了。我向贾斯汀和他的奶奶致谢，回到车里，朝沃尔玛驶去。

我走进商店，在过道里四处寻找，终于在工艺用品区附近发现了她。她正在给一个戴眼镜的瘦子剪一条毛茸茸的蓝色布料。“再给我来一码吧。”他说。她把布从布卷上解了两圈，又用一把大剪刀把它剪了下来，然后叠好，贴标签。此时她注意到了我，一边把布递给那个人，一边朝我微笑。我感觉自己是世界上最差劲的人。

那人走开后，我朝裁剪台走去，仿佛我也需要剪几码布。

“先生，有什么要买的吗？”她说。看她的笑容，就像是在玩某种节日里玩的游戏。

“达维娜，”我说，“我能跟你说会儿话吗？”

“你还好吧？”她盯着我身上的脏衣服问，“发生了什么事吗？”

“没。”我说，“只是没机会换衣服而已。我有话急着对你说。”

“我今天不能歇班，你去拿块布料再来找我，我们就在这儿说吧。”

布料都是按颜色排列的，这让我想起了我妈。周六的时候，她常拽着我去亚历山德里亚的“布料城”。我抓了一卷金色斑点红布，回到裁剪台，递给达维娜，她随即开始展开布卷。

“有的人会问这一卷有多长，所以我们得从头到尾量个遍。你说你的，我量我的。说吧。是来这里说你想我了吗？”她再次微笑。

“我是来这里说我会想你的。”我说。

“你要去哪儿？”

“回亚特兰大。”

“要待多久？”

“不知道。”

“你要去找她？”

我点了点头。

“从一开始，你就是这样计划的，对吧？”

她猛地拉了一下，布料从卷轴上脱落，摊在桌子上，就像电影明星参加活动时走的红毯。她对照着桌子边缘的码尺开始测量，并低声计数。

“我不是那个意思。”我说。

“我特意问了你有没有离婚。”

“我告诉你了我不知道。”

“可你的行为不像是不知道。”

“我想说谢谢你，这是我来这里的原因，来跟你道谢和道别。”

达维娜说，“我想说操你妈，怎么样？”

“我们的关系是特殊的。”我感觉自己就是个混蛋，但我没说一句谎言，“我在乎你，请不要这样。”

“我想怎样就怎样。”她气得不轻，强忍着不哭出来。“你走吧，罗伊，去找那位亚特兰大女士吧，但要答应我两个条件。”

“好。”我迫切地想要做些什么，想要向她表明我的诚意，表明我不想伤害她。

“不要给我传绯闻，不要跟别人说你刚出狱就饥渴地跟一个沃尔玛的女人上了床，不要跟你的朋友讲。”

“我不会说的，而且事实也不是那样。”

她举起手，打断我的话，“我是认真的，不准你再提我的名字。再就是，罗伊·汉密尔顿，你给我保证，永远不要再敲我家的门。”

瑟莱斯蒂尔

“是爱情，还是便利？”感恩节那天，葛洛莉亚曾问我。当时，我爸已经怒气冲冲地跑上楼了，安德烈去拿我们的大衣了。她解释说，便利、习惯、安慰、义务——它们有时都会披着爱情的外衣。我与安德烈在一起，是不是只是图个方便？他就是所谓的邻家男孩啊。

如果我妈现在在这里，那她就能明白我们选择的恰恰不是方便。圣诞节期间很忙，我的生意只有两个人打理。偏偏此时，我蒙冤入狱的丈夫被释放了，所以还得告诉他我跟另一个男人订了婚。这情景可以用很多词来形容——悲剧，荒诞，不可能，甚至是不道德——但绝不是方便。

我和安德烈已经商量过如何尽可能温柔地向罗伊解释，此刻他正在演练“台词”。我抬头望着空荡荡的树枝，嘀咕道，“‘老核’在这儿得有多久了？”我们的房子是在1967年建成的。房子刚一落成，我爸妈就搬了进来，准备要孩子。但“老核”比那还要老。当初建筑工人清理建房用地时，砍掉了很多松树，树墩也被从土里炸了出来，唯独“老核”

留了下来。

安德烈拍了拍粗糙的树皮。“只有一个办法才能知道它在这里多久了，那就是把它砍了，数一数年轮。我可没好奇到那种程度，知道它是古树就行了。‘老核’见证了历史的变迁啊。”

“准备好了没？”我问他。

“哪有‘好’那一说。”安德烈倚在树上，把我拽到身边。我没有反抗，而是用手指抚摸他稠密的头发，然后想靠过去亲他的脖子，但他抓着我的肩膀，保持我们的距离，以便看清彼此的脸。他的眼睛里反射着冬日的灰色和棕色。“你害怕。”他说，“我能感觉到你身体里的颤抖。跟我讲讲吧，瑟莱斯蒂尔。”

“是真的。”我说，“我们的感情是真的，不只是图方便。”

“宝贝。”安德烈说，“爱情本就该方便，本就该容易。《哥林多前书》[1]里不就是这么说的吗？”他再次让我贴近他。“我们的感情是真的，是方便的，是完美的。”

“你觉得罗伊会跟你回来吗？”

“可能会，可能不会。”安德烈说。

“如果你是他，你会怎么做？”

安德烈松开我，然后迈过一根钻出地面的树根。空气冰凉而干净。“我不知道，因为我没法想象自己是他。我尝试过，但站在他的立场上，我一分钟都坚持不了，而他已经坚持了几年。有时候，我觉得如果我是他，我会做一个绅士，有尊严地选择放手，并祝你幸福。”

我摇了摇头。罗伊不是那种人。虽然他的确在乎尊严，对于他这种人来说，选择放手就是放弃自尊。葛洛莉亚曾告诉我，你最好的品质

1 《圣经》新约中的一卷，其中有很多有关道德、婚姻和爱情的论述。

也是你最大的缺点。她拿自己的适应能力来举例。“该反击的时候，我很可能选择忍让。”她说，“结果忍着忍着，竟过上了自己喜欢的生活。”她告诉我说，我从很小的时候就很任性。“你向来是想要什么，就去干什么。你爸一直想纠正你，但你就跟他一样，既聪明又倔强，还有一丁点自私。不过女人啊，还是要自私点比较好。”她说，“否则就会被这个世界践踏。”罗伊在我心中是一个斗士，他的性格就是个双刃剑，锃亮而锋利。

“但我也不确信。”安德烈自言自语道，“他貌似失去了一切——他的工作，他的房子，他的老婆——现在他想把一切都要回来。他的工作是要不回来了，因为商业社会是不等人的，何况他又是个黑人。他还想把婚姻要回来，就好像你这些年一直放在冷库里冻着。所以我现在要干的，就是把他的这个美梦夺走。”他比划了一下，想把我们的房子，我们的身体，甚至我们的城市涵盖在内。“我惭愧得要死，又不能说谎。”

“我也是。”我说。

“何苦呢？”他用胳膊揽着我的腰问。

“从我记事起，我爸就常跟我说我有多么幸运。我不需要挣扎，每天都能吃上饭，从没有人当面叫我‘黑鬼’。他常说，‘出生的偶然性是影响幸福的首要因素。’我爸带我去过格雷迪医院的急诊室，让我去看那些可怜的黑人生病后是怎样接受治疗的。那年我才八岁，回到家时都吓傻了，葛洛莉亚看到后大发雷霆。但我爸说，‘我不介意住在瀑布山庄，但她必须得知道黑人生活的全景。’葛洛莉亚火冒三丈，‘她又不是社会学试验品，她是我们的女儿。’我爸说，‘我们的女儿需要长见识，需要知道自己有多幸运。当我是她这么大的时候……’我妈打断了他。‘闭嘴，富兰克林。社会是会进步的，你比你爸过得好，我比我爸过得也好。别搞得跟她偷了什么东西似的。’我爸回道，‘我没说她偷了什么，我只是想让她知道自己拥有什么。'”

安德烈摇了摇头，仿佛我的记忆就是他的。“你有权过自己的生活，出生在一个好的家庭不是偶然，一切都不是偶然。”

我深深地吻他，并送他上路，仿佛他奔赴的是战场，而非路易斯安那。

罗伊

邮政信箱973号

路易斯安那州，埃罗镇，98562

亲爱的沃尔特：

来自外部世界的问候。请忽略这封信上的寄件人地址，因为我也不知道你收到这封信的时候我在哪里。现在，我在密西西比州格尔夫波特市外的一个停车休息区里，打算在这边定一个房间过夜。明天一早，我就去亚特兰大找瑟莱斯蒂尔，看看那边还有没有我一席之地。两种结果均有可能。我并不觉得自己对她还没跟我离婚这个事实过度解读了，反正明天这个时候答案自会揭晓。

我手里有钱，并对此心存感激。我小时候有个储蓄账户，本周二，我去了趟银行的支行，打算把里面的钱都取出来，不料遇到一个小奇迹。奥利芙在知道瑟莱斯蒂尔在给我打钱之后，就不再给我打钱了，转而为我的未来攒钱。她把每周六卖蛋糕挣的钱存给了我，所以我现在有将近3 500美元。这意味着我不必以一个流浪汉的身份出现在瑟莱斯蒂尔家门前——尽管我现在确实算个流浪汉。但至少我不是一个身无分文的流浪汉。

瑟莱斯蒂尔不知道我要过去，而且令我开心的是，我终于听不到你关于此事的忠告了！虽然有些复杂，但还是解释一下吧。她要派安德烈去埃罗接我，估计他明天一大早就会出发。我之所以不告诉她我要过去，是因为我想单独见她，我们旁边不能有安德烈。我并不是在说他们之间有什么，而是说他们之间一直都有点什么。你懂我的意思吗？难不成现在的我化身“小尤达”了？当然，最重要的是我不想有人打扰我和她的对话。如果他开车去了路易斯安那，那他返程还会需要一天的时间，所以我有两天的时间去做我需要做的事。

承认吧，这是个精明的计划。

看来我真的是你的亲儿子。

顺便说一下，我要抽一部分钱汇到你的账户上，可别一口气全花光了！照顾好自己，有机会要为你儿子祈祷。

爱你的，

罗伊·奥

慷慨之举

Generosity

安德烈

我们不是要抛弃他，也不是要告诉他他不受欢迎。我去埃罗，是为了跟他坐下来单独谈谈。我会告诉他，在过去两年里我和瑟莱斯蒂尔是伴侣，而且现在我们已经订了婚，但这并不意味着他无家可归。如果他想在亚特兰大安顿下来，我们会给他安排一个公寓。他需要什么，我们就给他提供什么。我要跟他强调，他能出狱我们有多开心，正义能得到伸张我们有多感激。瑟莱斯蒂尔建议我寻求他的“原谅”，但我不能答应她。我会寻求他的“理解”、他的“克制”，但不会求他原谅我，毕竟我和瑟莱斯蒂尔并没做错。当下的情形再复杂，我们也不会跪在他面前求他。

昨晚，在我们迷迷糊糊要睡着时，瑟莱斯蒂尔嘟囔道，“可能我去更好，让我去告诉他吧。”

“还是让我去吧。”我说。

这也算不上什么计划，但我只能这样。我把车停在汽车停靠站，买了一杯咖啡，杯子的材质是泡沫聚苯乙烯，不知有多少化学物质渗进了我的咖啡。

离开州际公路之后，我把车开得非常谨慎，仿佛在考驾照。我可不想吸引警察的注意，尤其是在路易斯安那州的乡间小道上。能发生在罗伊身上的，就能发生在我身上。一来我的肤色让人起疑，二来我的车太显眼。在大多数事物上，我都是个低调的人，从不追求新鲜刺激；甚至有时候，瑟莱斯蒂尔会趁我不注意，把我钟爱的旧衬衫丢掉。不过，我对好车倒是情有独钟。我的这辆奔驰–梅赛德斯 M 级轿车已经害我三年内被拦了六次，甚至有一次还被警察按在车头上。显然，品牌 + 型号 + 种族就等于毒贩子，即便是在亚特兰大。不过，大多数时候还是在比郊区还郊区的贫民区（其实像巴克海特[1]那样的贵族郊区也不安全）被拦。人们常说：往亚特兰大之外走五英里，你就能见识到真正的佐治亚。人们还常说：你怎么称呼一个黑人博士？[2]同样的称呼也用在开高档越野车的黑人身上。

罗伊家院子里的克莱斯勒不在，让我差点没认出来。我围着这个街区转了两圈，迷惑不已，最后是门廊里的那两把修伊・牛顿椅子让我确信自己找对了地方。我把车开到房子跟前，保险杠都挨上了门廊。此时，一排泛光灯打到我身上，我像盯着太阳一样遮住眼睛。

“你好。”我喊道，“是我，安德烈・塔克，我是来找小罗伊的。”邻居在播放柴迪科舞曲，喧闹而轻快。我走得很慢，仿佛担心动作太迅速，会有人拿枪毙了我。

大罗伊站在纱门后，穿着条纹围裙。“进来吧，安德烈。”他说，“吃饭了没？我在做三文鱼丸。”

---

1 巴克海特区，亚特兰大豪宅云集地和夜生活的大本营。

2 美国黑人民权运动领袖之一马尔科姆・艾克斯曾问，“你怎么称呼一个黑人博士？”答案是“黑鬼。”言外之意，无论黑人取得什么成就，都会被人蔑称为“黑鬼”，可见种族歧视之深。

我跟他握手，他把我领进客厅。我来过这里，所以记得这间客厅。与之前不同的是，那张病床不见了，绿躺椅也换新了。

“你应该知道，我是来接罗伊的。”

大罗伊朝房子中央走去，我紧跟其后。他走到厨房里，调整了一下围裙线，在粗壮的腰上重新打了个结。“小罗伊走了。”

“去哪儿了？”

“亚特兰大。”

我坐到饭桌上。“什么？”

“你饿不？”大罗伊问，“我可以给你炸几个三文鱼丸。”

“他去亚特兰大了？什么时候走的？”

“有一段时间了。我先给你做点吃的，然后再谈细节。”他递给我一杯紫色的“酷爱牌”果味饮料，尝起来有股夏天的味道。

“谢谢你，先生，很感谢你的热情款待。但你能给我大概讲一下吗？罗伊去了亚特兰大？怎么去的？飞机？火车？汽车？”

他似乎面临着一个单选题，一边思考，一边开罐头，最后终于说，“汽车。”

“谁的汽车？”

“我的。”

我把掌根按在眼睛上。“你在开玩笑吧？”

“没。”

我掏出口袋里的手机。这里离最近的信号塔估计得有一百英里，但还是要试一下。

“这里太偏了，手机没信号的。现在的孩子都想在圣诞节得到一部手机，纯粹是浪费钱。”

我看了一下手机屏幕。电量很足，就是没信号。我不禁怀疑自己中了圈套。墙上挂着一部绿色的拨盘式电话，我用下巴指了指，问，“我可以用吗？”

他一边把“乐之”饼干碾成渣，一边耸耸肩，说，“电话昨天就被掐断了。奥利芙一走，经济上应付不过来啊。”

我安静地看着他把鸡蛋打到一个小碗里，然后缓慢而小心地搅动，好像害怕伤到它似的。

“非常抱歉。”我有些尴尬，刚刚就不该问电话的事。“没想到你过得这么不容易。”

他再次叹气。“大概能凑合着过。”

我坐到饭桌旁，看着大罗伊做饭。这些年对他来说着实不易。他跟我爸年纪差不多，但背已经驼了，嘴角也有了皱纹。这是一张爱得太深的男人的脸。

相比之下，我爸神态傲慢，相貌英俊，面部皮肤如玻璃般平滑。卡洛斯标志性的金链子就跟《周末夜狂热》[1]一样受人欢迎，至少在我眼中是那样。当然，他也可能只是拿它当作母亲送的护身符。我还不确信它对我来说意味着什么。

大罗伊把鱼丸丢进热油锅里，说，“你得在这儿过夜了，冬天黑得早，现在回去太晚了。而且，看你的样子，怕是不能再坚持七个小时了。”

我双臂交叉，放在桌上，为沉重的脑袋搭了一个巢。“到底是怎么回事？”我嘴上问，心里却没期待他回答。

最后，他终于做好了这顿简易的晚饭——三文鱼丸和胡萝卜片。鱼丸可能还算好吃，但我没什么胃口，所以只能说“能吃”。大罗伊拿着

1　1977 年上映于美国的青春歌舞片。

一把短叉子，把他的那份吃得精光，包括胡萝卜。他时不时冲我微笑，但我还是感受不到热情。晚餐后，我去洗盘子，他则小心翼翼地把用过的油倒进一个锡罐里。然后，我们齐心协力把餐具烘干收好。每隔一两分钟，我就停下来，看一下手机有没有出现一格信号。

“罗伊什么时候走的？”我问。

“昨晚。”

“那么……”我说着，算了一下。

“他差不多在你出发的时候能到亚特兰大。”

所有餐具都洗净、烘干、收好，桌子也擦干净之后，大罗伊问我喝不喝尊尼获加威士忌。

“喝，先生。”我说，“喝点也无妨。”

最后，我们手拿酒杯，坐在客厅里。我坐在硬沙发上，他坐在那张大皮躺椅上。

“奥利芙刚过世的时候，我没勇气睡在我们的床上。之后的一个月，我都睡在这张椅子上。我躺在上面，把脚垫弹起来，再拿个枕头和毯子，就这么过夜。”

我点了点头，想象着那个画面，记起他在葬礼上崩溃而坚定的样子。“跟他一比，”瑟莱斯蒂尔曾说，“我感觉自己就是个骗子。”当时，我并没有告诉她，大罗伊给我的恰恰是相反的感受。我能体会到他比坟墓还要深的情感，我也能理解他想得到一个永远得不到的女人时的绝望。

“我花了一年时间才学会没有奥利芙该怎样睡觉，如果我现在晚上那个样子能叫睡觉的话。”

我再次点头，喝了一口酒。墙壁上镶着黑色的木板，挂着罗伊不同年龄段的照片，他们都盯着我看。“他怎么样了？”我问，“罗伊恢复得还行吗？”

大罗伊耸了耸肩。“一个背着别人的罪名蹲了五年监狱的人，能恢复成这样已经很不错了。他失去的太多了，可不只是奥利芙啊。罗伊原本有自己的人生规划，一切按照规划行事，他可以比我走得远，可后来……”

我重重地躺在靠背上。“罗伊知道我要来，为什么一声不吭就走了？”

大罗伊抿了一口酒，神态精明，似笑非笑。“我要先感谢你在我妻子的葬礼上帮的忙。你当时拿那把铁铲肯定也是出于真情实感，我也为此向你表示感谢。我此时的感谢可都是真心的。”

“你不必谢我。”我说，“我只不过是——”

但他打断了我。“但是，孩子，我知道你要干什么，也知道你来这儿要跟小罗伊说什么。你跟瑟莱斯蒂尔勾搭在一起了。”

“先生，我——”

“不要否认。”

“我没想否认，只是想说我不想跟你讨论这件事，这是我跟罗伊之间的事。”

“这是瑟莱斯蒂尔跟罗伊之间的事，他们才是夫妻。”

“他走了五年啊。”我说，“而且我们觉得他还有七年才能出来。”

“可他现在就出来了。”大罗伊说，“他们两个是结过婚的合法夫妻。年轻人不尊重婚姻啊。告诉你吧，我娶奥利芙的时候，婚姻是如此神圣，以至于男人们都渴望娶到一个刚从父亲房子里走出来的贞洁的妻子。人们警告我不要靠近她，因为她有个孩子，但我只听从我的内心。”

“先生，”我说，“我说不清自己对婚姻有什么看法，因为它太宏观了。但我清楚我跟瑟莱斯蒂尔是什么样的关系。”

“可你不清楚罗伊跟她是什么样的关系，我只在乎这一点。至于你以及你的感受，我才不关心呢，我的儿子最重要。”大罗伊站起身，向前伸出胳膊。我以为他要揍我，其实是去拿遥控器。他打开电视，屏幕上有一个厨师正在演示某款神奇的搅拌机。

我沉默了大概一分钟。突然，电话响了起来，绵长而响亮，就像火灾警报。

“你不是说电话被掐断了吗？”

“我骗你的。”他说着，抬起眉毛。

“没想到你是这种人。”我终于绷不住了，真的受够了这些阴阳怪气的父亲——罗伊的，瑟莱斯蒂尔的，还有我自己的。“我还以为你是个讲信用的人，没想到你也说话不算数。”

“告诉你吧，”这次他确实在微笑，“对你撒谎的时候我还心怀愧疚，但看到你相信之后，我就不愧疚了。”他的微笑变成了坏笑。“你觉得我像付不起电话费的人吗？”

他咯咯笑了起来，声音低沉而缓慢，一声比一声有力。我转动脑袋，四处寻找隐藏的摄像头。今天发生的事情就像是一场爱情喜剧，而我在里面是那个得不到女主的男二。

“笑吧。”大罗伊说，“有时候你只能去笑。”我还真笑了。最开始，我的笑是出于礼貌，为了迎合这个老头子。但后来，一股情绪从我胸腔里喷涌而出，让我笑得失去控制，像个疯子，就仿佛你知道上帝也在笑，但他不是陪你笑，而是嘲讽你。

“再跟你说一件事。”像水龙头里的水一样，他的笑戛然而止。“你可以在我家过夜，但不许用我的电话。你跟瑟莱斯蒂尔单独相处已经有多少年来着？五年？你有那么多时间证明自己。把今晚让给罗伊吧。我知道你想去争取她，但既然是两者相争，那就要公平公正。”

“我想知道她现在还好吗。”

“她没事的。小罗伊不会伤害她。而且，她也知道我家的电话，要是她有话要说，自然会打过来的。”

“可刚才那个电话可能就是她的。”

大罗伊拿起遥控，就像拿起法官用的小木槌。他关上电视，屋子里非常安静，我都能听到外面蟋蟀的叫声。“听着，我为罗伊做的事，你亲爹也会为你做。”

瑟莱斯蒂尔

我时常见到他，每次都会呼吸急促，胳膊和脖子突然冰凉，汗毛竖立。人是可以与鬼魂共生的。葛洛莉亚说她母亲过世后，每逢周日早上都会回来看她，如此持续了一年之久。比如，在葛洛莉亚对着镜子抹口红的时候，我的姥姥会出现在她的左肩上方，她刚下葬不久，但是镜子里却一副活人的样子。有时，葛洛莉亚会抱起我，问，“你看到姥姥没？”我只能看到我自己的倒影：一个扎着丝带、准备去上主日学校[1]的小姑娘。“没关系。”葛洛莉亚说，“她能看到你。”我爸觉得这太荒诞，他说他的教派是经验主义，如果某个东西不能用科学计数或者测量，那它就不存在。葛洛莉亚倒不介意他不相信她，因为她更愿意独享镜子中的母亲。

我并不是在一锅水里或者一片烤面包里瞥见的罗伊的脸。我丈夫的魂魄出现在别的男人身上，他们都是年轻人，全年留着干净利索的短发。他们跟罗伊在外形上不一定相似，什么样的长相都有。但他们皮肤

1　又名星期日学校。在欧美国家，某些教堂会在周日针对儿童开办基督教学堂。

上都散发着志气，如同浓郁的古龙香水，又如搅动空气的能量微波，但最后都化作我嘴里的哀悼，留下灰烬般的味道。

圣诞节前一天的前一天，安德烈开车驶上州际公路，先向西，再向南，去尽我该尽的义务了。我就不该派一个男人去做女人的工作。当他坚持要“为我做这件事”的时候，我退让了。我也不知道自己是怎么了，我可是向来都很勇敢的啊？

我和我爸在婚宴上跳舞的时候，他对我说，“偶尔也要让男人做一回男人。”

爱情和香槟使我迷醉，我笑话他说，“什么意思啊？让他站起来尿尿？”

我爸说，“有时你不得不接受自己的局限。”

“你接受自己的吗？”我语气中带着质疑。

“不过当然了，小瓢虫，你得先结婚，才能懂这个教训。”

他转得我头晕目眩，我再次笑话他，“我的婚姻不会，它是与众不同的。”

圣诞节前一天的前一天的前一天，我在安德烈的旅行袋里装了几件干净衣服，放了几盒日常药品，以防他头疼、失眠或感冒。第二天一大早，我站在私家车道上目送他离开。他把车开得小心谨慎，生怕伤到车轮或压坏草坪。十二月的草虽然枯黄，但根是活的。我的双腿紧绷，仿佛想去追他，把他带回温暖的厨房，但我的胳膊却挥动着，嘴里飘出道别的话。

之后，我便去上班了。

“普培”店位于黄金地段，在弗吉尼亚大道与高地大道的交会处。

附近的房屋精致秀气，风格多样，有修葺一新的宅邸，可爱的小别墅，漂亮的小餐馆，还有价格不菲的精品店。冰淇淋店给的冰淇淋很慷慨，里面的服务员都是大学生，他们说话一张嘴便露出彩色的牙套。这里唯一的不便当属停车了，停车位太难找，让你觉得其他缺点都是优点。

亚特兰大西南部是我的家乡，无论将来在何处定居，这都是不可改变的事实。只是有时候，我会幻想自己跟安德烈住在东北部，甚至是迪凯特市。我并不是想重新来过，只是想有一点呼吸的空间。那样的话，我们就得离开“老核”了。好在山区里长着繁茂而古老的木兰树，虽是一股不同的能量，但我们总会适应的。

到店里的时候，助理已经在了。我把电脑打开，塔玛则给橱窗里的“普培”安装迷你鹿角和红鼻子。我看着她全神贯注、一丝不苟的样子，不禁觉得她是我的优化版。她比我漂亮，比我年轻十岁。假如有人要为我拍摄一部传记，她完全可以在里面扮演我。塔玛为“普培”缝制了精美而复杂的小被子，我要求她在每条被子上都签名。这些被子几乎没人买，因为它们和布娃娃一样昂贵，但我不许她降价。“要知道你自己的价值。”我对她说。在埃默里大学硕士毕业一周前，她生下一个儿子，因而在声望上有点瑕疵，不过她反倒喜欢这种处境。

圣诞节马上就要到了，店里还没卖出去的娃娃就像踢球游戏里没人选的小孩。有些娃娃是我故意留下缺陷的，比如我故意把眉毛弄得太粗，或者缝成身子长腿短等等，因为有些孩子需要珍藏一些不太完美的东西。这些娃娃排列在架子上，活像一个个畸形的孤儿，渴望得到关爱。店里倒还剩下一个美丽的“普培”，它左右对称，脸上肉嘟嘟的，眼睛闪闪发光，讨人喜欢。塔玛在它身上装了翅膀和光环，然后用钓鱼线把它吊在了屋顶上。

布置完毕后，塔玛说，“准备开战？”

我看了看表。这是一支老式手表，安德烈送的礼物，我每天早上都戴。它跟小宝宝一样美，又重又响，秒针跳动的时候会微微颤动。我点点头，打开玻璃门，开始营业。

店里人来人往，但鲜有人购物。很多人只是拿起一个娃娃，然后不知是不是感到心里不安，又把它放回架子上，看向别处。但正如人们所说，我没什么可埋怨的。到25号之前，它们都会舒舒服服地躺在圣诞树下。

午饭过后，塔玛有些焦躁，拍拍这个娃娃，打打那个娃娃，仿佛它们是睡瘪了的枕头。

“你怎么了？”我忍不住问。

她用手指了指硕大的乳房。“我该去挤奶了，真的，再过五分钟，扣子都会崩开。”

“你孩子呢？”

“跟我妈在一起呢。知道吗，哪怕是再讲究教养的母亲，听到孙子的哭声之后，都能原谅女儿让人搞大肚子。”她大笑起来，对自己的金句很满意。

“好吧。”我说，“回家喂孩子吧，我自己能坚持到打烊。不过你要帮我一个忙，在路上买一些棉布，把它们带到我家里去。我们今晚吃一顿节日餐吧。”

我话还没说完，她就已经在穿大衣了，费了很大劲儿才系上扣子。

“可别给孩子买一双三百块的运动鞋啊。”我把过节费递给她。她喜庆而轻快地笑了起来，发誓说她不会的。“但我不保证不给他买一件皮夹克。”然后，这位年轻版的我高高兴兴地走出门去。

几个小时后，我正准备打烊，店门口响起一阵铃声。一位身穿棕色羊毛大衣的英俊男士走了进来，他百分百是亚特兰大人，上完一天班，衬衫仍然洁净无瑕。他面色疲倦，但似乎心情不错。

“我想给女儿买个礼物。”他说，“她今天七岁生日。我要送她一件好东西，越快越好。”

他没戴婚戒，估计是个只有周末才回家的父亲。我领着他转了一圈，他把剩下的娃娃都打量了一遍。这群娃娃就像是嬉皮笑脸的小叫花子。

“你是这儿的人吗？”他突然问，“是本地人吗？”

我指着胸膛说，“亚特兰大西南部土生土长的。”

“我也是。我叫道格拉斯·海。”他说，“你的这些娃娃都有点拧巴。我们过去常用这个词，还记得吗？我看不出哪里别扭，但就是不对劲儿。就只有这些吗？”

“他们都是独一无二的。”我为自己的作品辩护道，“我们还会推出其他的变种……”

他笑了一声。“这样的谎话还是讲给白人听吧。说真的……”他望向天花板，仿佛在寻找词汇，然后，眼睛落在那个垂在我们头顶上方的男娃娃上。“那件怎么样？打扮得像天使的那件？”他问，“卖不卖？”

我正要回答，街上的一个动作抓住了我的眼球。在车水马龙的弗吉尼亚大街对面站着的，正是罗伊的鬼魂。我本已学会如何克制自己的惊讶，但这次的鬼魂令我出其不意，因为他的外形真的就是罗伊——不是他年轻的样子，也不是他将来的样子，而是他假如从未离开过埃罗，现在该有的样子。罗伊的鬼魂把双臂交叉在胸前，就像一名哨兵。我目不转睛地盯着他，因为我知道他转眼就会消失。

“你有梯子吗？”那个男人说，“如果你想卖的话，我可以把它取下来。”

“我想卖。”我说。

突然，他像一名篮球手一样跳了起来，把“小天使”揪了下来。“看来我宝刀未老啊。”他说，“可以包装一下吗？”

这个娃娃长得像罗伊。很多娃娃都像他。当然，也有些长得像我，还有些像安德烈，像葛洛莉亚，像我爸。我把娃娃放进垫着柔软的棉纸的盒子里，迟疑了一下。那个高个子男士站在一旁看着，不耐烦地用钥匙磕打着柜台。我吸了一口气，赶紧把盖子扣好。这次的恐慌是阶段性的，先是占据了我的心脏，然后又蔓延到身体的其他部位。我刚剪下一段颜色如清溪的绸带，就再也压抑不住情绪，我用指甲抠断胶带，打开盒子，然后从棉纸里掏出小天使，抱在胸前，感受着他结实的身体。

“你还好吧？”高个子男人说。

“不好。”我承认道。

他看了看表。“搞什么啊？”他叹了一口气说，“我已经迟到了。你咋回事啊？我前妻说我情商低。”他模仿她，尖声尖气地说，“‘我教不会你怎样体会感情！’所以我要提醒你，我很可能会说一些不合适的话，但我的用意是好的。”

“我丈夫要出狱了。”

他歪了一下头。“这是好消息还是坏消息？”

“好消息。”我答得未免太快了，“好消息。”

“你听起来很纠结啊。”他说，“不过我懂你，多了一个重获自由的兄弟总归是件好事。”然后，他引用自己最爱的饶舌歌曲：“‘打开阿提卡监狱的每一间牢房，把他们都送回非洲故乡。[1]’还记得吗？”

我点了点头，仍然抱着“小天使”。

“就拿我自己举例吧。”他说，“虽然我也有一两个愣头愣脑的亲戚，

1　出自美国黑人说唱歌手纳斯于 1996 年发布的歌曲《如果我来统治世界》（If I Ruled the World）。

但我对监狱生活一点都不了解。不过，我倒是对婚姻很熟悉。只有离了婚的人才懂婚姻，那些幸福的夫妻就算了吧，他们对婚姻一无所知。他被关了多久？”

“五年。”我说。

“操。好吧，够久的。我去新加坡出差，只待了六个月。我可是在养家糊口，她倒好，优哉游哉，仿佛房贷会自己还上似的。我回到家后，我们的婚姻就完蛋了，就六个月。”他摇了摇头。“我想说的是，不要抱有太大的期望。且不说他蹲过监狱，时间可是万物之母啊。”然后他伸出双手。“能把娃娃给我了吧？就这一个好的了。”

我送他出门，心想他会不会也是个鬼魂，一个或许来过但实则没来的鬼魂。他是我当晚最后一个顾客。街上的人行色匆匆，没有人再进我的店，甚至都没人停在梦幻般的橱窗前看一眼。我给塔玛留下一张便条，然后伴随着手表指针的颤动，关掉灯，提前打烊了。

在拉下防盗门的时候，我朝街对面瞥了一眼，只见一名停车场服务员把帽子拉低，遮住眼睛。除他之外，别无他人。

罗伊

我小时候喜欢收藏钥匙。一旦你开始注意它们的时候，你就会惊讶于它们的身影无处不在。我把它们放在果冻壳里，储藏在衣橱最上面的架子上。不久后，奥利芙和大罗伊也把他们发现的钥匙交给我。我收藏的大多是金属手提箱的钥匙或者速配的钥匙，拿去五金店换钱都换不来一美元。有次在跳蚤市场上，我买了一把本·富兰克林[1]用的那种钥匙，它有长长的柄，顶端有两三根齿。但我没有因为这把钥匙可以打开很多扇门就对它区别对待。我常幻想自己身处电影或者漫画里，故事中的我为了打开一扇门，挨个尝试身上所有的钥匙，然后在最后的关键时刻找到了正确的那把。这个习惯大概是从我八岁起，直到我十二岁觉得很傻才结束。蹲监狱的那几年里，我每天都幻想着那些钥匙。

进亚特兰大的时候，我走的是75/85号州际公路，为的是欣赏一下这座城市的天际线，仿佛它就是《圣经》中的“应许之地”。纽约有帝

1 美国物理学家和政治家，曾利用风筝和钥匙在雷雨天进行了著名的“风筝实验”。

国大厦，芝加哥有西尔斯大厦，但据我所知，亚特兰大没什么著名的建筑。甚至可以说，这里连摩天大楼都没有，“参天”还差不多，“摩天”称不上。但不管怎样，这座城市对我来说，就像母亲的脸庞一样迷人。我把手从方向盘上举起来，手掌朝向天空，从 20 号州际公路立交桥下驶过，像个过山车里勇敢的孩子。与瑟莱斯蒂尔一样，我的根不在这座城市，但我是它的一份子。回家真叫人激动！

据她所说，“普培”店位于弗吉尼亚大道与高地大道的交界处，正好就是我建议的选址——那时的我们还只是有这个梦想而已。这个选址非常完美，在保证黑人顾客便捷的同时，又不会让白人顾客感觉不自在。我花了 10 美元，把车停在一个停车场里，街对面就是她的玻璃橱窗。不得不承认，她的店像模像样。一部分归功于她爸投入的资金，但也不能否认她个人的努力。橱窗里的娃娃各种肤色都有——这也是我的主意，我曾告诉她“要体现人种多样性”——它们似乎在开小型圣诞派对。我盯着橱窗看了十五分钟，或许更久，或许没这么久，因为当你的心如皮球般跳动时，时间感也就不准了。

我看到一个女孩站在梯子上，把一个带翅膀的娃娃挂在天花板上。我原以为是瑟莱斯蒂尔，但那女孩太年轻了，她看起来像是那个初见我时对我不理不睬的瑟莱斯蒂尔。我又看了一会儿，那个长得像她的女孩把梯子折了起来，消失在屋子深处，然后瑟莱斯蒂尔从一条亮粉色窗帘后现身，仿佛要登台表演。

她剪发了，而且不是简单地修理，或是稍微换个造型。现在的瑟莱斯蒂尔几乎没有头发，留着短刘海，就跟我的一样。我抓了抓自己的脑袋，想象着摸她头发的感觉。这款发型并没有让她显得男子气；隔着一条街，我都能看到她的银耳环和红嘴唇。不过，她看起来确实更坚定了。我凝视着她，希望能与她对视，但她没有感受到我的目光。她在店里走来走去，指指这个，指指那个，微笑着帮顾客挑选礼物。我看着看着，觉得很冷，就回到车里，躺在后座上，睡得像个死人。

醒来后，我再次看到了她。这次，那个长得像她的女孩不见了，只剩她一个人。后来，一个高个子男人走了进去，他看上去就像是《气氛》和《绅士季刊》[1]两种风格的混合体。瑟莱斯蒂尔先是跟他交谈，然后转眼朝我看了过来，她的微笑像油珠一样滑走了。我不怎么相信心灵感应，但我们之前无需交谈就能交流，所以我求她出来到街对面的人行道上来见我，但她几秒钟后便转移了视线。我等待着，希望能与她再次建立联系，但她只关注手头上的买卖。突然，她把布娃娃抓到胸前。即使看不见，我也知道那个男人肯定在微笑，露出一口完美的牙齿。我的舌头不由自主地舔了舔下齿上的缺口，手也不由自主地摸向裤子前口袋里的钥匙扣。

出狱的时候，我的物品都放在了一个纸袋里，这个钥匙扣便是其中之一。钥匙扣上有一把橡胶柄的钥匙，可以打开我们的家用轿车。不知道瑟莱斯蒂尔是不是还留着它，但不管它在哪儿，这把钥匙都能打开点火器。钥匙扣上还有一把无齿的厚钥匙，是我的办公室的，但我敢打赌公司在我罪名成立之前就派锁匠把锁换了。最后一把钥匙可以打开林恩谷路上的那栋温馨的房子的前门，它不是原版，而是复制品的复制品的复制品。这把钥匙还管不管用最令我好奇。我不止一次张开嘴，用它参差不齐的边沿在舌头上划来划去。

准确来讲，我从未拥有过那栋房子。达先生把房子转送给瑟莱斯蒂尔的时候，唯一的附加条件是不准砍掉“老核”。这就好比一个电影明星把遗产留给了一只法国狮子狗，那厚厚的一摞相关文件里连树的名字

1 《气氛》（VIBE）是美国嘻哈音乐杂志；《绅士季刊》（GQ）是美国男士时装杂志。

都出现了，偏偏找不见“罗伊·汉密尔顿”。她曾信誓旦旦地说，这个“家”是给我们两人的结婚礼物，“钥匙就在你的口袋里”。

现在，钥匙还在我的口袋里，但它还能用吗?

瑟莱斯蒂尔没有提出离婚。她停止探监一年后，我问班克斯，她能不能单方面终止婚姻而不通知我，他说，“从法律层面上讲是不行的。”的确，她是甩了我，但那是两年前的事，那时候我还面临着漫长的牢狱时光。要是她真的想，两年来她有的是机会离婚，也有的是时间换锁。

我朝克莱斯勒走去，口袋里的钥匙就像雪橇铃一样叮当作响。我钻进车内，发动引擎，向西行驶，踩着油门，我的脑子里只想着一个东西——那把轻如筛子、标有“家”字样的破旧的铜钥匙。

瑟莱斯蒂尔

这栋房子就如我的身体一样与我感应相通。还没开门，我就能感觉到屋内有人，就好比你的子宫发生微小的痉挛，提醒你要做好准备，即使上一次月事才过了三周。我走进门厅，手臂上起了一层鸡皮疙瘩，麻嗖嗖的感觉顺着我的血管四处蔓延。

“你好？”我喊道。我也不知道自己期待着什么，但我确信屋里还有别人。“谁在？”我也许见到过鬼魂，但我不相信有魂灵。鬼魂无非是记忆的再现，而魂灵是从人体分离出来，然后游荡于世间的存在。“你好？”我再次说道，此时的我不知该相信什么了。

“我在餐厅呢。”一阵低沉的男声响起。这声音绝对属于现实世界，既熟悉又陌生。

罗伊坐在饭桌的主座上，手指交叉，抵在下巴与胸膛之间的凹槽里。我则傻傻地站在那里，胳膊拎着一堆吃的喝的——酸橙冰糕、普罗塞克葡萄酒、辣椒巧克力，以及给小宝宝准备的金鱼小饼干——本打算今晚要跟塔玛一起进餐的。

“你没换锁防我。”罗伊从座位上站起身，脸上冒着惊讶的光，“咱俩闹得这么僵，我的钥匙竟然还管用。”

他把我胳膊上的袋子取下，仿佛这是世界上最自然不过的事情。我两手空空地站在原地。

“安德烈去接你了。”我跟着罗伊走进厨房。“他今天走的。”

“我知道。”食品袋位于我俩中间，仿佛是休战协议。“但安德烈不是我要找的人。”

我揉了揉麻嗖嗖的胳膊。他把袋子放在厨房的柜台上，然后转过身，朝我张开双臂，咧开嘴笑，露出下排牙齿的黑色缺口。“你不爱我吗？我来这里费了很大的劲儿。可别一只手揽着我，我想要真正的拥抱。”

我走向他，感觉双腿不是自己的。他把双臂环绕在我身上。他确实是我的丈夫，不是我的幻觉。他是罗伊·奥萨尼尔·汉密尔顿。现在的他比曾经住在这里的时候更强壮了，身板更硬朗了，肌肉更发达了。但他的精力仍然不减，时刻处于“跃跃欲试”的状态。他紧紧地抓着我，这让我有些眩晕，但他对自己的力气并不自知。

“我回家了，瑟莱斯蒂尔，我回家了。”

他松开了我。我贪婪地大口呼吸起来。

上次见他是在两年前，比起那时，他的脸更宽了，皱纹也多了。我摸了摸自己带妆的脸，光滑而细腻。此时，我想起了自己那几乎剃成秃头的发型，想起了过去他常常捏着我的一缕发丝在手指间捻动，一时间不禁有种想要道歉的冲动。他过去常说，“希望小小罗伊的眼睛像我，头发像你。”

他为这次相遇做足了准备，身上散发着浆洗过的新衬衫的味道，以及理发店护理液的香甜的气味。我则毫无防备，忙完一整天，一副倦态，心亦如此。

“我不是有意要这样搞突袭的。”他说。

就该有一个词来形容这种明知不可避免却仍旧猝不及防的时刻。有时候，报纸上会刊登一些60年代的激进分子的新闻，他们意外地杀死了警察（或者故意地，谁说得清呢），然后逃之夭夭，改名换姓，老老实实地过起了无聊的生活。他们越吃越胖，甚至还敢去梅西百货公司购物。直到有一天，他们回到家一开门，发现联邦调查局的人就在里面等着他。报纸上的他们总是一脸惊愕，而非惊讶。

“我想你。”罗伊说，“我有很多问题要问，但我要先说我想你。”

我和安德烈事先商量好了该说什么话，那些话我都能像背台词一样背出来，而且葛洛莉亚不也说过这种事更适合女人来说吗？然而，站在归来的丈夫的影子里，我竟一个字都说不出来。

他领着我走进卧室，仿佛这里仍然是他家。他环顾四周，说，“这间屋子之前不是青绿色吧？应该是黄色吧？”

“金黄色。”我说。

“这些非洲的物件都是新添的，不过我喜欢。”

墙上挂着很多面具，几乎每块平整的墙面上都贴着雕刻品，这些都是我爸妈的旅游纪念品。他拿起一块象牙小雕像，雕像是一个摇铃铛的女人。“这是真象牙吗？可怜的大象。”

“这是古董。”我为自己辩解道，“那时候大象还没濒危呢。”

“但对这头大象来说又有什么意义？”他说，“不过我明白你的意思。”

我们坐到皮沙发上，望着彼此，任寂静滋长，等待着对方打破平静。最后，他挪了过来，与我的胯骨相贴。“说吧，瑟莱斯蒂尔，你想说什么就说吧。”

我摇了摇头。他毫无征兆地拿起我的手指，贴到唇上吻了两下，然后按着我的双手在他脸上摩擦。他的胡子刚刮不久。“你爱我吗？先回答这个问题，其他的都是琐碎。”

我就像金鱼，嘴唇翕动，却没有声音。

“你爱。”他说，“你没跟我离婚，也没换锁。我有过怀疑，你也知道我有过怀疑。但在门廊里的时候，我还是下定了决心要试一下钥匙，结果它一插就进，一拧就开，非常顺滑，就像 WD40 润滑油一样。我就是这样知道答案的，瑟莱斯蒂尔，我就是这样知道的。

“我就在这里等你，没有在房子里四处转悠，因为我知道你没有使用这些房间。不管是怎么一回事，我只想从你嘴里听到。”

他见我一言不发，替我说了出来，“是安德烈，是吧？”

“这不是‘是’或‘不是’的问题。”我说。

然后，令我惊诧的是，他突然把头枕到我的大腿上，然后伸手抓着我的胳膊，把它们像毯子一样裹在自己身上。

罗伊

她跟我记忆中的不一样，不只是头发变短或者屁股变大那么简单，尽管这两点最为显眼。她变得更忧郁了，甚至连气味都不一样了。薰衣草香还在，但隐于其下还有一股土壤或木头的味道。她的梳妆台上有一个水晶瓶，里面装的是润肤油，薰衣草香便来自于此，但那股木屑味儿是从她皮肤底下散发出来的。

我想起了达维娜。她是张开双臂欢迎的我，而且还为我做了一顿饭，饭菜之丰盛足以充当士兵的归来宴了。瑟莱斯蒂尔不知道我要来，但我期待她能感应到我即将到来，并为我准备一桌饭菜。我躺在她的腿上睡着了，她任我休息，直到我再次睁开双眼。冬天的夜来得早，现在只有八点来钟，外面就已漆黑如午夜。

“所以，”她说，“你现在感觉怎么样了？”然后她面露尴尬，“我知道这问题挺傻的，但我不知道该说什么好。”

“你可以说见到我你很高兴，我出狱了你很高兴。”

“我确实很高兴。”她说，“你的出狱让我非常开心。这是我们一直以来都祈求的，也是我们不让班克斯叔叔放弃的原因。”

她听起来像是在祈求我相信她，所以我举起手打断了她。“求求你不要这样。”此刻那个跪着祈求的人变成了我，“我不想这样谈话。能去厨房吗？能坐在厨房里，以一个男人和他老婆的身份谈话吗？”她脸上的柔情消失了，眼睛快速地瞟了一眼屋子，眼神里流露出怀疑甚至是恐惧。“我不会碰你的。”我说，这几个字就如可可浆一样苦涩，“我保证。”

她艰难地走向厨房，如同走向行刑队。“你吃饭了吗？”

厨房跟我记忆中的一样。墙壁是大海的颜色；饭桌是一块圆形的黑玻璃，底下是基座，周围匀称地摆着四张皮椅。我记得我曾设想我们的孩子会坐在这些椅子上，我记得这里曾是我的房子，我记得她曾是我的妻子，我记得我曾有大好人生。想起这些对我来说是件好事。

“我没有什么吃的。”她说，“这里没有，我通常在……”她的声音弱了下来。

“在邻居家吃？”我问，“我们先把这事说清，是安德烈吗？说是，我们才能进一步谈。”

我坐在我的惯用座位上，她则坐在厨房的柜台上。“罗伊，”她仿佛在读剧本，“我跟安德烈在一起了。你说的是真的。”

“我知道。”我说，“我知道，但我不在乎。当时我不在你身边，而你又很脆弱，况且五年很漫长。没有人比我更懂得五年有多么漫长。”

我朝她坐着的地方走去，站在她的两腿之间，伸手去摸她的脸。她闭上眼睛，没有躲开。“我不在乎你在我不在的时候干了什么，我只在乎我们的未来。”我靠过去，轻轻吻了她。

“不可能。”她说。她干燥的嘴唇摩擦着我的嘴唇。“不可能。你在乎。我们忘不了的。所有人都在乎。”

“不。”我说，“我原谅你，原谅你做的一切。”

“不可能。”她再次说。

“求求你，”我说，“让我原谅你吧。”

我再次靠过去，她依旧没有躲开。我把手放在她光秃秃的头上，她也没有阻止。我用我能想到的所有的方式吻她：我吻她的额头，仿佛她是我的女儿；我吻她颤抖的睫毛，仿佛她是我已故的母亲；我吻她的脸颊，用力之大仿佛下一刻我就要杀死她；我吻她的锁骨，渴望得到更多；我咬她的耳垂，知道她喜欢。她坐在那里，任我摆布，柔软地像只布娃娃。“给我一个机会，”我说，“让我原谅你吧。”我又开始吻她，一路吻到她的脖子。她稍稍仰起头，以便我的鼻子感受她皮肤下面脉搏的跳动。但激情很快便消退了，就像自制的廉价毒品，吸一口即上头，随即就把你掏空。我移到另一侧，期待她能把头歪向另一边，让我得到她的全部。“只需问我一句话。”我的声音低沉，几乎是闷在胸腔里。“只要你问我，我就原谅你。”我抱着她，她软绵绵的，没有反抗。“问我啊，佐治亚。”我说，“问我，我才能回答‘能’。”

门铃一连响了七次，中间没有停顿。第一声响的时候，我和瑟莱斯蒂尔都吓了一跳。她仿佛被人逮了个正着，迅速整理了一下衣装，然后滑下柜台，几乎是奔向前门，去见不知何人的来者。她敞开门——原来是那个在店里工作、长得像她年轻的时候的女孩。她抱着一个孩子，小家伙胖嘟嘟的，拍打着门铃，两眼放光，甚是开心。

“塔玛，”瑟莱斯蒂尔说，“你来啦。”

“不是你说要从批发市场买些棉布送过来吗？”女店员走进门厅，怀里的小男孩伸手去够她的耳环。她的左耳环上挂着一个钥匙，与珍妮·杰克逊[1]曾戴过的很像。“杰拉尼，要不要跟瑟莱斯蒂尔姑姑打个招呼呀？”她把怀里的宝宝向上掂了掂，“希望你不介意我带他过来。”

“不介意。”瑟莱斯蒂尔急忙说，“我可喜欢这小家伙了。”

“他想他的安德烈叔叔啦。”塔玛艰难地抱着扭来扭去的宝宝，“你还好吧？怎么紧张兮兮的，跟被人绑架了似的？”她开心地笑了一声，这才注意到站在走廊里的我。“咦，”她说，“你好？”

瑟莱斯蒂尔迟疑了一下，然后拽着我的胳膊，把我拉进屋内。“塔玛，这是罗伊。罗伊，这是塔玛，还有小宝宝杰拉尼。”

“罗伊？”塔玛面部扭曲地回想，“罗伊！”她记起来了。

“就是我。”我说着，露出了我推销员式的笑容，但她眉头一皱，我随即想起了自己的缺齿，不禁把手捂在嘴前，仿佛正在咳嗽。

“很高兴见到你。”她伸出手。她的指甲被涂成蓝绿色，跟她眼皮上亮晶晶的眼影一个颜色。塔玛比瑟莱斯蒂尔本人更像瑟莱斯蒂尔，她才是我躺在肮脏的监狱床垫上思念着的女人本该有的模样。

“坐下吧。”瑟莱斯蒂尔说，“我给你们做点吃的。”然后，她便消失在厨房里，留我跟这个女孩和她的孩子坐在一起。

她在地板上铺了一张由各种明度的橘黄色拼接成的被子，然后把孩子放在上面。杰拉尼四肢着地，摇摇晃晃。“他自己学会的爬。”

“他长得像你丈夫吗？”我试着与她对话。

“你面前是一个受过高等教育的单身母亲。”她举着手说，“不过杰拉尼跟他爸是一个模子刻出来的。他俩站在一块，人们都开玩笑说杰拉尼是克隆出来的。”

她坐到孩子旁边，打开一个纸包，里面是棕色布料，跟她皮肤一

---

1 出身于音乐世家杰克逊家族，迈克尔·杰克逊的妹妹，能歌善舞，西方流行乐超级天后级别的人物。

个颜色。她又打开第二个，里面的布料颜色更深一些，然后又打开第三个，里面的布料是桃白色，也就是蜡笔公司口中的“肉色”。

“店里就我们两个人。”她说，“这些布料应该能撑到年后。店里的库存太少了，要想补货，瑟莱斯蒂尔得化作一台辛勤的缝纫机。我经常特意留下来劝她让我帮忙，但她说如果作品不是她亲手做的，没有她的亲笔签名，就不能称为‘普培’。”

我也坐到地板上，晃着钥匙扣吸引孩子的注意力。他笑了，伸手来拿。“我能抱一抱他吗？”我问。

“随你便。”她说。

我把杰拉尼抱到腿上，他挣扎了一下，随后放松下来。我没什么育儿经验，感觉自己在杰拉尼面前又蠢又笨。这场面让我想到了一张贴在奥利芙的镜子上的照片——大罗伊抱着我，面色焦虑，仿佛我是一枚定时炸弹。那时的我也这么大。我颠着杰拉尼，心想大罗伊给我改名的时候我是不是也这个年龄。

瑟莱斯蒂尔从厨房里出来时，手里拿着两杯香槟，香槟上面浮着几勺冰淇淋。我接过香槟抿了一口，想起了奥利芙。在我过生日的时候，她常拿出一个玻璃盆，倒上姜汁潘趣酒，再添上几块橙汁冰淇淋，让它们漂在酒上面。我沉溺于这样的回忆，再次倾杯喝酒，待瑟莱斯蒂尔拿着自己的杯子回来时，我的酒几乎快喝完了。

我们三人（算上小孩是四人）都坐在地板上。瑟莱斯蒂尔和塔玛在谈论布料，我则忙着跟杰拉尼玩耍。我挠了挠他的下巴，他发出小宝宝特有的笑声，有种“液压感”。我怀里抱着的可是一个完整的人啊，多么奇妙的感觉。

我和瑟莱斯蒂尔没能生下的那个儿子如果没被流产的话大概有四五岁了吧。如果家里还有一个小孩子，瑟莱斯蒂尔就不会考虑与安德烈在一起了。我只需说一个科学事实——“儿子需要父亲。”除此之外，不必多言。

可现实是，我们有太多的事需要谈，有太多的话需要说，多到嘴巴无法承受。

瑟莱斯蒂尔

最后，塔玛抱起孩子，给他穿上外套，拉上拉链。这件外套十分臃肿，就像宇航员的服装。我和罗伊都不想让她走，仿佛我们是她的父母，她是我们繁忙而成功、只能腾出几分钟时间来看我们的女儿，因而我们感激她在的每一秒。她开车缓缓驶出私家车道，然后转头看我们。我们站在门口，向她挥了挥手。车子渐行渐远，为这个街区添了两枚灯火，成为令人眼花缭乱的节日装扮的一部分。我的房子是暗的，一个月前买的松树花环也懒得挂上。“老核”倒是很有节日气氛，树干上绕着一串灯泡。这是安德烈之作，旨在说服自己一切都将变好。

塔玛已经走了很久，我仍然望着宁静的街道，为安德烈感到担忧。他带着一颗高尚的心，抵达了路易斯安那。我在店里给他打过电话，当时他还在南行的路上。“我们值得这份爱情。”我对他说。然而，这才几个小时，就发生了这么大的变化。我不由自主地去掏手机，却被罗伊拦住了。他把我的手扫向一边，说，“先别给他打电话，给我一个吐露心声的机会。”

可他什么都没说，而是引着我的手，拂过他鼻梁的折断处，拂过他发际线上的疤痕。那是一道小疤，疤的两侧各有两个针眼导致的增生。他把整张脸贴在我手上，他的脸真切而熟悉。“你记起我了吗？”他问，“你认出我了吗？”

我点了点头，胳膊垂在两侧，任由他抚摸我的面孔。他闭上眼睛，仿佛眼睛不可信。他的拇指从我嘴唇上经过，我轻轻吻了一下。罗伊舒了一口气，领着我走向屋内。他没有开灯，仿佛想凭自己摸索找到要去的地方。女人啊，不是时常都有选择，尤其是在真正有意义的事情上。有时候她不得不还债，不得不提供安慰，不得不化作安全通道的守卫兵。我们每个人做爱时都有一个与爱无关的理由。我的丈夫罗伊刚从一个比他父亲的父亲的父亲还要古老的战场上回家，我能狠心拒绝他吗？答案是不能。我跟着他走在狭窄的走廊里，终于明白了安德烈的顾虑。原来他从一开始就料想到了。他之所以沿高速公路南下，为的就是让我避开这件我不得不做的事。

那么，我该如何给我和我丈夫在他从监狱回到我身边的那一晚所做的事归类呢？我们在厨房里亲热，我的背躺在花岗岩柜台上，融化的果汁冰淇淋浸湿了我的衣服。

罗伊把手伸进我的上衣。“你爱我，你心里清楚。”

他随即吻上我，阻断了我的呼吸。他的吻里混杂着欲望与愤怒。即使他没有吻我，我也不会回答他。爱就是爱，不爱就是不爱，沉默是什么意思？罗伊的身体比五年前最后一次住在这里时要强壮，现在的他像一个威厉的陌生人，朝我的脖子上吐着热气。

他领着我朝主卧走去。那间屋子位于房子的一角，曾属于我爸妈，后来成了我和罗伊婚后的卧室。我说，“不要去那里。”他没理睬我，依旧拉着我，仿佛我们在跳舞。有些事就如潮水般不可阻挡。

他轻而易举地脱掉了我的衣服，就如剥橘子一般，然后伸手打开一盏明亮的台灯。上次他见我的裸体已是五年前，时光对女人往往非常残忍。我不禁害羞起来，双腿蜷缩在胸前。

“别害羞，佐治亚。”罗伊说，“你很完美。”他抓着我的小腿，温柔地把我的腿拉直。“别躲着我，打开胳膊，让我看看你。”

在我灵魂深处的图书馆里有一本字典，里面收录了一些不是词汇的词汇。这本字典的某一页上有一个神秘的词汇，它表达的是“你有意愿同时又没有意愿”。同一页的释义里说“你一生里总免不了有那么一两次赤身裸体地被男人压在身下，但有一个非常普通的词汇能拯救你。”

“你有安全套吗？”我问他。

“什么？”他说。

“安全套。”

“佐治亚，别这样。”他说，“求求你别这样。”

他从我身上滚下，与我并排躺着。我转过身，望向窗外沉默的古树“老核”。罗伊的手重重地落在我的胯上，但我没有转身。“做我的妻子。”他说。

他见我没有回应，一把将我揽了过来，仿佛我是一根木头，然后又把脸拱到我的喉咙上，双手插进我的大腿之间。“求求你了，瑟莱斯蒂尔。”他说，“都这么多年了。”

“我们需要安全套。”我让这个词汇填满嘴巴，感受着它在我舌头上的重量。

他把我的手拉到他的肋骨下，那里有一块隆起的、橡胶触感的皮肤。“我被人捅过。”他说，“我从没招惹过那个家伙，甚至都没看过他一眼，他却把牙刷磨尖，想要杀了我。”

我的拇指从他的伤疤上滑过。

“你明白我的遭遇了吧？”他说，“刚才是你不知道我都经历了些啥，要是知道的话，你就不会那样对我了。”

他沿着我的肩膀，一路吻向脖子。“求你了。”

“必须得用安全套。”我说。

“为什么？”罗伊说，“因为我蹲过监狱？我是清白的，你知道我是清白的。那个女人被强奸的时候我跟你在一起，所以你知道那不是我。别拿我当罪人看待，瑟莱斯蒂尔，你是唯一知道实情的人，别搞得我好像得了什么病似的。”

“我做不到。”我说。

“那你能至少听我说两句吧？”他打开记忆之盒，开始倾倒往事，每一件事都在论证我为何不能逼他，在我俩之间设置屏障。

“我无意间杀了一个人。”他对我说，“瑟莱斯蒂尔，我经历了很多事。哪怕你进去前是清白之身，你出来的时候也不复当初了。所以，拜托了。”

“不要乞求我。”我说，“请不要这样。”

他移了过来，把我按在床上。

“不要。”我说，“不要这样。”

“求你了。”他说。

想象一下这个画面：我们在我们的婚床上，我被固定在床垫上，任由他来摆布。难道还有其他方式吗？哪怕是在爱情真挚而纯粹、尚未被时间和背叛玷污的时候，也会是这样的画面吧？或许这就是爱情的含义——心甘情愿地把自己交给另一个人处置。我闭上眼睛，感受着他的重量，像小时候那样祈祷。“如果我死在夜里……”“安全套。”我低声说，心里清楚他身上没带。

“我很痛苦。瑟莱斯蒂尔，你看不出来吗？”

我想着他这些年遭的罪，看着他躺在枕头上痛苦的样子，心又一次软了下来。“我知道。”我对罗伊说，“我知道。”

他转过头来。“你是觉得我在里面干了不好的事，染上了不好的东西，还是说你不想再次怀孕，不想怀上我的孩子？”

对于这个问题，无论我怎样回答都不能被接受。没有哪个男人喜欢这种欲拒还迎、贴近却不让碰的方式。

“告诉我，”他说，“是哪一种情况？”

我紧闭双唇，把答案封印，然后摇了摇头。

他转过身，胸膛贴紧胸膛。“你可知道，”他语气中带着一丝威胁，“只要我想，我就能硬来。”

我没有挣扎，没有恳求，而是硬着头皮去面对接下来的一刻。这一刻从我进入自己的家、感觉它已不属于我时起，似乎就注定要到来。

“我能硬来。”他这样说着，却从床上起身，把被子像裹尸布一样缠在身上，留我暴露在寒冷的空气中。“我能，但我不会。”

罗伊

达维娜没有这样对我。她向我敞开了家门，敞开了自己。而瑟莱斯蒂尔，我的妻子，却把我玩弄于指掌，仿佛我是一台游戏机。沃尔特曾警告过我，我也已准备好应对另一个男人，甚至多个男人。“女人也是凡人。”我并不幼稚，幼稚的人在监狱里活不下来。但当你的妻子没有跟你离婚，不断向你的账户上汇钱，并且没有针对你而换锁时，你会觉得你仍然有机会。当你靠过去亲她，她没有躲，你牵着她的手走进卧室，她也顺从的时候，你知道自己不是一厢情愿。虽然我被关了五年，但五年并不足以让我忘记世界运行的规律。

“你有安全套吗？”

她知道我没有。我来找她，是做好了精神上的准备，而非物质上的。她可是我的老婆啊，如果我随手掏出一个避孕套，她会怎么想？她才不会觉得我善解人意，而是会觉得我认为她跟别的男人睡过。为什么就不能跟纽约那次一样呢？那时候我们几乎是陌生人啊。我在监狱里不知多少次想起过我们的初夜，它已经成了我脑海中的一段默片。我回顾了一下那次所有的细节，可以确信地说我们没有用套。在布鲁克林的那天晚上，我感觉自己像美国队长。我才不在乎那颗为了她而掉落的牙齿，能像那样做一回英雄的机会少之又少。可现在，她却假装那件事没有发生过。

我把被子丢到地上，光着屁股在房子里转来转去，寻找一个可以躺下的地方。主卧室很明显是不可能了。最后，我选择了缝纫室，沉重地躺在里面的一张小沙发上，尽管对我这个身高的人来说，这张沙发有点太短了。房间里乱七八糟地堆放着处于各种缝制阶段的“普培”，缝纫机旁有一个浅棕色的布脑袋，还有几条挥着手的胳膊。不得不承认，这画面确实叫人心神难安，不过也无所谓了，毕竟我进来前就已经心神不宁了。

架子上摆的成品看上去沉着而友好。我想起了瑟莱斯蒂尔的助理(她是叫塔玛拉吗)，又想起了她茁壮的儿子。当瑟莱斯蒂尔离开房间去取他们的外套时，那女孩用涂成蓝绿色的指甲摸着我的胳膊说，“你还是放弃她吧。”她说，“心碎是免不了的，你自己不把它击碎，他们就会替你完成。”我的愤怒就如浓烟一般腾腾向上，令我窒息。我只想对她说一句话，但出于礼貌还是忍住了。“我之所以要这么说，”她说，“是因为我知道你不知道的事。他们不会故意伤害你，但你还是会受伤。”我正琢磨这小姑娘在耍什么把戏时，瑟莱斯蒂尔拿着外套回来了。她亲了一下小宝宝，爱意满满，仿佛是她亲生的。

现在大概凌晨三点钟，我没喝酒，但思维却醉醺醺的。我伸手从架子上抓下一个布偶，然后往脸上撞。它柔软的脑袋瘪了下去，随后又鼓了起来，脸上仍带着微笑。我平躺下来，双脚悬在沙发边上，怎么睡都不舒服。我索性站起身，蹑手蹑脚地沿着走廊走到瑟莱斯蒂尔的房间门外。她应该正在睡觉。我没勇气去拧门把手。我可不想知道她是否因为害怕我进去而把门上了锁。

我回到缝纫室，拿起电话，打给达维娜。她接了电话，听起来有些害怕。这个时间收到电话，谁都会怕吧。

“嘿，达维娜，我是罗伊。”我说。

“然后呢？”

“想问个好。”我对她说。

“嗯，你已经问完了。”她回我道，“满意了吗？”

“别挂电话，求求你了，给我个机会向你表达感激。感谢你花时间陪我，感谢你对我那么好。”

“罗伊，”她的语气缓和了些，“你还好吗？听起来不对劲儿啊。你在哪儿？”

“亚特兰大。”然后，我不知如何开口是好。没有多少女人肯拿着电话听一个成年男人哭诉另一个女人，但达维娜·哈德里克一直等到我再次开口说话。“达维娜？”

“我在。”

她没有说“我原谅你了”，但这两个字同样令我心生感激。

“我不知道该怎么办了。”我说。

“该去睡觉。人们都说，哭泣不过一宿。”

“快乐明早即来[1]。”我接道。这句承诺在每一个浸信会教友的葬礼上都会说。我想到了我妈，于是问达维娜有没有参加她的葬礼。

“你看到瑟莱斯蒂尔和安德烈了吗？他们那时候就在一起了吗？”

达维娜说，“你为什么要在乎那么多？”

---

1 “哭泣不过一宿，快乐明早即来。”出自《圣经》旧约中的《诗篇》，权威翻译为“一夜虽有哭泣，早晨便必欢呼。”

“因为我真的在乎。”

“这么跟你说吧，我后来在厄尔舅舅的‘周六之夜’替班的时候看到了他们。虽然是大白天，他们一进去就开始喝酒，瑟莱斯蒂尔喝得最厉害。我觉得他们那时候还没在一起，但也快了。他们的暧昧从风里都能闻出来，就像雨水将至时空气里的潮味。安德烈去厕所的时候，她趴在吧台上对我说，‘我是个人渣。’”

“我老婆？她说啥？”

“没错，就是她的原话。然后安德烈回来了，她恢复了些理智。五分钟后，他们就走了。”

“还有吗？”

“就这些。后来，你爸进来了，浑身上下沾满了黑土。人们传言说他是用双手埋的你妈。”

我把话筒紧紧靠在耳朵上，仿佛这样就不那么孤单。我才出狱不到一周，就已经感觉重返牢笼，仿佛被一个女人用一段晾衣绳绑在了椅子上。你肯定听过这样的故事：有些罪犯故意在摄像头前偷啤酒，就是为了回到监狱，因为在监狱里他们知道该期待什么。我不会那样做，但也理解他们的选择。我拉过一条小毛毯，盖到腰上，想起了父亲沃尔特，不知道他这位贫民窟尤达对这一切作何感想。

达维娜说，“你还在吗？”

“在。”我说。

“休息一下吧。不管是谁经历了这种事，一开始都会难以接受。照顾好自己。”她的话犹如摇篮曲，有种安神的力量。

“达维娜，我一直想告诉你一件事。我想起来了。”

“什么事？”

“确实有个叫‘蚂蚱’的男孩。”

“他还好吗？”她的声音很低，我似乎都没听清，但我知道她说了什么。

“他挺好的，所以我都没想起他，因为确实没什么可记的。”

我挂上电话，缝纫机上方的橘黄色大钟响了一下。三点半了，表针构成完美的直角。安德烈此时就在我父亲的房子里，很可能就睡在我的床上。我幻想着他听到大罗伊说我已经去了亚特兰大时的表情，不禁在黑暗中露出一丝微笑。也许他穿得像个普通人，上身T恤下身牛仔，但在我的想象中，他永远穿着那件他在我妈葬礼上穿的灰色修身正装。“啊，妈妈。”我心想。假如她看到我现在的样子——好不容易回家却只能睡在沙发上，身边围着一群售价高达150美元的快乐的布娃娃——将会作何感想？

“唯在亚特兰大。”我自言自语道，然后终于找到了睡意。

安德烈

我和罗伊的父亲是在客厅里睡的，我睡在沙发上，他睡在躺椅上，似乎怕我夺门而出。其实他没必要担心。我把薄薄的被子和柔软的毛毯盖到身上的时候，已经累得不轻，恨不能赶紧结束这疯狂的一天。屋子里很安静，只有角落里发着蓝光、散着热气的燃气炉发出的嘶嘶声。尽管如此，我们还是醒过几次，有过几次交流。

“你想要孩子吗？”他问。当时我刚睡着。

“想。”我不想说话，只想回到梦里。

“罗伊也是。他需要一个新的开端。”

蒙在被子底下的我有种幽闭恐惧感。不知道大罗伊知不知道自己差点就当了爷爷。我还记得开车送瑟莱斯蒂尔回家的那一天，当时的她既痛苦又疲惫。“不过我不知道瑟莱斯蒂尔的想法，她可能不想要。”

大罗伊说，“她只是觉得自己不想，孩子生下来后，她就知道自己喜欢他们了。”

“你和奥利芙女士有罗伊一个孩子就满足了？”

“我想要，”大罗伊打着哈欠说，“想生一窝。但奥利芙不够信任我。她怕我只在乎自己的孩子，冷落小罗伊。我才不会呢，他就是我的孩子。尽管如此，她趁我还没机会再提要孩子的事，就跑到医院做了绝育手术。”

然后，他睡着了，至少不说话了。我数着时辰，手里玩弄着我爸的挂坠，尽可能不去想罗伊回家的事，就这样一直躺到早上。

天还未亮，大罗伊就从躺椅上起身，给我指了指洗手间的方向。他为我准备了新毛巾和新牙刷。在离开之前，我在他家吃了早餐：咖啡和黄油面包。天气凉而不冷，我们坐在门廊里，双腿悬垂。

“你想要她，”大罗伊摆弄着卫衣的帽绳，“但你不需要她。你明白我的意思吗？小罗伊需要他的老婆，她是他曾用努力换来的生活的唯一残留。”

咖啡里放了菊苣，散发出一股甜甜的烟草香。我平常喜欢喝黑咖啡，但大罗伊在咖啡里面加了牛奶和糖。我一饮而尽，把杯子放到旁边的水泥地板上，然后站起身，伸出手。“先生。”我说。

他严肃而真诚地握住我的手。

“让步吧，安德烈，你是一个好人，我知道你是，否则你也不会帮忙抬奥利芙的棺材。做个正人君子，离开他们，给他们一年左右的时间，如果她一年后还想跟你在一起，而且你也想跟她在一起，我就不会拒绝。”

“汉密尔顿先生，我也需要她。”

他摇了摇头。“你都不知道什么叫做需要。”

他挥了一下手，仿佛在说“你可以走了”。我想都没想，就朝自己的汽车走去，然后又折身返回。“简直是一派胡言，先生。”

大罗伊困惑地看着我，就像看到一只流浪猫突然引用拳王阿里[1]的话。

“我承认我的境遇比某些人好，但还有很多人的境遇比我好，也有一些人的境遇比罗伊差，这一点要平心而论。而且，我的立场你不难理解。那天下午，你在炎热的太阳底下用铁锨铲土的时候，心里是怎样的滋味？那就是我的感受。”

“我和奥利芙结婚三十多年，有过太多经历。”

“即便如此，你也没权力对我这样说话，你不是坐在王座上的神。难不成只有蹲过监狱之后，我才有资格追求幸福吗？”

大罗伊挠了挠脖子上的灰白小卷毛，抹了一把眼中的泪水。“安德烈，你要明白，他可是我儿子啊。”

1　穆罕默德·阿里，美国著名拳击运动员，曾三次夺得世界重量级拳王称号。

罗伊

清晨温柔地到来。我睡得很沉很死，最后是煎培根的声音把我吵醒的。每日晨起，我都会浑身疼痛。躺了五年的监狱床铺，身体自然吃不消。原来这些布偶在白天也会令人不安，只是没有晚上那种嘲讽的神态了。

“早上好。”我朝厨房的方向喊道。

迟疑了片刻后，她说，“早上好。饿了吗？”

“洗个澡之后就会饿了。”

“我在那间黄色的浴室里放了几条毛巾。”她说。

我朝下看了看，想起自己跟新生儿一样一丝不挂。“还有别人吗？”

“就我们两个。”她说。

我进入走廊，一边走，一边观察自己的身体。肋骨下有块隆起的伤疤，肌肉因蹲监狱而壮硕，阴茎虽在晨勃但失落不已。瑟莱斯蒂尔在厨房里忙活，锅碗瓢盆叮当作响，但我总感觉有人在看我。躲进浴室后，我发现她把我的旅行袋放在了洗手台上，方便我换衣服。希望就如镳镳饥肠，吼叫着在我心中觉醒。

在等热水的空当，我从水槽底下的柜子里翻出一瓶男士沐浴露——也只能是安德烈的了。沐浴露闻起来很清新，如同树林一般。我继续翻找，看看还有没有其他属于他的东西，但一无所获，没有剃须刀，没有牙刷，也没有爽足粉。此时，我心中的希望再次发出一阵叫声，这次像是一只罗威纳小狗崽。看来安德烈并没有住在这里，即使两家相邻，他还是选择住在自己家。

冲热水澡的时候，我本不想用安德烈的沐浴露，但除了他这瓶，就只剩一瓶闻起来像鲜花和桃子的了。我坐在浴缸边上，慢条斯理地清洗了全身各个角落，包括脚底板和脚趾缝，最后又挤了一些沐浴露，揉到头发里，站在热得发烫的水里冲洗。然后，我穿上用自己的钱买给自己的衣服。

待我走进厨房，她已经把盘子和杯子摆在了那几张我们从没用过的椅子前。

“早上好。”我再次说。她把面糊倒进华夫饼烘烤模。

“睡得还好吗？”瑟莱斯蒂尔没有化妆，但身上的针织裙给人一种她要出门的感觉。

“我还真睡得挺好。”我心中那只满怀希望的小狗崽又叫了起来。“谢谢你的关心。”

她把华夫饼、炸得酥脆的培根和一杯什锦水果端到桌上，然后给我沏了一杯黑咖啡，放了三勺糖。我们还很恩爱的时候，常去一些时髦的餐馆吃早午餐，尤其是在夏天。瑟莱斯蒂尔总是穿着紧身背心裙，发辫里插着花朵。我会盯着我的老婆，对女服务员说，“我喜欢的咖啡就跟我喜欢的女人一样，又黑又甜。”这句话总能换来一抹微笑。然后，瑟莱斯蒂尔会说，“我喜欢的含羞草鸡尾酒就跟我喜欢的男人一样，清澈透明。”

在吃饭之前，我张开手说，“我们应该祷告。”

“好。”

我低着头，闭着眼，说，“上帝，我的父亲，希望您能保佑这顿饭，保佑准备这顿饭的人，保佑我们的婚姻。以您儿子的名义祈祷。阿门。”

瑟莱斯蒂尔没有说“阿门”，而是说“祝你有个好胃口。”

我们开始吃饭，但我吃什么都没味儿。这让我想起了听证会前一天的早上。县监狱提供的早餐有鸡蛋粉、冷腊肠和软面包片。那是我在申请保释失败之后第一次吃光盘中的食物，因为我什么都尝不出来。

“你怎么了？”最后，我说道。

“我要去工作了。”她说，“明天就圣诞节了。”

“让你的孪生妹妹去打理吧。”

“虽然塔玛答应了要帮我开门，但总不能让她一个人扛一整天吧。”

“瑟莱斯蒂尔，”我说，“你我的谈话要趁——”

“要趁？”

“要趁安德烈还没回来的时候完成。我知道他正在路上。”

“罗伊。”瑟莱斯蒂尔说，“事情发展成这个样子，让我非常反感。”

“你听着，”我试图让自己听起来通情达理，“我只想好好谈谈，不是要跟你分谁对谁错，谁善谁恶，而是要跟你和解。如果我们心平气和地沟通，把心中的话说出来，我可能在安德烈还没回……”我犹豫了一下，不想说“家”这个字，“我会在安德烈还没回来的时候就已经走了。”

瑟莱斯蒂尔把我吃得一干二净的盘子堆在自己的盘子上面，她只吃掉一半。“有什么可说的？”她疲惫不堪地说，“你该知道的都知道了。”

“没有。”我说，“我知道你现在在做什么，但不知道你将来想要什么。”

她咬着嘴唇，若有所思，似乎在权衡每种选择的后果。她正准备开口，我却没准备好去听。“我先去拿自己的东西吧。”我说，“让我整理一下自己的东西。”

她吃了一惊，说，“你的衣服我捐给了一个旨在帮助男士挑选面试服装的慈善机构。其他的我都给打包了，你的私人东西我都留着。”瑟莱斯蒂尔似乎有些泄气。我怀念她曾经的傲气，真希望她能回到我们初见时的样子——漂亮之余，还有些蛮横。我朝她笑了笑，对她说我仍能看到她年轻时的影子，然后忽然意识到自己的南瓜灯式的笑容。

那颗脱落的牙齿是我身体的一部分，理应与我永远在一起。说到底，牙齿也是骨头，每个人对自己的骨头都有所有权。

“你有没有特别想要的东西？我在电脑上做了一个简易的库存表。”

我只想要那颗牙齿。记得当年我把它放在了一个绒布袋里，拿它当戒指对待。这一放就是好几年。我之所以不跟她说，是怕她觉得我多愁善感，觉得我把初次约会的记忆当薄荷糖一样放在嘴里咀嚼。她是不会理解我的执念的——身体不完整，我就走不了。

她在洗我的盘子和杯子，肩膀挺得坚毅而决绝。很明显，她已经做出了选择。她选择什么就会发生什么。就像当年的陪审团，他们在那间拼装式法庭里判定我是一名强奸犯，我就成了强奸犯；就像当年的法官，他在另一间寒酸的法庭里判定我要蹲监狱，我就蹲了监狱；还有华盛顿那位悲悯的法官，他认定我遭到了检察官的陷害，我就重获了自由。我又能做什么呢？告诉法官我不要蹲监狱？告诉检察官我还要继续蹲下去？我能跟瑟莱斯蒂尔说什么？要求她再爱我一次？昨天晚上她在床上一遍遍地重复“安全套”，有那么一瞬间，比瞬间还短的、微小的、纳米级的一瞬间，我真想向她证明戴不戴套由不得她。五年前，我面对陪审团发誓从未玷污过任何女人。哪怕在大学里，我也从未吃过强扭的瓜，每次都是等到时机成熟。我有些朋友曾说，要是女朋友干了对不起你的事，就该把她按到床上一顿怒操，然后再分手。我向来看不上“以屌服人”的行为，但昨晚有那么一丁点儿的瞬间我还真有那冲动。我想这就是蹲监狱的经历使然吧，它把我变成了有那种想法的人。

我走下楼梯，经过洗衣房，新型高效率不锈钢洗衣机和烘干机在里面嗡嗡作响。然后，我走到车库前，打开开关，抬起一块巨大的镶板门。金属碰撞声让我吞了一下口水。我们刚结婚那会儿，瑟莱斯蒂尔说她一听到车库门尖锐的声音就会微笑，因为那意味着我下班回来了。那时候，我们在各方各面都很契合——心理上，精神上，当然了，还有身体上。可现在，她似乎都不了解我。甚至更可怕的是，她可能从未了解过我。对此你怎么看，沃尔特？没有人警告过我啊。

日间的光亮让车库明亮了些。无论我的遭遇多凄惨，也无法改变明天就是圣诞节这个事实。街对面有一个打扮时髦的女人，她正在把十几株一品红搬到门廊里。门廊的四角各挂着一盏闪闪发光的枝状吊灯，白天光线足，几乎都看不到灯泡，眯着眼睛才能找到它们的位置。挺立在我视野中央的，是那棵瑟莱斯蒂尔百般宠爱的老树。我不是欣赏不来植物的美。小时候，我尤其喜爱一棵山核桃树，但我的喜爱是有原因的。那颗山核桃树盛产优质核桃果，一袋能卖 1 美元。奥利芙偏爱后院里的那片紫薇花，因为她喜欢蝴蝶和花朵。同样是喜爱，原因却不相同。

我把目光转回室内，发现车库里井然有序。肯定是安德烈的杰作，他一向是个整洁的人。这间车库有种陈列室既视感，干净得仿佛一切都未经使用。我住在这里的时候，都能闻见铁铲上的泥土味儿，割草机里的汽油味儿，以及剪枝刀上的树汁味儿。现在，所有工具都打磨一新，挂在钉子上，似乎正在出售。每件物品都打了标签，仿佛没了标签，人们就不知道什么是斧子一样。

北墙根堆着几个硬纸箱，上面工工整整地写着“罗伊·汉，杂物类”。我宁愿上面只写着我的名字“罗伊”，或者“罗伊的物品”，甚至“罗伊的烂东西”都更有人情味儿。我出狱的时候，他们给我一个纸袋，上面标着“汉密尔顿·罗伊·奥的私人物品”。那个袋子里装着我进去时带的所有东西——除了一把笨重的折叠刀。那把小刀是大罗伊的叔叔的，“罗伊”这个名字也源自他。我看着这六七个不大不小的箱子，不知如何是好。那辆克莱斯勒完全装得下它们。像大罗伊或沃尔特那种聪明人肯定会把它们装进车里，随即上路。但我没有。我把箱子都搬了出去，放在“老核”底下的半圆形长凳上。

然后，我回到车库，想找一把划胶带的工具，但一无所获，除非我愿意用双刃斧。最后，我用钥匙凑合了一下——正是那把为我打开前门、给我一肚子空期许的钥匙。

第一个箱子里装的是我放在梳妆台顶层抽屉里的所有东西，摆放得没有一点秩序。似乎她和安德烈只是打开箱子，拽出抽屉，就把东西一股脑倒了进去。我发现了一小瓶冷水古龙香水，几张卷曲的儿时快照，还有几张我和瑟莱斯蒂尔恋爱初期的照片。哎，她至少也该把照片留下啊？箱子底下还有一包大麻残渣。在另一个纸箱里，我找到了自己的大学文凭。她把它保存在一个皮夹里，我刚心生感激，就看到一个厨房定时器和半瓶抗生素，把它们放在一起逻辑何在？纸箱里还有一块玻璃镇纸，镇纸陷进一件紫金两色的毛衣里。虽然毛衣闻起来像从二手店买的，但我还是把它套在了身上，毕竟天气很凉，有件衣服御寒就不错了。

我已经不在乎这些东西了，但我仍然不停地撕开箱子，把里面的东西倒在草地上仔细察看，只为了找一小块骨头。我朝房子望去，发现窗边有动静。估计是瑟莱斯蒂尔在偷看吧。街对面的那个女人可能也在看我，我能感觉到背后的目光。曾经我可是知道她的名字的。我挥了挥手，但愿她不会因此而焦虑，甚至想要报警，因为我现在最不想要的就是与执法人员近距离接触了。她也朝我挥了挥手，往邮箱里塞了一叠信封，并竖起红旗。大罗伊的克莱斯勒停在路边，我在外面翻腾箱子，再加上垃圾四处乱飞，这画面像极了贫民窟，林恩谷路的居民怕是没见过吧？“圣诞快乐！”我喊道，同时又挥了一下手。她似乎放松了警惕，但还是回到了屋里。

最后一个箱子里有两样东西吸引了我的注意：一样是从我六岁时就伴随我的、用来储存二百周年纪念币的玻璃罐；另一样是几把捡来的钥匙。我的牙齿不在其中。我抠了抠箱子底，以免它夹在缝里，却发现了一张淡粉色信封，信封上有我妈用天蓝色墨水写下的少女字迹。我坐到冰冷的木长凳上，展开里面的信纸。

亲爱的罗伊：

我写下的这些话你一定要听到心里去，不要闹哄哄地跟我顶嘴。之所以这样提醒，是因为接下来的话会让你反感。

首先，我要说我对你感到非常骄傲，甚至都过于骄傲了。我总是谈起你，惹得“基督王”教堂里的很多教友都烦了，他们当中有太多人的孩子表现得很差劲，儿子要么在蹲监狱，要么迟早会蹲监狱，女儿没结婚就生了孩子。虽说并不是所有人的孩子都这样，但他们的数目之多，以至于招来了人们对我和我孩子的嫉恨。所以我每天晚上都会为你祈求上帝的庇护。

你能找到一个想娶的人，我真的替你高兴，而且你也知道，我一直想当奶奶。（我是不是长得太年轻，看上去不像奶奶？）不必担心我和你爸，我们从一开始就攒了养老的钱，所以不要觉得我接下来的话是出于金钱上的顾虑。

我想问的是，你确信她就是上帝为你准备的女人吗？确信她就是上帝为真正的你而准备的妻子吗？既然你都没把她带到埃罗见一见我和你爸，你又是怎么知道的呢？我知道你一直在跟她的家人来往，而且对他们非常钦佩，但我们也是有必要认识一下她的啊。所以带她来见一见我们吧，我保证会把一切都给你安排得称心如意，而且会谨言慎行。

罗伊，我不能还没见她就说她的坏话，但我最近心神不宁。你爸说我就是不想让你长大，他说我和他“跳扫帚”[1]的时候，很多人也心神不宁。但我必须要告诉你，那些噩梦又回来了，否则我就不是一个疼爱你的母亲。我知道你不相信天兆，所以不会跟你聊细节。我只想说，儿子啊，我为你忧心忡忡。

你爸可能是对的，我承认我把你握得太紧了。可能我见了瑟莱斯蒂后就可以放下心了。从你的描述来看，她确实是个好姑娘。但愿她的父母不会把我和你爸想成乡下土包子。

把这封信读三遍，然后再告诉我你的想法。我随信附着一张祷告卡，每晚都要为此祈祷，终会有好处的。与主说话的时候要跪着，不要觉得躺在床上思考也叫祈祷，思考与祈祷是两码事。对于重要的事，你

1 跳扫帚是美国传统黑人婚礼中的一个重要仪式，此处代指“结婚”。

需要的是祈祷。

疼爱你的母亲，

奥利芙

我把信叠起来，塞到裤子口袋里。寒风刺骨，我却汗涔涔的。我妈曾试图警告我，挽救我，但挽救我于什么呢？起初，她一直挽救我于两者：一是监狱，一是放荡的女孩。后来我读完高中，没有被人起诉，也没有让人怀孕，她感觉自己的任务完成了。我提着三个崭新的行李箱登上前往亚特兰大的“旅途”[1]巴士时，她举起拳头得意地喊，“大功告成！”在听到我要结婚的消息前，她应该没有再为我担心过。

我坐到长凳上，又把信读了一遍。我并不相信奥利芙“预言式的梦”；况且，我的灾星并不是瑟莱斯蒂尔，而是路易斯安那政府。不过，妈妈言语间的温情让我感受到些许安慰。可转瞬间，我又想起自己当年的反应，不禁心里一痛。虽然我的回信写得很婉转，但我可是一只被打的狗啊，免不了吱吱嗷嗷地抱怨。“不要觉得我们丢人。”她其实是在暗示这句话。我一遍一遍地读，每一个字都像一次鞭打，直到再也承受不住，才把它放回口袋。我望着地上的一片狼藉。下齿这样的小东西不管是混在乱糟糟的杂物里，还是藏在草丛里，都很难找到。或许我就该放弃它，去面对未知的未来。一千年之后的盗墓贼会发现我永恒的残缺，我的下颌骨就是我一生的缩影。

我发誓我本打算此时就离开，给大罗伊的汽车加上油，回到高速公路上，除了我妈的信之外什么都不带。

---

1 “旅途”是美国最大的巴士公司之一。

可突然间，我看到车库里有一个网球拍。那个拍子很贵，但更重要的是，它是我的财产。我可以把它送给大罗伊；小时候，我们经常在镇上的娱乐中心打网球。我走在沙白色的私家车道上，心中想着达维娜以及瑟莱斯蒂尔在奥利芙下葬后说的话。“佐治亚，”我对着空气喊，“你不是唯一的人渣。”

我扫视一下车库的墙壁，球拍果真挂在一个小钩子上。我把它取下来，发现它已因长久搁置变了形。最初买它的时候，它可是整个希尔顿黑德岛上质量最好的，可现在已经沦为破败腐朽的金属和肠线。手柄黏黏糊糊的，但我还是抓着它，模拟了一下反手挥拍，不料却打在瑟莱斯蒂尔的汽车的保险杠上。第一下纯属偶然，但接下来的第二下、第三下、第四下就是有意而为了。汽车警报尖叫着抗议，但我没有停下来，直到瑟莱斯蒂尔背着包、拿着钥匙走进车库。

“亲爱的，你在干什么？”她用一把小遥控关掉了警报，“你还好吗？”

她语气里的怜悯让我怒火中烧。

“我不好，我怎么可能会好？”

她摇了摇头，仍然带着一种温柔的哀伤。我从没打过女人，也从没那种冲动。但此时此刻，我的手痒得很，恨不能一巴掌呼上去，把她漂亮脸蛋上的忧虑扇掉。

“罗伊，”她说，“你想让我怎么做？”

我想让她怎么做她心知肚明，没什么复杂的。我想让她做一个合格的妻子，在我自己的家里为我留一席之地，我想让她等我回来。自耶稣诞生之前一直到今天，有多少女人等待过丈夫？她一直说个不停，但我根本没耐心去听她泪流满面地解释自己多么努力。

“你知道什么叫努力吗？去路易斯安那当一回政府的‘贵宾’试试。坚守五年能有多难？让一个疲惫的人感受到热情能有多难？我在监狱里摘过大豆。拿着莫尔豪斯学院的文凭，却跟我祖爷爷一样干农活。所以别跟我说你多么努力。”

她抽泣起来，我又打了一下汽车。网球拍哪能打得坏沃尔沃？连车窗都打不碎。警报倒是响了，可瑟莱斯蒂尔随即就关掉了。

“罗伊，别这样。”她叹了一口气，像个疲惫不堪的母亲，“把网球拍放下。”

“我又不是你的孩子。”我说，“我是个成年的男人。你为什么不拿我当个男人和我对话？”我忍不住去看她眼睛里我的映像：穿着沃尔玛的衣服和高中的毛衣，臭汗淋漓地晃动着一把破旧的网球拍，仿佛它是某种武器。我把它丢到地上。

“你冷静一下好吗？”

我扫视着一排排贴着标签的工具，希望能找到一把扳手或者锤子，把车上的每面车窗都敲碎。然后，在一臂之远的地方，我发现了那把双刃斧，并且看中了它。哼，你瞧啊，我的手刚抓上它厚重的木把手，整间屋子的气氛就扭转了。瑟莱斯蒂尔倒吸一口凉气，脸上露出原始的恐惧。她的恐惧也让我火大，但至少比怜悯要好。我站在汽车与墙壁之间的窄缝里，尽可能高举斧头。车窗碎了，安全玻璃掉落一地。她吓得不轻，但还是有足够的心智把警报关掉，让一切都静悄悄的。

我朝她走去，手里仍抓着斧头。她向后一缩。

我大笑起来。“现在你又觉得我危险了？你真的了解我吗？”我扛着斧头，像保罗·班扬[1]一样走出车库，感觉自己终于做了一回男人。踏入寒冬的阳光里，我已下决心只带这把斧头、妈妈的信以及妻子眼神中的

1 美国神话中的伐木巨人。

恐惧返回埃罗。

《创世记》中不是说“不要回头”吗[1]？我傻傻地回头看了一眼，发现她表情放松下来，庆幸我没有带走无法替代的东西，没有毁坏无法修理的东西。

“你喜欢我吗，佐治亚？”我问她，“说不喜欢，我便永远消失在你的生命里。”

她站在私家车道上，双臂环抱，似乎很冷的样子。“安德烈就在路上。”

“我没问安德烈。”

“他马上就要到了。”

我忍着头痛继续逼问她，“说‘喜欢’或‘不喜欢’。”

“等安德烈回来再谈行吗？我们可以——”

“别再提他了。我想知道你爱不爱我。”

“安德烈……”

她说了太多次他的名字，接下来的事有一部分责任在她。我问了她一个简单的问题，她却拒绝给我一个简单的答复。

我转身离开，然后骤然左转，踏过草坪，迈了六个大步，走到巨树之下。摸着粗糙的树皮，我犹豫了一下，想手下留情。可转念一想，山核桃树本就是没用的废物，除了高大一无是处。要想砸开这种核桃，需要用上锤子，还要耗费大把的时间，甚至还得用螺丝刀才能吃到果肉，然而果肉尝起来却跟石灰一样。谁会心疼一棵山核桃树呢？只有瑟莱斯蒂尔，或许还有安德烈。

---

1 《创世记》是《圣经》旧约的第一卷，在其第十九章中，耶和华因所多玛与蛾摩拉罪恶深重，欲派天使毁灭两城，并通知义人罗得一家提前撤离，且撤离的时候不要回头，但罗得的妻子没有听从警告，回首后变成了盐柱。

在我很小很小、连乔治·华盛顿用的那种短柄小斧[1]都用不了的时候，大罗伊曾教过我如何砍树。“膝盖弯曲，用力向下挥斧，笔直地砍下去。”瑟莱斯蒂尔就如我们从未生下来的孩子一样大哭，我每砍一下，她便哀嚎一声。相信我，我并没有因此而放慢速度，哪怕我肩膀灼痛，手臂扭伤、颤抖。新鲜的木屑伴随我的每一次挥砍，从受伤的树干上飞迸而出，叮在我的脸上，使得我的脸火辣辣地痛。

“佐治亚，你说话啊。”我一边喊，一边砍粗壮的灰色树干，每砍一下都能让我体验到快感与力量，“我问你爱不爱我。”

1 乔治·华盛顿，美国首位总统。在他小时候，父亲给了他一把小斧头，他用斧头砍掉了院子里一棵非常珍贵的小树。父亲看到树被砍后火冒三丈，问他是谁干的。乔治勇敢地承认了，因此得到了父亲的表扬。

安德烈

我本以为回家后会面对心理上的混乱，可当我把车停在林恩谷路尽头时，遇到的景象更像是物理上的混乱。满院子都是散落的纸箱和垃圾；瑟莱斯蒂尔穿着工作服，站在私家车道上，用拳头掩面哭泣；罗伊·汉密尔顿拿着我的双刃斧砍着“老核”。我多希望自己产生了幻觉，毕竟我开了很久的车。但是具有穿透力的金属撞击木头的声音让我确信眼前的一切都是真的。

瑟莱斯蒂尔和罗伊同时叫出我的名字，似乎心有灵犀。我很纠结，不知该回应他们中的哪一个，所以就问了一个他们都能回答的问题：“到底发生了什么？”

瑟莱斯蒂尔指了指“老核”，罗伊又大胆地砍了一斧，然后把它留在树里，就像一把卡在石头里的剑。

我站在私家车道上，介于两人之间。他们就像两个分离的行星，互相吸引，但轨道不同。太阳高悬在头顶上，只发光，不放热。

“瞧瞧谁来了，”罗伊说，“世界第三大恶人。”他撩起衬衫，擦了擦冒汗的额头，“当下的风云人物。”他咧开嘴笑，露出参差的牙齿，他的缺齿就像是脱落的螺丝钉。斧头安稳地卡在树干上，停止了抖动。

假如我在大街上碰到罗伊，不知道还能不能认出他来。他还是那个罗伊，但监狱让他变壮了，额头上沟壑累累，肩膀略微前倾，胸肌过于发达。虽然我们年龄相仿，但他看上去老多了——不是大罗伊那种老前辈形象，而像一台老化的大功率电机。

“怎么了，罗伊？”

“嗯……”他抬头望向太阳，都不用手遮光，“我蒙冤入狱，回到家却发现老婆跟自己最好的兄弟搞上了。”

瑟莱斯蒂尔朝我走来，就像往日里我刚下班回家时那样。我习惯性地搂住她的腰，亲吻她的脸颊。与她接触让我心安，不管我不在的时候发生了什么，我现在才是那个搂着她的人。

“你还好吗，瑟莱斯蒂尔？”

“她很好。”罗伊说，“我怎么会伤害她呢，我可是罗伊啊。她可能不是我的妻子了，但我还是她的丈夫，你们都看不出来吗？”他举起双手，似乎在表示没有武器，“来跟我聊聊吧，安德烈，坐下来像个男人一样聊聊。”

“罗伊，”我说，“大家都看出我们之间起冲突了。我们要怎样解决它呢？”松开瑟莱斯蒂尔后，我的双臂有种荒废感。“没事的。”我对她说，更是在努力说服自己。我也学罗伊做出“别开枪”的动作，然后朝“老核”走去。暴露在外的木头闻起来有种奇怪的甜味，几乎跟甘蔗一样。木屑散落一地，像奇形怪状的彩屑。

“谈吧。”罗伊说，“很抱歉，我伤害了你家的树，我气得失去了理智。男人也有感触啊，我有太多的感触。”他把凳子上的木屑扫掉。

“这长凳是我爸做的。”我说，“那时候我还小。”

“安德烈，”他说，“你就这点本事？”他站起身，把我拽进怀里，来了个男人拍背式拥抱。他碰我的时候我吓得一缩，真叫人尴尬。

“那么，”他松开我，一屁股坐到长凳上。“最近怎么样啊？”

“也就那样。”我说。

“那我们开始谈吧？”

“可以。”我说。

罗伊拍了拍旁边的空位，倚在树上，伸开双腿。“我爹跟你说过你是怎样中的计吗？”

“提到了。”我说。

“告诉我为什么。我向你保证，只要你告诉我，我就不再挡你的路。告诉我，是什么让你心想，‘去他妈的罗伊，很遗憾他蹲了监狱，不过是时候享用他的女人了。’”

“你歪曲了事实。”我说，“你知道事情不是那样的。”留瑟莱斯蒂尔一人站在私家车道上，她听不见我们的谈话，给我一种肮脏感，所以我唤她过来。

“不要叫她过来。”罗伊说，“这是我和你之间的事。”

“这是我们所有人的事。”

街对面的邻居把几株一品红排成一排，然后扶正。罗伊朝她招了招手，她也招手回应。“那我们可以把整个小区的人都叫上，让它变成我们所有人的事。”

瑟莱斯蒂尔坐在我们中间，如雨水般洁净。我把胳膊绕在她肩膀上。

“别碰她。”罗伊说，“你没必要在她身上撒泡尿，跟狗标记自己的地盘一样。注意举止！”

“我不是地盘。”瑟莱斯蒂尔说。

罗伊站起来，痛苦地踱步。“我对天发誓我在努力地保持风度。我是清白的。”他说，“清白的啊。我在想工作上的事，然后睡着了，然后就被抓了。这种事也可能发生在你身上，安德烈，别人一句话就能毁了你。是的，你有自己的房子，还有一辆梅赛德斯越野车，但你觉得警察会在乎吗？我的遭遇可能会发生在任何人身上。”

“你觉得我不知道吗？”我说，“我当了一辈子的黑人。”

瑟莱斯蒂尔说，“罗伊，我们没有一天不谈及你、不想起你。你觉得我们不在乎，但我们在乎。我们以为你永远地离开了。”

我沉默地听瑟莱斯蒂尔解释。她说的话都是我们事先商量好的，可现在听起来有些不真实。我们是在说我们的爱情只是境遇使然吗？是在说我们相爱只是因为罗伊不在吗？谎话。我们相爱是因为一直相爱，我拒绝任何其他说法。

“瑟莱斯蒂尔，”罗伊说，“别说了。”

“听着，”我说，“罗伊，你要明白我们已经在一起了。句号。细节不重要。句号。”

“句号？”他说。

“句号。”我重复道。

“听着，”瑟莱斯蒂尔央求道，“你们两个都听着。”

“回屋去。”罗伊说，“让我跟安德烈好好谈谈。”

我按着她的背，朝屋门的方向推了推，但她坚定不移。“我不走。”她说，“这也是我的生活。”

我们都面向她，我对她的钦佩的神情也出现在罗伊皱巴巴的脸上。“如果你想，那就在这儿听。”他说，“我叫你回屋是为了你好，你没必要去听我和安德烈的谈话，我这是绅士之举。”

“这是她自己的选择。”我说，“我们之间没有秘密。”

“不，你们有。”罗伊坏笑道，“问问她昨晚的事。”

我用眼神问她，但她面无表情，仿佛为了遮阳，拉下了百叶窗。

“告诉你吧，你可不想待在外面。”罗伊对瑟莱斯蒂尔说，“男人之间的对话可不好听。这也是监狱最可怕的地方，太多男人挤在一处。你被困在里面，知道外面的世界满是女人，她们养花弄草，美化万物，让整个星球变得文明。而我却像个动物一样，与其他动物一起关在笼子里。所以瑟莱斯蒂尔，我再给你一次机会，带着你漂亮的身板回屋，去缝娃娃啥的。”

“我不走。”她说，“这里必须得有一个头脑清醒的人。”

“宝贝，回屋去吧。”我说，“你昨天有一整天的机会跟他谈话。”我试图让“谈话”这个词听起来更中性，而不流露出我对他们是否干了谈话之外的事情的疑虑。

“十分钟就够。”罗伊说，“不会太久的。”

瑟莱斯蒂尔站起身，走开了。我望着她平滑而健壮的后背，罗伊则望向街对面的邻居。她明目张胆地看着我们，甚至都懒得摆弄花卉了。

他等到瑟莱斯蒂尔消失后，说，“就像我说的，这个世界满是女人，尤其是在亚特兰大。你是个有工作、没被监禁、受女性欢迎的异性恋黑人，这世上的妞随你挑，可你他妈偏偏勾引我老婆。这是对我个人的不尊重，也是对我以及全体黑人的遭遇的不尊重。瑟莱斯蒂尔是我的女人，你心里也清楚，而且你他妈还是那个介绍我们认识的人。”此时，他正站在我面前，声音并不是很大，但越来越深沉。“是因为方便吗？你懒得开车走远路，所以就看上了邻居的屄？”

我站了起来。有些话是一个男人坐着无法忍受的。他等的就是这一刻，我一起身，他就把胸膛顶到我胸膛上。“罗伊，从我面前滚开。”

“告诉我，”他说，“告诉我为什么要这样做。”

"为什么要怎样做？"

"为什么要偷走我的老婆？你本可以远离她的。没错，她确实孤独，但你不孤独。哪怕她投怀送抱，你也可以转身离开啊。"

"这有什么难理解的吗？"

"真他妈扯淡。"罗伊说，"在产生所谓的爱意之前，你分明知道她是我的老婆。你一有机会就抓住了。只要能让鸡巴湿乎乎的，其他的你都不在乎。"

我推了他一把，因为我别无选择。"不要这样说她。"

"否则呢？嫌我说话难听？监狱里没那么多政治正确，我们想什么就说什么。"

"你到底想怎样？你想让我说啥？如果我说她是个性感尤物，你肯定想打架；如果我说我想娶她，结果也好不到哪儿去。所以干脆别废话了，直接揍我，怎么样？但要记住一点，她不属于你，也从未属于你。她是你的老婆，没错，但她并不属于你。要是理解不了这一点，就揍我一顿，赶紧了事吧。"

罗伊迟疑了片刻。"这就是你要说的？她不属于我？"他从牙齿的缺口处喷出一口唾沫，"她也不属于你，朋友。"

"说得对。"我转身走开。他的问题就像带刺的藤蔓一样缠在我腿上。疑惑让我放松警惕，毫无防备。罗伊的笑使我动摇，让我忘记了我信任她就如信任自己的双眼一般。

我尚未迈步就遭到他背后一击。"不许走开。"

这就是我爸预言的暴力。"受着吧。"他曾说，"挨完揍，继续生活。"我转过脸，拳头还没捏紧，就被他一拳打中鼻子。我先是感受到冲击，然后感受到嘴唇上的热流，最后才是疼痛。接着，他又猛击几下，一拳打在我腰上，然后把我的头按在他胸前，最后把我撂倒在地。

罗伊蹲监狱的这五年里，我在写计算机代码。在此之前，我还得意于自己清白无污点的人生，但此时此刻，躺在“老核”下的草地上，挡着罗伊的铁拳头，我真希望自己是另一种人。

“所有人都那么冷静，仿佛只是遇到了一道减速带。”他喘息着说，“这可是我的人生啊，混蛋，我的人生！我和她本是夫妻。”

你可曾直视过狂怒？面对一个痛心疾首的男人，你无法自救。罗伊的脸狰狞而狂野，脖子上的肌肉纤维犹如一根根电缆，嘴巴就像一道深裂的口子。他急需揍我，这种需求超过了他对氧气甚至是自由的需求，驱使着他不停地击打。他的伤害欲甚至超过了我的求生欲。我的自卫具有仪式感和风度，是象征性的；他的拳脚和需求则出于一种野蛮的冲动。

他是从监狱里学的这种揍人方式吗？我记忆中的校园斗殴里完全没有这些招式，这是一个毫无顾忌的人展露出的凶狠残暴。如果我继续躺在草地上，他就会踩我的头。我站起身，但双膝一软，跪在了地上，就像一座坍塌的大楼。然后，我又倒在草地上，鼻子里充满干草和鲜血的味道。

“说对不起。”他说着，摆出要踢我的姿势。

这是一个机会，一个举白旗的机会。把这几个字连同嘴里的血水一起喷出并不是一件难事，我当然可以满足他的要求，只是我并不想。“对不起什么？”

“你心知肚明。”

我凝视着他因阳光而眯起来的眼睛，但看到的却是一个陌生人。如果我相信他一心只想杀我，而“对不起”三个字能拯救我，我会乖乖投降吗？不知道。但既然要死在自家前院，何不带着尊严死去？“我没有对不起谁。”

但我确实抱歉。不为我和瑟莱斯蒂尔的行为，这一点我永远都不后悔。我为很多事情感到抱歉。我为伊薇感到抱歉，她被红斑狼疮折磨了这么多年。我为死在象牙贩子手中的大象感到抱歉。我为卡洛斯感到抱歉，他为了一个家庭舍弃了另一个家庭。我为芸芸众生感到抱歉，因为我们都将死亡，没有人知道死后会发生什么。我为瑟莱斯蒂尔感到抱歉，她很可能此时就在窗边观看。最让我抱歉的是罗伊。我上次见他是在他母亲葬礼前一天早上，他说，“我根本就没有机会，对吧？我本以为我有的。”

挨打当然会痛，但我学会了如何忽略它。我转移注意力，去想我和瑟莱斯蒂尔。我们多么自以为是啊，竟然认为可以挺过这次灾难，竟然相信可以通过磨嘴皮、讲道理走出这个困境。然而总要有人为罗伊的遭遇买单，就像罗伊为那个女人的遭遇买单一样，总得有人买单。“子弹不长眼。”人们不都这样说吗？复仇也是如此，甚至爱情也是。它们随机且致命，如同龙卷风。

瑟莱斯蒂尔

有时候真看不透自己。罗伊和安德烈在外面对峙，迸射出暴力与竞争的火药味儿，仿佛回到了校园更衣室[1]。他们叫我离开，我就照做了。为什么？我没勇气看下去吗？我不是一个顺从的人，但在圣诞节前一天却唯命是从。

他们肯定在我刚关上门时就打起来了。等我走到窗前，透过窗帘像一个愚蠢的南方淑女一样偷看时，罗伊和安德烈已经躺在枯草地上打滚，胳膊和腿纠缠在一起了。我只看了他们几秒钟，但无论时长多少，都太久了。只见罗伊占了上风，把安德烈按倒在地，骑在他身上，抡着胳膊愤怒地捶打。我赶紧打开窗户，挂在细杆上的蕾丝窗帘被风吹起，如面纱般遮住我的眼睛。我对着寒风喊他们的名字，但他们要么听不见，要么听不进。用力与满足的叫喊声盖过了疼痛与羞辱的喘息声，所有这些声音都飘进我的窗户，促使我跑出门外，一心只想拯救

1　在美国，更衣室是校园霸凌与校园暴力的常见发生场所。

他们。

我跌跌撞撞、颤颤巍巍地跑到草坪上，大喊，“十一月十七号！”但愿他能记起来。

他真的住手了，但随后一脸恶心地摇摇头。“现在才说太晚了，佐治亚，我们之间已经没有密语了。”

看来我别无选择了。我掏出口袋里的手机，拿着它像枪一样对准他，然后竭尽全力地喊，“我要报警了！”

罗伊僵住了，我的威胁使他突然停手。“你会报警吗？真的会，对吧？”

“是你逼我的。”我拼命克制身体的颤抖，“从他身上下来。”

“我不在乎。”罗伊说，“你报警吧。去你妈的，去他妈的安德烈，去他妈的警察。”安德烈想要挣脱，罗伊随即给了他一拳，仿佛是要证明自己的决心。安德烈闭上了眼睛，但没有叫喊。

“求求你了，罗伊。”我说，“求求你不要逼我报警。”

“报警吧。”罗伊说，“你觉得我在乎吗？报警吧，让我回监狱，这里没有我的立足之地，让我回监狱吧。”

“不要。”安德烈挣扎着说。他的瞳孔又黑又大，几乎挤掉了浅色的虹膜。“瑟莱斯蒂尔，不能让他回监狱，他遭受了太多。”

“报警啊。”罗伊说。

“瑟莱斯蒂尔。”安德烈的声音虽然坚决，但却如海外来电一样遥远。“把手机放下，快点。”

我跪下来，把它放在草坪上，仿佛缴械投降。罗伊松开安德烈，后者跪起身，站不起来，身子都挺不直。我冲了过去，但他不让我碰。“我很好，瑟莱斯蒂尔。”他说，尽管他并不好。木屑像虱子一样粘在他的衣服上。

"让我看看你的眼睛。"

"别过来，瑟莱斯蒂尔。"他轻声说，牙齿上有粉色的血痕。

罗伊离我们只有几码的距离，他一边走动，一边活动着双手。"我没有踢他。他倒在地上的时候，我没有踢他。我本可以，但我没有。"

"你已经打得不轻了。"我说。

"那你呢？"罗伊开始短距离踱步，仿佛在丈量一间狭窄的牢房。"本不该闹成这样的。"他说，"我都打算回家了。我只想跟我的老婆谈一谈，把该问的问清楚。本来就不关安德烈的事。"

我没报警，但警察还是来了。警车开着蓝色闪光灯，但没鸣警笛。两位警官一个是黑人女性，一个是白人男性。看两人的表现，就知道他们是被迫在圣诞节前夕工作的。我很好奇他们看到我们之后是怎么想的。两个男人，浑身淤青，血迹斑斑；一个女人，穿戴喜庆，完好无损。我感觉自己像是一对新生双胞胎的母亲，一会儿跑向这个，一会儿跑向那个，以确保两人都没被忽略，都得到了我的关爱。

"女士，"女警察说，"出什么事了吗？"

上次与警察亲密接触还是在松林旅馆的那晚，我被他们从床上拽了出去。我摸了摸下巴底下的伤疤，不由自主地唤醒了身体的记忆。十二月天气寒冷，我却感受到一股八月之夜的炎热。他们拿枪对准我们，不许我们说话，不许我们移动。但我丈夫还是向我伸出手来，我们的手指不顾一切地交缠在一起，但转瞬就被一名警察用穿着黑靴子的脚分开了。

"请不要伤害他。"我对女警察说，"他遭遇了太多不幸。"

"他们是谁？"白人警察问我。他的口音厚重而黏软，典型的玛丽埃塔大红鸡[1]西部地区的口音。我试图跟女警官进行眼神交流，但她的目光一直聚焦在罗伊和安德烈身上。

我用打电话时的语气说，“他们是我的丈夫和邻居。刚才发生了点意外，但现在没事了。”

女警官看向安德烈。“你是她丈夫吗？”

他没有回答。罗伊说，“我是她丈夫。我是。”

为了核实，她朝安德烈点了一下头，“所以你是她邻居？”

安德烈没有回答“是”，而是指着他家的前门，把住址背了一遍。

警察调查完毕后，对我们说“圣诞快乐”，他们的声音如凶兆般回荡在空气中。警车走的时候没有闪蓝灯，只留一股尾气在空中弥漫。警察一走，罗伊就一屁股坐在半月形长凳上，然后示意我坐到他旁边。但我没有去，因为几英尺外的安德烈还站着。他的眼睛周围越来越紫，撕裂的嘴唇露出红色的肉。

“佐治亚，”罗伊说着，把头埋进膝盖里，身子剧烈收缩，开始干呕。我走到他身边，揉着他抽搐的背。“我很痛。”他说，“我浑身痛。”

“需要去医院吗？”

“我想睡在自己的床上。”他站起身，似乎要去什么地方，但只是转身面向“老核”。“太难受了。”然后，突然——罗伊的动作肯定特别快，但不知为何，我注意到了他每一个动作——他把嘴唇吸到牙齿中间，抱着大树，仿佛它是他弟兄，然后向后仰头，脸朝向天空，用前额撞向古老的树皮。声音很柔和，就像鸡蛋掉在厨房地板上时发出的湿湿的碎裂声。然后，他又撞了一次，这次更用力了。我醒过神来，想都没想，伸

---

1 玛丽埃塔是佐治亚州的一个城市，“大红鸡”（The Big Chicken）是一家肯德基餐厅，是该市的地标性建筑。

出胳膊，挡在丈夫与树之间。罗伊再次仰头，蓄势待发，如果他真的把头撞过来，撞到的会是我而不是树。

他耸了一下粗壮的肩膀，然后看了看“老核”，又看了看草地上散落的木屑，然后是安德烈和我，最后是他自己。“为什么会这样？”罗伊摸了摸额头，眉毛上方的小伤口往外渗着鲜血。

然后，他坐到草地上，动作轻缓而有使命感。“你想让我怎么做？”他问，然后转向安德烈，用同样的疑问语气说，“讲真的，你们觉得我该怎么做？”

安德烈小心翼翼地坐到环形长凳上，身上的伤让他身体紧绷。“我们会帮你安顿下来，如果你想，你可以住我家里。”

“我住你家，然后你和我老婆住我家？你觉得说得过去吗？”然后，他看向我，“瑟莱斯蒂尔，你知道我不可能接受的，你懂我。我怎么可能会同意？你在期待什么？”

我期待的是什么？事实上，在罗伊出现在我的客厅之前，我都忘记他是个切实存在的人了。在过去的两年里，他对我来说不过是一个概念，一个没有实义的丈夫。他离开我的时间比我们在一起的时间都长。我已经说服自己有专门的法规可以为我免责。我把安德烈送往路易斯安那的时候，希望的是罗伊根本就不会来亚特兰大，只是派人索回他的东西，我们都将变成彼此的回忆。

“罗伊，”我说出内心的疑惑，“实话告诉我，你会等我五年吗？”

他又耸了一下肩膀。“瑟莱斯蒂尔，”他仿佛对着一个非常年轻的人说，“这烂事儿就不可能发生在你身上。”

安德烈动了一下，似乎想坐到枯草地上，与我们坐在一起。我朝他摇头，他疲惫地喘息，吐出一团团白雾。

“做决策的感觉如何？”罗伊说，“这五年来，都是由你来做决策的。

我们约会的时候是由我来的。你的手指需要一枚戒指，还记得吗？我是令你骄傲的未婚夫，拿着那颗钻石四处炫耀，仿佛它是探照灯。我承认我确实乐在其中。可现在，除了自己，我没什么可以给你。即便如此，也比去年要好，那时候我连自己都给不了你。所以我来了。”他看向左边。“该你了，安德烈。你有什么要为自己说的吗？”

安德烈对罗伊说，尽管他的眼睛看的是我，“我没必要对瑟莱斯蒂尔说我的感受，她都知道。”

“但要跟我说。”罗伊说，“告诉我你是怎样睡上了我的枕头。”

“罗伊，兄弟，”安德烈说，“我很同情你的遭遇，你也知道。所以不要觉得我对你不敬，但我不想跟你谈这件事。”他用舌头舔了舔破裂的嘴唇，“我们本来是有机会好好说话的，但你非要打架，现在我对你无话可说了。”

“那你呢，佐治亚？你有什么要说的吗？你为什么选安德烈不选我？”

真正的答案与奥利芙有关，是她帮我做出的决定。她躺在棺材里的时候，大罗伊向我展示了真正的交融是什么样子、什么声音、甚至是什么味道——新鲜的泥土与悲伤的味道。但我不可能告诉罗伊我是从他父母身上得知我们之间的感情是不会长久的。我们的婚姻是一次没有足够时间融合的嫁接。

他仿佛听到了我思绪的低语，说，“安德烈是在正确的时间、正确的地点出现的那个人吗？你们的罪是出于激情还是机遇？我需要答案。”

我要怎样才能让他明白欲望的作用已经不复当年了？年轻时的我会不由自主地被帅哥吸引。而现在我和安德烈日夜相伴，彼此打动，仿佛恒久如此，因为向来如此。

罗伊见我没有回答，追问道，“我们怎么会变成这样？我的钥匙能开门，但你不让我进去。”

他吃力地站起来，沉重地坐到长凳上，眼神空洞，表情痛苦。我面向安德烈，他没有与我对视，而是审视着罗伊，满身伤痕，瑟瑟发抖。

“不是你让他变成这样的。”安德烈说，“不要让他把罪名丢给你。”

他说得没错。罗伊何止是心碎，他的生活也沦为破碎的残片。可是，谁又能否认我是唯一可以修复他的人——假如他能被治愈的话？女人的使命向来都不简单，向来都不洁净。

“你知道我会在哪里。”安德烈转身面向自己的家。

他朝他家走去，我和罗伊也朝我们家走去。我领着他，搀扶他，仿佛他是一个中弹或者失明的人。当我们爬上通往前门的台阶时，安德烈平静地说，“他的头碰得很重，可能有些脑震荡，不要让他马上睡觉。”

“谢谢你。”我说。

“谢谢我什么？”安德烈说。

在浴室里，罗伊允许我给他清理伤口。我建议他去急诊室，但他拒绝了。“我知道你能照顾好我。”

可是，我能做的就只有涂消毒剂。夜渐渐深了，我们相互提问，以此来保持清醒，尽管我们眼皮低垂，仿佛下面坠着硬币。

“你在找什么？”我问他，“刚才你翻箱子的时候？”

罗伊微微一笑，把小拇指的指尖塞进牙齿的缺口，“我的牙。它又不是垃圾，你为什么要扔了它？”

“没有。”我说，“我留着呢。”

“因为你爱我。”他迷迷糊糊地说。

“不要睡。”我摇着他说，“脑震荡的人可能会死在睡梦里。”

“那可太操蛋了。”他说，“我好不容易出狱，回到家，发现老婆跟别人勾搭上了，好不容易赢回她，又跟大树打了一架，然后就睡死了。”尽管光线昏暗，他还是感受到了我神情的变化，“我是不是说太早了？我没有赢回你？”

每当他眼皮下沉的时候，我都把他摇醒。“别睡。”我低声说着，打开生锈的门闩，向他敞开自己，“我不能这样失去你。”

安德烈

我就是这样变孤独的。

瑟莱斯蒂尔用她的钥匙打开我家前门，走进客厅。她换了一身衣服，我仍然穿着下午打架弄脏的牛仔裤。在她离我还不够近、我看不清她肿胀的眼睛时，我就感应到了她身上的悲伤，就跟站在海滩上能闻见大海的咸味一样。现在还不到凌晨一点，虽是晚上，但也是新的一天。

“还好吗？”她说着，搬起我的腿，坐在沙发上，然后把我的小腿放在她的大腿上，继续说，“圣诞快乐。”

“希望如此。”我递给她一个方形玻璃杯，里面是我爸送的苏格兰威士忌的最后几口。她喝了起来，酒中的烟熏味让我想到了卡洛斯。

我朝沙发里面挪了挪，为她腾出空间。“躺下吧。”我说，“躺在我身边，让我感受到你，然后我们再谈。”

她摇摇头，站起身。“我想走走。”她像一只被困住的鬼魂，在屋里漫无目的地游荡。

我吃力地撑起身子，坐在沙发上。肋骨上已经缠了绷带，但每呼吸一下都会痛。“这么说，罗伊还活着？”

“安德烈。”她说着，在离我最远的角落里的白地毯上盘膝而坐，双脚裸露在外，看上去又冷又脆弱。“他被摧毁了。”

“跟我们又有什么关系？”

“有太多的东西你不知道，有太多的东西我们这样的人想都想不到。”

“这就是你躲在角落里的原因吗？瑟莱斯蒂尔，你在干什么？”我召唤她，“来这里，姑娘，跟我说话。”

她回到沙发上，与我躺在一起，然后紧紧地贴着我，额头相碰。

“我嫁给他是有原因的。”她说，“对一个人的爱是不可能消失的。或许它会变换形状，但它始终都在。”

“你真的信吗？”

“安德烈，我们拥有这么多，”她说，“而他什么都没有，甚至连母亲都失去了。他说话的时候，我的脸一直在烧，就像在奥利芙葬礼上一样。她的手印刺痛我的脸颊，让我永生难忘，现在还热呢。”她伸手去拉我的手，“你摸。”

我把她推开，突然对她的触碰、她呼吸里的酒味、甚至脖子上的薰衣草香心生厌烦。我不想抱着她，听她讲幽灵巴掌、死掉的母亲以及她应该做的事。

“你走吧。”我说，“如果你想离开我，那就走吧，别搞得这么玄乎。你才是那个做选择的人，瑟莱斯蒂尔，你。”

“你明白我的意思，安德烈。我们是幸运的，生而幸运。罗伊是草根出身，甚至都称不上草根。你也看到了他在树下想要自杀的样子，他想碰碎自己的脑袋啊。”

“事实上，我才是他想要杀死的人。”

“安德烈，”她说，“你和我，我们只是心碎而已，只是心碎。”

“对你自己来说只是心碎吧？”我说。

“宝贝，”她说，“你看不出来吗？我怎样对你，就是怎样对自己。”

“那就不要离开我，没必要。”

她摇了摇头说，“你没看到他，如果你看到他，你就会同意我所说的。”

“我需要你，瑟莱斯蒂尔。”我低声说，“我的一生不能没有你。”

她动了动，我们又贴在了一起。她闭上眼睛的时候，我能感到她睫毛的颤动。

“我必须要这样做。”她说。

瑟莱斯蒂尔什么都不亏欠我，这就是我们感情的美妙之处。谁都不亏欠谁，谁都不冒犯谁。她说爱会变换形状，但至少对我来说，这是一句谎话。我搂着她，浑身疼痛而局促，我就这样抱着她，直到肌肉无力，因为松开她就会失去她。

罗伊

我 11 点 15 分醒来，空气清新如在树林里。瑟莱斯蒂尔又变回我的佐治亚女孩了，只有头发与昔日不同。我站起来，她拥抱我，手指从我肩膀上略过。她的皮肤温暖得像一杯热巧克力。

“圣诞快乐，宝贝。”我像奥蒂斯·瑞丁[1]一样说。

“圣诞快乐。”她微笑着回应。

“发生了这么多事，我都快忘记过节了。”真希望自己当时用奥利芙的钱给瑟莱斯蒂尔买了一件完美的礼物，一个装在小包裹里的大家伙，可惜现在为时已晚。

“别傻了。”她说，“你很好，很完整。”

她知道这并不完全是实话。昨天的回忆让我羞愧，倒不是因为我的暴力行径，而是因为昨晚她怕我睡死，一直让我保持清醒，我向她急切地坦白了太多东西。我把“梨的故事”告诉了她，然后她用一首圣歌

1　20 世纪 60 年代美国颇具影响力的黑人布鲁斯和灵魂乐歌手，《圣诞快乐，宝贝》是他的一首歌。

来安慰我，就是那首她为奥利芙唱的歌。我都忘记她嗓音的力量了，她的歌声能把你打磨光滑。这让我想起了达维娜，以及她修复男人的方式。如果瑟莱斯蒂尔知道我为了这次回家伤透了一位温柔的女人的心，她会怎么想？伤害别人就是代价，不过我想瑟莱斯蒂尔对此已深有体会了。

“你知道我想要什么圣诞礼物吗？”我说，“我的两颗前齿。其实最想要的就是那颗下齿。”

她扭着屁股，走到梳妆台前，身上的衬裙让她看起来洁净如处女。我第一次见她穿白衣服是在婚礼上，最后一次是门被踢开的那晚。

她的梳妆台上放着一个珠宝盒，珠宝盒的造型就是梳妆台的微缩版。她打开它，从里面拿出一个小盒子，然后递给我。我摇了摇，听到一阵结结实实的声音，是我那块丢失的牙齿没错了。

“还记得那晚吗？我变身超人的那晚？”

“你挺身而出，”她说，“何止是‘挺身’，简直是‘飞身’。”

“希望你别误会我的意思。我知道你是一个独立的女人，有自己的钱，有个富有的老爸。但我享受能够拯救你的感觉。在街上追那个孩子的时候，我是一个英雄，甚至后来他把我牙踢出来的时候，我还是。”

“他可能会要了你的命。”她说，“直到你逮到他的时候我才意识到这一点。”

“他可能会，但并没有，干嘛去担心根本就没发生过的事？”我牵起她的手，“就连发生过的事我都不担心。今天是新的一天，新的开始。”

我们穿着睡衣，做了一顿称不上早的早餐。我自告奋勇，去炸三文鱼丸；她负责煮粗燕麦粥，她用右手搅拌平底锅，一颗深红色的宝石如火焰般闪烁。

电话响了。瑟莱斯蒂尔拿起电话说“节日快乐”，就像一个公司职员说公司的名字。从她的话里可以听出电话那头是她的父母。达文波特夫妇一个是古怪的天才老爸，一个是学校里教书的老妈，两个人在那栋“鬼屋”里过得舒舒服服。真怀念他们啊，怀念他们给我的慰藉与安全感。我伸出手，希望她能把电话递给我，但她摇了摇头，做了个“嘘”的口型。

“要去那边吃晚餐吗？”她挂掉电话后，我问。

“我和他们闹了点儿别扭。”她说，“而且，我还没准备好公开我们的近况。”

“圣诞节是我最喜欢的节日。”我回忆道，“自从我长牙起，每到圣诞节，大罗伊就会切一个苹果，然后我们一起分享。他小时候穷得只能吃到一个苹果，他不知道其他孩子收到的都是玩具汽车、新校服之类的礼物，但一个可以独自享用的水果足以让他兴奋不已了。”

“你从没跟我说过这件事。”瑟莱斯蒂尔说。

“估计是不想让你觉得我们可怜吧，因为说真的，那是我最幸福的回忆之一。我们结婚后的那个圣诞节，我偷偷跑到厨房里来吃苹果。”

她露出恍然大悟的表情。“你该告诉我的，我不是你想的那样。”

“佐治亚，”我说，“我现在知道了，别不开心，都是很久很久之前的事了。我犯了一些错，你也犯了一些错，没关系的，谁都不会计较的。”

她沉思着拉开炉子，把吐司拿出来。这几片吐司仿佛出自奥利芙之手，底面松软，顶面酥脆，只不过缺少五点黄油。她把它们端起来供我审查，表情仿佛在说“我已经非常努力了”。

我在冰箱里翻找，发现一颗大红苹果，然后从刀架上抽出一把锋利的小刀，切了厚厚的一片，递给她，然后又为自己切了一片。“圣诞快乐。”

她端起苹果，说，“干杯，祝你有个好胃口。”

这是我们第一个融洽的瞬间。这一刻，真正的和解似乎有可能实现。

苹果的味道甜里透着酸，让我想起了大罗伊。我想着他独自一人过节的画面。威克里夫会在女儿和外孙家过节，除了他，大罗伊不愿跟别人凑合。

“瑟莱斯蒂尔，”我说，“虽然我说过不该计较过去的事，但有一件事还需要谈一谈。”

她嚼着苹果，点了点头，眼神流露出恐惧。

“我不是想跟你吵架。”我说，“我发誓。不是关于安德烈的，也不是关于要孩子的，而是关于我妈的。”

她点点头，把沾着苹果汁的、黏糊糊的手盖在我的手上。

我吸了一口气。“瑟莱斯蒂尔，大罗伊说你把沃尔特的事告诉了奥利芙。他说就是这件事把她逼入死地，真正杀死了她。他说她正在好转，但听到沃尔特的事后就放弃了，就找不到活下去的意义了。”

我把手从她手里抽出来。“不。”她说，“不，不，不，不是那样的。”

“那是怎么样的？”刚才我向她保证我没有生气，但或许我真的在生气，嘴里的苹果尝起来像泥土。

“在她临终前我确实去看过她。罗伊，她死得并不轻松，非常痛苦。提供临终关怀的护士尽力在照顾她，但她不吃止疼药，觉得止疼药会让自己死得更快，她想为你坚持。我去的时候，她的肺都被肿瘤塞满了，胸膛里发出堵塞的声音，就像在一杯牛奶里吹泡泡一样。她在努力抗争，但她注定会输啊。她的手指都发蓝了，嘴唇也是。我让你爸离开房间，然后就告诉她了。”

“为什么？你怎么要那样做？她都没能撑过第二天。”奥利芙是独自死在家里的，当时大罗伊去 7–11 便利店为她买苹果酱了。我想她了。

他对我说，回来后，就发现她已经死了。“你不该那样对我妈。”

“不。”她摇了摇头，“你可以为很多事责备我，唯独这件事不行。我告诉她之后，她摇了摇头，望向天花板说，‘上帝真会开玩笑，派奥萨尼尔去救他。’你爸以为她放弃了，但事实不是那样。她知道你并不孤单，所以才放心去了。”

瑟莱斯蒂尔把双臂环抱在胸前，仿佛怕自己散掉。“我知道你不让我说，但如果你在那里的话……”

此时，我也做出同样的姿势，双臂交叉，双手抓在身侧。“我不在那里又不是我的错，如果他们允许，我肯定会在。”

我们坐在桌子旁，谁都无法安慰谁。她为自己只能旁观我妈的痛苦而痛苦，我为自己不能旁观而痛苦。

她最先恢复平静，拿起桌上的苹果，为自己切了一块，又为我切了一块。“吃。”她说。

白天过后是黑夜，亘古如此；黑夜又意味着新的一天即将到来。在前几个糟糕的年头里，日夜交替对我来说算是一种宽慰。瑟莱斯蒂尔在洗澡，我给大罗伊打了个电话。他叫出我们共有的名字，语气透露着忧郁。

“爸，你还好吗？”

“嗯，罗伊，我很好，就是有点消化不良。你妈妈的好姐妹富兰克林女士给我端来一盘菜，我吃得太多了，或者太快了。她的厨艺不如你妈，但也不是很差。”

“能享受她的菜是好事，爸，争取喜欢上她。”

他哈哈大笑，听起来不像是真心的。“你急着让我娶老婆，所以就不用回家照顾我了，对不？”

“我想让你幸福。”

“你自由了，光这一点就能让我余生幸福了。”

然后，我又给达维娜打了电话。瑟莱斯蒂尔洗澡产生的蒸汽飘进卧室。

“圣诞快乐。”我对她说。电话那头传来音乐和嬉笑的背景声。“打得不是时候？”

她犹豫了一下，说，“我去外面跟你说。”我一边等待，一边回忆她单手掐腰、头发里别着一束闪亮的银花的形象。她再次说话的时候，我装出随意的语气。

“我就想说‘圣诞快乐’。”我双手抓着电话，似乎怕有人给我抢走。

“罗伊·汉密尔顿，我有一个问题要问你。准备好了没？我的问题是：有还是无？可能是我蛋酒喝多了，但我需要答案。我们之间到底有无感情？”

女人就是这样，总是抛出一些没有正确答案的问题。“有？”我的回答带着弯曲向上的语气，像是一根猪尾巴。

“你不确定？听好，罗伊·汉密尔顿，对我来说，我们有感情，对我来说有。”

“达维娜，别逼我说谎。我已经结婚了。我来这边发现自己没有被离婚。”

她打断我。“我没问你那个，只问你有没有感情。”

我捻着电话线，回忆我们共度的时光。真的只有两晚那样短暂吗？可那两晚是我余生的起点。我爬着去了她家，然后站着走了出来。“有。”我欠着身子说，“绝对有。真希望自己能描述出来。”

瑟莱斯蒂尔出现的时候，我挂断了电话。她穿着一件娇小的蕾丝睡衣，整个人就像是一件圣诞礼物。我认出了那件睡衣，那曾是我买给她的，她抱怨说它看起来“痒”，我以为当时她的意思是“太便宜”。其实我花了很多钱，但现在她穿在身上后，我终于明白了她的意思。她转了一圈，说，“喜欢吗？”

“嗯。”我说，“喜欢，真的。”

她像休假的女神一样躺在枕头上，胸口上点缀着精美的金色亮斑。“过来。”她听起来像是电视里的人物，而非现实中看得见摸得着的人。

我朝她走去，没有关灯。

“还有一件事。”我说，“再说一件事，为了澄清，好吗？然后再做，好吗？”

“没必要，我们不都说好要重新开始了吗？”

听到“重新开始”，我心里一痛。在埃罗，“重新开始”就是原地打转的意思。不过我懂她的意思。她口中的“重新开始”是一种理想的境界，指的是步入一个干净整洁的房间，然后把门关死。“我不想重新开始，我想真实地开始。”

“那就说吧。”

“好。”我开始讲述，“出狱后，我在埃罗待了几天，状态很差，要做太多调整。有一个女孩，我的高中同学，邀请我去她家吃晚饭，然后我们就没刹住车。”我的坦白看似陌生，但却如一条心爱的牛仔裤一般熟悉。它是对过去的延续，是情侣间独有的吵架情形。这一次，瑟莱斯蒂尔没有吃醋的权利。不过，从何时起一个人有什么样的感觉都需要讲究权利了？我微微一笑，想起了那次她把我的那份婚礼蛋糕丢掉，独自喝光香槟的情景。或许我对吵架和恩爱有着同等的思念，因为在与她共处的日子里，这两者相互依存。我们的激情犹如一粒不稳定的原子，既强烈又危险。令我久久难忘的是，在我们和解时，她会在我胸口咬一口，留下一圈齿痕，让我疼上一两天。这样一个女人会让你明白你们的感情非同寻常。

瑟莱斯蒂尔说，“我怎么会生你的气？我又不是伪君子。”

我仔细观察她的脸，上面只有疲倦的神情，倒不如她直接耸肩。我虽然离开了很久，但多少还是了解她的。人的内核总有一些特征不会改变，瑟莱斯蒂尔始终是个性情刚烈的女人。昨天在树下，她拼命保持镇定，抑制心中的烈火，但我能感受到她的燃烧。“佐治亚，你知道我想表达什么吗？”

“知道。”她继续道，“你遭受了太多，你和她不是认真的。这是你想说的，是吧？”

“瑟莱斯蒂尔。”我把她抱在怀里。我穿着裤子和袜子，而她几乎全裸。她身上散发着闪光粉和沐浴露的味道。“你是不在乎，对吧？”

“我不是不在乎，而是想以成熟的眼光看待它。”

“刚才你洗澡的时候我给她打电话了。”我放慢语速，让每一个字都铿锵有力。我不喜欢讲述细节，我发誓我并不想伤害瑟莱斯蒂尔，只是想知道我还能不能伤害到她，还有没有那种能力，那种影响力。“跟她在一起，让我找到了曾经的自我，或者说是全新的自我，一个从现在做起的自我。我们之间不只有性，我不能骗你说我们之间没有感情。她拿我当男人对待，或者只是当人对待。”

瑟莱斯蒂尔面无表情，整张脸空洞如鸡蛋。“她叫什么名字？”

“达维娜·哈德里克。她问我们到底有没有感情——我是说我和她，不是我和你。”

“你是怎么说的？”瑟莱斯蒂尔的语气里只有好奇。

“我说我没离婚。”

瑟莱斯蒂尔点了点头，把灯关了，然后拉着我躺到床上。“对啊，你是已婚之人。”

我躺在黑暗中，心里有种不确定感，仿佛忘记了自己的名字。

达维娜说她唯一想问的是有没有感情，但这个问题就如“重新开始”一样太过理想化。在接下来的岁月里，我和瑟莱斯蒂尔之间的情愫不会消失，我们两个谁都不会喜欢“了无感情”所带来的完美的平静。床边的钟表跳了一下，午夜已过，圣诞日结束了。我的妻子沿着我的肩膀亲吻，如小鸡啄食。我能闻到她呼吸里的忧愁，但她仍不断地爱抚我，悲声轻唤我的名字。我转过头，与她面对面，托起她脆弱如灯泡的脸庞。“佐治亚，你不必强迫自己。”

她吻上了我的嘴，我都不确定自己想接吻。我借着床头柜上钟表的光亮，看清了她紧绷的额头和颤抖的眼皮。“我们不必非得做。”我说，“也可以直接睡觉。”

她贴着我的大腿，皮肤发烫。我的手指在她身上的蕾丝花边上游走，然后不由自主地去探索她的全身，但她的肌肉随着我的触摸而紧绷，仿佛我正在把她逐个细胞地石化。

“我就是这样爱你的。”她躺在一堆枕头上。尽管光线很暗，还是能看清她胸脯的快速起伏，仿佛一只被捏在手里的鸟。“罗伊，求求你让我补偿你吧。”

我蹲监狱的时候，奥利芙每周末都会来，直到她病得来不了。每次见到她我都很开心，同时又会替她感到丢脸。有次周日，她与往常不一样，但我又说不出哪里不一样。她肯定已经知道自己得了癌症，但并没有告诉我。我注意到了她的呼吸；奥利芙对自己的呼吸格外关注，她的关注也传染给了我。她吸气的方式就跟现在瑟莱斯蒂尔一样，急促而恐慌。

“小罗伊。”奥利芙说，“我一点都不怀疑你，但我就想听你亲口说不是你干的。”

我向后一缩，仿佛她朝我脸上啧了一口唾沫。奥利芙立马把手伸过来，好像我是一个要从桌上跌落的玻璃杯。“我知道不是你干的。”她轻柔地说，“我知道不是你干的。让我听你亲口说，好吗？”

“当时瑟莱斯蒂尔也在，你可以去问她。”

“我不想问她，”我妈说，“只想听你说。”

每次想起那一天，我耳朵里都会响起她的声音，脑袋里都会浮现出肿瘤越长越多、逐渐吞噬她身体的画面。奥利芙都要死了，而我言语间满是怨恨。虽然不知者无罪，但我还是愧疚。

“妈，”我一字一顿地说，仿佛她智力迟缓或不懂英文，“我不是强奸犯。”

“小罗伊……”她还想说什么，但我打断了她。

“我不想说话了。”

她起身离开时，说，“我相信你。”

我望着她的背影，细数着她身上我不欣赏的特征。我忽略了她如披肩般裹在身上的奉献，无视了她的力量与辛勤之美。我坐在那里，满脑子都是她身上我不喜欢的地方，气愤得连再见都没说。

屋子里寂静无声。我的妻子举起秀美的胳膊，环绕我的脖子，把我拽到她身上。我都不知道她竟有这样的力气。“我想让你好好的。”她的声音勇敢而坚决。

“不是我干的。”我说，“我碰都没碰那个女人。她觉得是我，你都没法跟她解释那个闯进她的房间、把她按到床上的人不是我。她发言的时候，我都不敢看她的脸，因为在她眼中，我就是野人，连狗都不如。与她对视，我就变成了她眼中的样子。对一个男人来说，最难听的话也莫过于她的说辞。”

“嘘。”瑟莱斯蒂尔说，“都过去了。”

“没有什么可以彻底过去。”我说着，把她的胳膊从我肩膀上解开，然后躺在她身边，想起了我们躺在沥青路上无法触摸彼此的情景。“瑟莱斯蒂尔，”我胸膛里传出的声音低沉得让我有些意外，“我不是强奸犯。你听出我要表达的意思了吗？”

“嗯。”她虽这样说，语气却带着困惑，“我从来都不觉得你是，我了解我所嫁的人。”

“佐治亚，”我说，“我也了解我所娶的人。你住在我的身体里，我摸你的时候，你的肉体会与我的骨头交流。你以为我感觉不到你有多悲伤吗？”

“我怕。”她的手指传递出痛苦的情绪，“重新开始太难了。”

女人无尽的慷慨就如一条神秘的隧道，没有人知道尽头在哪里。隧道的墙上写着一道道难题，而对于这些难题，男人无法推理出答案。通过揭露她不爱我的种种表现来说明她爱我，这是何等的无情？瑟莱斯蒂尔把自己奉献给我，如同一桌摆设在敌人面前的筵席[1]，一颗完美无瑕的红梨。通过证明她没那么在乎来揭示她在乎，这是何等的残忍？

“听着。”我感觉自己仅存最后一口气，“听着，佐治亚，好好听我接下来的话。”我语气强硬，把她吓僵了。为了赎罪，我换上柔和的语气，仿佛在与蝴蝶交谈。“瑟莱斯蒂尔，我从不勉强女人。”我把她受惊的双手从我身上移开，然后把它们夹在我自己的手里。“听到了吗？我不会勉强你。即使你放任我，甚至是希望我勉强你，我也不会。”

1 出自《圣经》旧约中的《诗篇》，“在我敌人面前，你为我摆设筵席。”即使四面受敌，有神庇佑，也能安详地进餐，“筵席”代表着神的无私与爱护。

我吻了一下她无名指的指根，那里曾戴过我的戒指。“佐治亚……”我开了头，但后面的话却说不出口。

“我尽力了……”她说。

“嘘……睡觉吧，佐治亚，睡觉吧。”

然而，在这个漆黑寂寥的夜晚，我们谁都没有合眼。

尾声

Epilogue

亲爱的瑟莱斯蒂尔：

人们都觉得我是在监狱里得到的救赎，但监狱是一座扑朔迷离的镜子迷宫，在里面是得不到真理的。每当我开口辩解的时候，他们都会切换话题，问我是不是穆斯林，因为我不属于任何基督教堂，同时又把自己当作有信仰的人。我没法跟他们解释，因为我都不知道如何跟自己解释。谁会相信我的彻悟发生在我们卧室那片神圣的黑暗中？

每次想到我把安德烈打成那样，我就羞愧难当。我发誓，我从没有那样伤害过其他人。哪怕是在监狱里，我也没有对别人施过暴。我差点杀死他，一想到这儿，我的脑仁就一阵剧痛。安德烈没怎么反抗，给我的感觉就是他不把我放在眼里。我打他，也可能是想让你看着他受苦，因为你似乎不在乎我是否痛苦，而我知道你在乎他。其实说这些都没什么意义了，但我只想让你明白我当时的感受。我丧失了理智，甚至连那棵树都嫉妒。我感觉被抛弃了，只有这个词才能形容我的心境。你说你要报警的时候，我心里反倒痛快。你手里拿的不是手机，而是手枪。我多希望你会开枪，这样一来，你的余生都将背负着愧疚，而我则得到解脱，不必活着。我的大脑就是这样想的，我的心就是这样跳的。我准备赴死，还要拉安德烈垫背。我想杀了他，就用上帝赐予我的这双手。

我用这同一双手在班克斯叔叔起草的文件上签了字。达维娜是公证人，所以你也会看到她的名字。我知道这是正确的决定，但还是不想在那道虚线上看到自己的名字。我们尽力了。除此之外，我们还能说什么？还能做什么？

你真诚的，

罗伊

注：那棵树怎么样了？挺过来了没？

亲爱的罗伊：

见到你的亲笔来信，就如见到一个你觉得再难相见的老朋友一样。你不在的时候，你的来信让我感觉你就在身边；而现在，它们却让我看到了彼此之间的鸿沟。希望将来我们还能重新相识。

既然离婚协议书在我手上，你肯定觉得我和安德烈马上就要乘公交去见地方执法官了。但其实，我们认为没有必要结婚。我妈、他妈，甚至是陌生人，都想看我穿白婚纱。但是，我和安德烈很喜欢现在的状态和相处模式。

说到底，还是我不想做任何人的妻子，哪怕那个人是安德烈也不行。安德烈呢，他也不想有一个不想成为妻子的妻子。我们共同生活，彼此交融。

感谢你对“老核”的关心。我们上周请了一位专家，他对我们说仅用卷尺和计算器就能测量出一棵树的年龄。据他所说，“老核”大概128岁了，而且再活个128年也没问题，前提是不会有人拿着斧子再来砍它了。

告诉你一个消息：我怀孕了。希望你能为我和安德烈感到开心，虽然这件事可能会令你痛苦。我又何曾忘记几年前我们的那次经历呢？或许下面的请求有些不合理，但你能为我们祈祷吗？在她出生之前，你能日日祈祷吗？

你永远的，

佐治亚

亲爱的瑟莱斯蒂尔：

不要笑——我才是那个要去见地方执法官的人。我和达维娜不打算要孩子，但我想再结一次婚试试。你说你不是做妻子的料，但我不同意。在遭遇不幸之前，你对我来说是一个好妻子；在遭遇不幸之后，你仍然坚持了很久。我应该给你更多的尊重，你也该给自己更多的尊重。

其实我是想当父亲的，但达维娜已经有一个儿子了，而且他们的遭遇还非常不幸，她不想从头再来。说实话，尽管我一度幻想自己有个名叫“特雷”的儿子，也不想让一个可能都不再适合我的梦来破坏我们的感情。我倒希望自己能像大罗伊那样，把她的儿子视若己出，可他已经成年了。我和她已经足够成为一家人了，如果两个人的感情还需要孩子来维系，那他们的感情能深到哪儿去呢？这是她说的，大概就是对的吧。

我当然会为你家祈祷啦，只是你搞得我像个牧师一样！我只给自己当牧师哦。我在溪边为自己开辟了一小块神圣的疆土。你还记得那个地方吗？我常在清晨去那里听风奏响大桥之曲，或畅想，或祈祷。大家都知道这是我的晨起习惯。我会时不时邀请一两个人陪我，大罗伊常加入我的行列，达维娜有时也会。但多数时候，都是我一个人顶着满脑子的回忆独自坐在那里。

说到头脑——我和大罗伊创业啦。我们开了一家名叫“发辫与修边”的理发店。你也知道我一直都有创业精神，想象一家亮着旋转灯柱的理发店吧。虽说是一家传统的理发店，但有着升级版的设施和服务。盈利还不错，虽然（暂时）不如你的“普培”，但我也很满足了。

愿你能找到内心的平静。平静需要自己去创造，不是说有就有的（这是我亲生父亲的至理箴言。我基本上每逢周末都会去探望他——真不忍心看他在监狱里越变越老）。

我的人生还算不错，只是这种“不错”与我曾料想的有所不同。有时候，我会陷入焦虑，对达维娜嚷嚷着要搬家，去休斯敦，或者新奥尔良，甚至波特兰从头来过。她会迁就着听，等我唠叨完后莞尔一笑，因为我们都知道我哪儿也不去。一看到她冲我笑，我便忍不住也冲她笑。这就是家啊，这就是我的所在。

你真诚的，

罗伊

致谢

在创作本书的过程中，我时常怀疑自己无法化解人物之间的冲突。这些冲突非常棘手，使人物相互吸引的同时又使他们相互排斥。但是，在我心灰意冷的黑暗时刻里，仍有一些人和机构相信我的能力，在此我向他们致以无尽的谢意。

尤其感谢我的朋友和家人，他们帮我查阅初稿，并在不经意间道出点拨之语，激励我拓宽思维，引领我回归正轨。他们是：芭芭拉·琼斯、麦克·琼斯、蕾尼·西姆斯、卡米尔·邓吉、苏埃尔·哈马德、雪伊·阿哈特、玛克辛·克莱尔、丹尼斯·纳克斯、玛克辛·肯尼迪、尼尔·J·阿尔普、威廉·里德、安妮·B·华纳、米切尔·道格拉斯、贾法里·S·艾伦、威利·佩尔多莫、罗恩·卡尔森、基尼·福勒、理查德·鲍尔斯、珀尔·克利奇、丽莎·科尔曼、科兹比·卡布雷拉、琼·M·奥尔德里奇、阿莉西亚·帕克、埃尔玛兹·阿比纳德、塞丽娜·林、莎拉·舒尔曼、贾斯汀·海恩斯、碧尤提·布拉格、翠莎·希尔兹·雷蒙德、艾莉森·克拉克和西尔维亚·詹金斯。

尽管近年来在艺术上的投资急剧下降，仍有以下机构为我提供了慷慨的资助，令我感激不已：国家艺术基金会、优克罗斯基金会、麦道尔艺术村、罗格斯大学纽瓦克分校和哈佛大学拉德克利夫高级研究院。

感谢我出色的经纪人简·戴斯特尔自始至终与我相伴，就连但丁都没有这样一位有魅力、有能力的维吉尔。感谢我的公关和知己劳伦·塞拉德。感谢布里奇特·戴维斯，多年来一直耐心且优雅地听我纠结这个故事。感谢杰米·哈特利对我抱有信心。感谢特雷恩·贝利、罗纳德·莎莉文和詹姆斯·蒂尔尼在书信与法律方面对我的悉心指导。感谢我的编辑查克·亚当斯，一位聪慧的合作伙伴，一个非常好的人。感谢艺术的挚友阿尔冈琴出版社。感谢洁瑞·韦德为我拨开心中云雾。感谢世界上最伟大的打字机修理员汤姆·弗利尔，同时也是一位十足的绅士。感谢我忠实可靠的朋友艾米·布鲁姆，为我在黑暗中亮起一束光。感谢克劳迪娅·朗肯和尼奇·吉奥瓦尼允许我借用她们的诗句，我要努力成长为她们那样的人。感谢约翰妮塔·B·科尔，她嘱托我砥砺前行，我哪敢违抗。安德拉·米勒催我尽快完结，伊丽莎白·斯嘉拉特则安抚我，“写书急不得。”她们各有道理，非常感谢二位。

亲爱的林迪·赫斯是我的挚友、导师和坚实的后盾，她未能活到本书问世，实在令人痛惜。